Bidul

Bidul

MaRiuSZ
MAśLAnka

Świat Książki

Projekt okładki
Małgorzata Karkowska

Zdjęcie na okładce
Flash Press Media

Redaktor serii
Paweł Szwed

Redaktor prowadzący
Ewa Niepokólczycka

Redakcja
Mira Łątkowska

Redakcja techniczna
Lidia Lamparska

Korekta
Bożenna Burzyńska
Elżbieta Jaroszuk

troglodyta str. 125, 175
k. [illegible] str. 163
amba str. 169
k. [illegible] str. 135, 180–181
k. O ośle 189
k. O [illegible] 198

Świat Książki
Warszawa 2004
Bertelsmann Media Sp. z o.o.
ul. Rosoła 10, 02-786 Warszawa

Skład i łamanie
Joanna Duchnowska

Druk i oprawa
Rzeszowskie Zakłady Graficzne S.A.

ISBN 83-7391-454-4
Nr 4698

Wieśniaki

Gdyby teraz ktoś niewidzialny odezwał się do mnie, na przykład Pan Nikt, i poprosiłby mnie, żebym mu się przedstawił, to powiedziałbym tak: „Dzień dobry. Nazywam się Borys Mleczko i mam dziesięć lat". I tyle. Nie lubię o sobie mówić.

A gdyby Pana Nikt to nie zadowoliło i dalej prosiłby mnie, żebym powiedział mu coś więcej o sobie, i dodawałby, że chce zostać moim kumplem i takie tam różne, to dla świętego spokoju – żeby mnie więcej nie denerwował, bo i tak jestem już nieźle wnerwiony – powiedziałbym, że obecnie siedzę w autobusie wtulony w szybę. Autobus przed chwilą wjechał do miasta.

W mieście jestem po raz drugi w życiu, ale nie interesują mnie mijane widoki, tak jak za pierwszym razem, kiedy byłem w mieście.

Panie Nikt, teraz autobus zatrzymuje się na światłach, ludzie przechodzą przez ulicę, zmienia się światło, po czym autobus rusza i jedzie dalej, do dworca, a ja ciągle gapię się tępo przez okno i nic mnie nie interesuje: budynki, ludzie, drzewa, samochody. Myślę o tym, co będzie i jak to wszystko będzie wyglądać, kiedy dojedziemy tam, gdzie mamy dojechać.

Autobus jest pełen pasażerów. Obok mnie siedzi gruba baba z wąsami, która dosiadła się do mnie jakiś czas temu, ponieważ siedziałem sam. Baba wcina chrupki i potwornie przy tym szeleści torebką. Od czasu do czasu spoglądam na te chrupki. Wtedy baba zerka na mnie podejrzliwie i rękoma zakrywa chrupki, jakby się bała, że je zjem oczami.

W dupci mam jej chrupki!

Przede mną siedzą moi młodsi bracia – Tytus i Dawid – i od czasu do czasu odwracają się do mnie, i z tej baby się śmieją. Wtedy tato, który siedzi przed nimi z naszą młodszą siostrą Nadią, mówi do nich, żeby siedzieli spokojnie i nie rechotali. Tytus z Dawidem wówczas się uspokajają, ale po chwili z powrotem zaczynają rechotać.

Z nami nie jedzie nasz najmłodszy brat Kuba i mama. Kuba przebywa w szpitalu albo cholera wie, gdzie on teraz jest, ale tato mówił, że się dowiemy, kiedy dojedziemy na miejsce. Natomiast mama została w domu na wsi, ponieważ nie chciała z nami jechać.

Pierwszym razem byłem w mieście dwa lata temu. Wtedy wujek zabrał mnie do fryzjera. Był to prezent dla mnie na moją Pierwszą Komunię Świętą.

Gdy fryzjer posadził mnie na krześle i zabrał się do obcinania moich włosów – byłem podekscytowany, stremowany i trochę wystraszony. I siedziałem nieruchomo na krześle, żeby fryzjer przypadkiem nie obciął mojego ucha, gdyż był to mój debiut u fryzjera. Wcześniej moje włosy obcinał tylko tato. Również tato obcina włosy mojemu rodzeństwu. Tato także obcina włosy swoim kolegom, z którymi potem pije wina. Gdy wypiją wina, wtedy koledzy taty idą do swoich domów „krokiem wężowym" i czasem się wywracają na ziemię, bo się potykają o własne nogi, ale po chwili się podnoszą i idą dalej. Kiedy jestem w domu, to zawsze ich obserwuję, jak tak idą, i zastanawiam się, ile razy się wywrócą, zanim znikną z moich oczu. Gdy ktoś upadnie, śmieję się do rozpuku, a gdy nikt nie upada – jestem zły, bo nie ma się z czego śmiać.

Kiedy fryzjer obciął moje włosy, wstałem i przejrzałem

się w lustrze. Wtedy wujek, który stał za mną, zapytał: „No i jak łopcino fryzjyr? Jak ci się podobo?". Ja na to odparłem: „Tak samo jak tata!". Wówczas fryzjer z niedowierzaniem spojrzał na mnie. Po chwili wujek mu zapłacił, po czym wyszliśmy od fryzjera i poszliśmy na spacer po mieście.

Gdy tak spacerowaliśmy, to wchodziliśmy do różnych sklepów, a wujek kupował sobie jakieś śrubki i części zamienne do roweru. Drepcząc przy wujku, nie wiedziałem, na co mam się patrzeć, bo tyle było sklepów, samochodów, ludzi i jeszcze nie wiadomo czego. Rozglądałem się na wszystkie strony i żałowałem, że nie mam dodatkowej pary oczu tam, gdzie mam uszy, albo z tyłu głowy – tyle wtedy chciałem zobaczyć i aż taki byłem napalony na patrzenie na to wszystko, co mnie otaczało. A że mam tylko jedną parę oczu, moja głowa ciągle latała na wszystkie strony, aż w pewnym momencie wszedłem w słup i do domu wróciłem z guzem na czole.

A teraz to co?! No co? Siedzę w autobusie wtulony w szybę i nie interesują mnie mijane widoki. Ciągle myślę, jak to wszystko będzie wyglądało, kiedy dojedziemy tam, gdzie mamy dojechać. Ciekawość potwornie mnie zżera. Robię się mniejszy i mniejszy. Jeszcze jestem, ale ciekawość niedługo mnie pożre. Nie będzie mnie. Dojedźmy już tam, gdzie mamy dojechać! Panie Nikt, koniec na razie z tymi gadkami. I nie powiem panu, dokąd jedziemy. Daj mi pan trochę spokoju. Potem panu opowiem więcej. A jak będzie się pan upierał, żebym dalej opowiadał, to panu powiem: „ Fakju!"

Przed chwilą wysiedliśmy z autobusu.

Teraz stoimy na peronie dla wysiadających. Tato zapina guziki przy kurtce Nadii, Dawid dłubie w nosie, a Tytus śmieje się z niego. No a ja stoję kilka metrów od nich i się im przyglądam.

– Chodźta – mówi tato, kiedy kończy zapinać guziki przy kurtce Nadii.

Idziemy. Po chwili wychodzimy z dworca. Tato zatrzymuje się i wyciąga kartkę z kieszeni. Czyta. Po chwili zatrzymuje starszą kobietę i pyta się jej, jak dojechać na ulicę Szczęśliwą. Kobieta patrzy się na nas jak na zjawy, po czym odpowiada, że trzeba wsiąść w autobus miejski z numerem 7, 25, 30 lub 51.

– Z przystanku obok tego budynku – i pokazuje ręką na budynek po drugiej stronie ulicy. – A po co pan tam jedzie?

Tato mówi: dziękuję, i odchodzi od kobiety, lecz ona go zatrzymuje i mówi, że mu wytłumaczy. Tato patrzy się na kobietę, a ona mówi, że 7 jedzie do ulicy Równej i trzeba się jeszcze kawałek przejść. 25 jedzie na ulicę Szczęśliwą, ale kursuje bardzo rzadko. A jeśli się pojedzie 30, to także trzeba kawałek przejść. Natomiast 51 jedzie tylko do ulicy Głębokiej i trzeba jeszcze iść przez mały park, a potem ulicą Równą, żeby dojść do Szczęśliwej.

Tato, słuchając tego wszystkiego, drapie się po głowie, dziękuje kobiecie i mówi, że i tak tego wszystkiego nie zapamięta, bo on nie jest z tego miasta, tylko ze wsi, a gdzie ma wysiąść, to będzie się pytał ludzi w autobusie.

– Ale ja panu wytłumaczę – nalega kobieta. – Zapamięta pan.

I tato, słuchając kobiety dalej, non stop jej dziękuje i mówi, że nie zapamięta, a ona dalej mu tłumaczy, jak ma dojechać na ulicę Szczęśliwą.

– A najlepiej będzie, jak pan będzie się pytał ludzi w autobusie, gdzie ma pan wysiąść, bo to jest daleko i może pan nie zapamiętać – kończy kobieta po kilku minutach tłumaczenia. – To pana dzieci? – pyta się taty, patrząc na nas.

– No! – odpowiada tato. – Moje.

– A skąd pan jest?

– Z Cornego Lasu.

– A gdzie to jest?

– Dziękuję pani. – Tato odchodzi od kobiety i mówi do nas: – Chodźta, dzieci.

Idziemy. Obok taty idzie Nadia. Za nimi idzie Tytus z Dawidem. A ja idę na końcu i oglądam się za siebie, i widzę, że kobieta ciągle stoi w miejscu i patrzy się na nas, jak się oddalamy.

Nie polubiłem tej kobiety, chociaż wytłumaczyła nam, jak mamy dojechać na ulicę Szczęśliwą. A nie polubiłem jej dlatego, bo przypomina mi pewną kobietę, która przyjeżdża na moją wieś podczas wakacji do swojej rodziny i wszystko ją interesuje, a szczególnie moja rodzina. W zeszłe wakacje czasem wchodziłem z moim kolegą Marcinem między kłosy żyta lub chowaliśmy się w krzakach i rzucaliśmy w jej stronę jabłkami, kiedy ona spacerowała. Wtedy ona rozglądała się wokół siebie i nie wiedziała, skąd nadlatują jabłka, i mamrotała pod nosem: „Jezus Maria, skąd te jabłka?". No i dalej rozglądając się wokół siebie, szybko się oddalała, a my cicho chichotaliśmy tam, gdzie byliśmy schowani.

A może ta baba teraz patrzy się tak na nas, jak się oddalamy, bo jesteśmy obdarci i mamy obciachowe ubrania? Ciekawe, czy ona wie, że jedziemy do domu dziecka?... Panie Nikt, teraz opowiem panu, dokąd jedziemy.

Ponad miesiąc temu tato powiedział nam, że będzie nas musiał oddać do domu dziecka. Wtedy spytałem się go: „Co to jest dom dziecka?". A on odpowiedział, że mieszka tam dużo dzieci, a może mało, i my będziemy mieszkać tam razem z nimi, a on czasem będzie nas odwiedzał. A jak jest w domu dziecka, to on nie wie, bo tam nigdy nie mieszkał ani choćby przez chwilę tam nie był. Mama dodała, że wreszcie będzie miała od nas spokój i w końcu sobie od nas odpocznie, a my przynajmniej będziemy mieli co jeść, bo ojciec przepija wszystkie pieniądze. Na co tato, akurat nie naprany w trzy dupy, powiedział jej żeby przestała pierdolić, bo ją znowu zamknie w wariatkowie lub jej zaraz przypierdoli. Potem już było jak zwykle. Po chwili dodawał, żeby się umyła, bo śmierdzi, a on nie będzie wkładał swojego fiuta w śmierdzącą pizdę. Mama odpowiadała, że i tak ją gwałci po pijanemu i że jego pijacki kutas również śmierdzi. Ojcu wówczas piana szła z pyska, więc się dalej kłócili, wyzywali i często rzucali w siebie tym, co mieli pod ręką: łyżką, widelcem, talerzem, kubkiem, stołkiem, drewnem, młotkiem. Te kłótnie i walki zawsze wygrywał tato, a mama zapłakana i zakrwawiona wybiegała z domu. Po kilku godzinach wracała i ojciec dalej ją prał.

Byłem bardzo ciekaw, jak jest w domu dziecka, i odliczałem dni, kiedy tato nas tam odwiezie.

Przed tym, jak tato nam powiedział, że będzie nas musiał oddać do domu dziecka, kilka razy były w moim domu jakieś baby z Sądu Rodzinnego czy coś podobnego. Rozmawiały z mamą. Mama mówiła tym babom, żeby nas wzięły do domu dziecka, bo ojciec nas tyle naruchał i przepija pieniądze, które zarobi, a ona jest chora i musi się leczyć w psychiatryku i nie ma już do nas siły i nie ma także siły do pracy, a tam, w domu dziecka, będziemy mieć na pewno lepiej, a ona sobie wtedy odpocznie. Zawsze kiedy te baby przychodziły, taty nie było w domu, ponieważ był w pracy albo nie wiadomo gdzie. Mnie również prawie zawsze nie było w domu, ponieważ byłem w szkole, w lesie lub w domu u mojego kolegi Marcina. Kiedy byłem u Marcina, wtedy przybiegał po mnie ktoś z mojego rodzeństwa i mówił, że jakieś baby przyszły do domu i chciały ze mną rozmawiać. Szedłem więc do domu. Baby pytały, jak mi się mieszka w domu. Czy lubię tatę i mamę? Czy mam co jeść? Jak się uczę i czy odrabiam lekcje? Zadawały mnóstwo różnych pytań, a ja na wszystkie odpowiadałem „tak" lub „dobrze" i się śmiałem. Wtedy baby mówiły, że chyba kłamię, bo w domu nie ma co jeść, a ja mówię, że nie jestem głodny, a one mają inne informacje ze szkoły i od ludzi ze wsi. Ale ja nie kłamałem – nigdy nie byłem głodny. Jadłem zawsze u Marcina albo u innego kolegi. U Marcina jak jego mama dawała mu jedzenie, wtedy dawała także i mnie. A jak poszedłem do innego kolegi – również jego mama dawała mi jedzenie i zawsze mówiły, żebym jadł i się nie wstydził, bo pewnie jestem głodny. Często nie mogłem wszystkiego zjeść, ale głupio mi było odmawiać, bo może i by się obraziły i następnym razem by mi już nic nie dały. Potem, gdzieś przez godzinę, nie mogłem się ruszać, bo tak mi brzuch wypychało. W domu jadłem bardzo rzadko. Mojemu rodzeństwu, kiedy chodzili sobie po wsi, także ktoś dawał jeść. No a w szkole dostawałem kanapki od Marcina, które zabierał z domu do szkoły dla siebie i dla mnie. Niektóre dzieci, co tak jak i ja nie miały kanapek, prosiły go, żeby im też dał, ale Marcin im nie dawał i mówił, żeby przyniosły sobie z domu. Wtedy te dzieci śmiały się ze mnie, że jestem biedak, ale ja miałem to w dupce i wcinałem kanapki.

– O, to chyba tutej – mówi tato, pokazując ręką na duży budynek. – Ten duzy dum! Chodźta dzieci! Chodźta, chodźta.

Rozglądając się na wszystkie strony, przechodzimy przez bramę, po czym wchodzimy po schodach i stajemy przed drzwiami do budynku. Tato naciska na dzwonek przy drzwiach, a ja zaciskam mocno usta, bo za chwilę wejdziemy do środka i wszystko zobaczę; denerwuję się i wszystko we mnie drga. Wewnątrz budynku słyszę wrzask i śmiech. Co chwilę do drzwi podbiega jakieś dziecko, wygląda przez szybkę, która jest w drzwiach, patrzy się na nas, śmieje się i ucieka.

Tato naciska na dzwonek jeszcze raz, gdyż nikt nam nie otwiera.

Tymczasem ja zaglądam przez tę szybkę, bo chcę zobaczyć, jak jest wewnątrz budynku.

– Co się, kurwa, patrzysz, wsioku?! – krzyczy chłopiec, który nagle z tamtej strony podbiega do drzwi.

Odskakuję od drzwi, gdyż się wystraszyłem jego krzyku jak psa, który nagle, nie wiadomo skąd, podbiega do człowieka i zaczyna ujadać.

Chłopiec robi do mnie miny i odchodzi od drzwi.

Tato patrzy się na mnie, a mnie się wydaje, jakby ten chłopiec był psem uwiązanym przy budzie na podwórku u Marcina. Bo na psa Marcina trzeba uważać, ponieważ ma długi łańcuch i nagle, kiedy przechodzi się obok, może wyskoczyć z budy i złapać za nogawkę lub gorzej – za nogę. Czasem trenuję refleks na psie Marcina. Zakładam się z Marcinem, że podejdę bardzo blisko budy jego psa. Marcin wtedy rysuje patykiem na ziemi linię, do której mam podejść, a ja powoli podchodzę do tej narysowanej linii. Kiedy pies wyskakuje z budy – wtedy szybko odbiegam. Zawsze staram się podejść jak najbliżej narysowanej linii i, jak do tej pory, pies Marcina jeszcze mnie nigdy nie dopadł. Ale także jeszcze nigdy nie doszedłem do samej linii. Zakład zawsze przegrywam, bo pies Marcina wyskakuje z budy wtedy, kiedy ja mam jeszcze może z metr do narysowanej linii. Wydaje mi się, że pies Marcina coś czuje, że jak ja podejdę do tej linii – wtedy Marcin przegra zakład. Cwana bestia z tego psa.

Wysoki, gruby i łysy facet otwiera nam drzwi.

– Nazywom się Stanisłof Mlecko – mówi tato do łysego faceta. – Przywiuzem dzieci. Tutej mom skierowanie z Sondu Rodzinnego – tato pokazuje skierowanie łysemu facetowi. – Kozali mi tutej łodwieś dzieci.

– Proszę wejść – mówi facet.

Wchodzimy gęsiego do budynku. Dzieci, chichocząc, przyglądają się nam. Czuję, jakby mrówki latały po moim ciele i staram się na nikogo nie patrzeć.

– Proszę za mną – mówi facet.

Idziemy.

– Nowi – mówi ktoś.

– Wsioki – mówi inny.

– Proszę się uspokoić! – mówi facet.

Ale dzieci się nie uspokajają i dalej chichoczą. Idziemy więc korytarzem za tym facetem, a ja udaję, że niczego nie słyszę i patrzę się na ściany albo w sufit, byleby tylko nie patrzeć się na mijane dzieci.

– Zobacz na tego!

– A jakie ten drugi ma obciachowe kozaki!

– Patrzcie, jaką ten ma wiejską kapotę!

– A ten, jaki przybity!

– Słoma mu z butów wystaje.

– Wieśniaki! Czujecie, jak zalatuje wiochą?

Wszyscy wybuchają śmiechem.

– Ty, może jajka przywieźli?

– Albo może słoninę mają?

No nie, to tak tutaj jest?

– Może zimnioki mota?

– Handlujeta kartoflami?

– A cebulą, marchewką, pietruszką?

Wreszcie pokonujemy długi korytarz i wchodzimy do dużego pokoju. W pokoju stoi pięć łóżek. Facet mówi, żebyśmy sobie usiedli. Siadamy więc i rozglądamy się po pokoju. W oknie widzę kraty.

Co to?! Co to, więzienie?

Facet prosi tatę na rozmowę i razem wychodzą z pokoju.

Gdy tylko wychodzą, Tytus natychmiast zaczyna się śmiać z Dawida, który dłubie w nosie, a Nadia nie wie, o co chodzi i gdzie jest, a ja myślę, że w pokoju jest pięć łóżek, to pewnie tutaj będziemy spać. I pewnie jak Kuba wyjdzie ze szpitala albo stamtąd, gdzie jest, to będzie tutaj spał z nami. Bo Kubę zabrała karetka pogotowia ponad dwa miesiące temu, ponieważ był na coś chory, tylko nie wiem, na co, ale myślę, że to pewnie dlatego, że był chudy jak patyk, bo całymi dniami siedział w swoim łóżeczku i płakał, a jak mu się znudziło płakanie, to bawił się swoimi kupami.

Mówię do Tytusa, żeby przestał się zgrywać z Dawida, bo go zaraz walnę. Tytus na to wypina do mnie tyłek i mówi, że gówno mu zrobię. Myślę, żeby go stuknąć w łeb, ale powstrzymuję się, bo może zacząć się drzeć i przyjdzie ten facet z tatą. I Tytus dalej się śmieje z Dawida, a mnie pieron strzela, bo nie mogę go stuknąć. W domu dawno już bym go walnął w czaszkę i zaraz przestałby się śmiać.

– Dawid, nie dłub w nosie, bo Tytus się z ciebie śmieje – mówię w końcu.

Dawid wyciąga palec z nosa, wkłada do buzi i patrzy się w sufit.

– Kozojad – mówi Tytus.

Do pokoju wchodzi tato i Nadia od razu biegnie do niego i się przytula.

– No co się nie rozbierota? – pyta się nas tato. – Zdymta kapoty, bo tutej jes goronco.

Tato zdejmuje kurtkę z Nadii, a my swoje zdejmujemy sobie sami, po czym kładziemy kurtki na łóżkach. Tato także zdejmuje swoją kurtkę i kładzie ją na łóżku. Siada obok Dawida i bierze Nadię na kolana.

Tato patrzy na zegarek i mówi, że będzie już wracał do domu, bo musi jeszcze iść do pracy na drugą zmianę. Nadia zaczyna płakać, przytula się do taty i mówi, żeby ją zabrał do domu i nie zostawiał tutaj. Dawid, jak zawsze, dłubie w nosie i zjada to, co tam wykopie, a Tytus, jak zawsze, śmieje się z niego. A ja z kolei patrzę się na nich i każdemu po kolei się przyglądam. Chce mi się płakać, ale nie wypuszczę żadnej łezki. I zaciskam mocno usta i robię solidną tamę dla łez. Smutno mi, ale nie chcę wracać do domu, bo chcę zobaczyć, jak się tutaj mieszka.

Tato wstaje z łóżka i mówi, że będzie nas odwiedzał. I nie wiem, który już dziś raz powtarza, żebyśmy się dobrze zachowywali, to może nas niedługo przewiozą do prawdziwego domu dziecka, bo to miejsce, w którym na razie będziemy mieszkać, to nie jest prawdziwy dom dziecka, tylko pogotowie opiekuńcze. W pogotowiu opiekuńczym mieszka się tylko przez pewien czas, a potem jest się przewożonym do prawdziwego domu dziecka – tak mówi tato. Tato dowiedział się tego od tego łysego faceta, który poprosił go na rozmowę, jak tutaj weszliśmy. Tato dowiedział się także, gdzie jest teraz Kuba. Kuba mieszka w domu małego dziecka, gdzie mieszkają dzieci do czwartego roku życia, i na razie nie będzie mieszkał z nami.

Jakaś pani prowadzi nas na piętro, na pokoje, i znów mijane dzieci chichoczą, przyglądając się nam. Udaję, że tego nie słyszę, idę ze spuszczoną głową i patrzę się pod nogi.

Kiedy pożegnaliśmy się z tatą, przyszła po nas jakaś pani i zaprowadziła nas na obiad. Dzieci patrzyły się na nas, kiedy jedliśmy ten obiad, i byłem jakoś skrępowany, czując tyle par oczu na sobie. No i kilku chłopaków rzucało się między sobą ziemniakami, i jakiś pan wygonił ich ze stołówki. Po obiedzie inna pani zaprowadziła nas do pielęgniarki. Pielęgniarka po kolei sprawdzała nam głowy i mówiła: „Do zlewania. Wszy!". Wzruszyłem ramionami, bo przecież wcale mi to nie przeszkadzało, że one sobie tam biegają po mojej głowie. Czasem tylko denerwowało mnie to drapanie się, no i mam pełno strupów na głowie. Czasem sobie te strupki obrywam. Najczęściej wtedy, kiedy mi się nudzi w szkole.

W szkole na wsi nie było pielęgniarki, a tylko co jakiś

czas przyjeżdżała pielęgniarka z ośrodka zdrowia i sprawdzała nam głowy. Ale ostatnim razem była w szkole ponad pół roku temu i nie wytropiła u mnie robaczków, bo wtedy chyba ich jeszcze nie miałem. Ale za to wytropiła robaczki u jednej dziewczyny i potem w szkole wszyscy się z niej śmiali, i nikt nie chciał siedzieć z nią w ławce. Pewnie jakby u mnie coś znalazła, to i ze mnie by się śmiali.

Gdy pielęgniarka nas odwszawiła, wtedy zabrała nas od niej pani, która właśnie teraz prowadzi nas do pokoju, w którym będziemy mieszkać.

Wchodzimy do dużego pokoju i pani mówi, że w tym pokoju będę mieszkał ja i Tytus, a Dawid z Nadią będą mieszkać piętro wyżej, w przedszkolu.

Rozglądam się więc po pokoju i myślę, że jaki on duży, po czym liczę łóżka i doliczam się jedenastu.

To tyle co drużyna piłkarska!

– Nie wiem, które łóżka są wolne – mówi pani – ale jak przyjdą chłopcy, którzy mieszkają w tym pokoju, to wam powiedzą. Są w waszym wieku, więc się pewnie zakolegujecie. Oni gdzieś tutaj są na budynku. Poznajcie się z nimi, a ja zaprowadzę Dawida i Nadię do przedszkola.

Patrzymy się na panią i nic nie mówimy.

Pani zabiera Dawida i Nadię i wychodzi z nimi z pokoju.

Podchodzę do okna, a Tytus siada na łóżku i patrzy się na mnie. Za oknem widzę las, śmietnik i boisko. Wszystko to pokryte jest śniegiem, gdyż teraz jest zima – ostatni dzień ferii zimowych. Jutro zaczyna się szkoła.

Nagle do pokoju wchodzi trzech starszych chłopaków, więc odwracam się od okna i patrzę na nich. Chłopaki uśmiechają się, ale i tak wyglądają groźnie: mają podwinięte rękawy swetrów i na ich rękach widzę tatuaże i blizny, jakby nożem cięte.

Mój tato też ma tatuaże. Na jednej ręce ma wytatuowane serce przebite strzałą, a na drugiej – gołą babę.

– Skąd jesteście, młodzi? – pyta się ten najwyższy.

Nie odpowiadamy; patrzymy się na nich.

– No co, młody? – mówi teraz do mnie ten najniższy. – Nie umiesz odpowiadać? Kiedy stara gwardia się pyta, to się odpowiada!

– Cicho, Dziara! – najwyższy szturcha najniższego. – Nie pierdol i nie strasz młodego.

– No, młody, co się dygasz? – mówi. – Nie dygaj – klepie mnie po ramieniu. – No, młody, skąd jesteście?

– Z Czarnego Lasu – odpowiadam.

– No, młody, widzisz, umiesz mówić. – Znowu klepie mnie po ramieniu i wskazuje palcem na Tytusa. – To twój brat? – pyta się.

Kiwam głową, że tak.

– Ja jestem Chudy – mówi najwyższy, trzymając swoją dłoń na moim ramieniu. – A to jest Dziara – wskazuje palcem na najniższego. – A to jest Łomot – teraz wskazuje palcem na średniego. – No to jak, młody, masz coś kasy? Brakuje nam do wina. Jak coś masz, to nam pożycz. Nie bój się, oddamy.

Kręcę głową, że nic nie mam, ale kłamię, bo mam coś kasy.

– Oddamy ci – powtarza Chudy.

– Nic nie mam – mówię.

– E, młody, pierdolisz! – wtrąca się Dziara. – Przyjechałeś z domu, to pewnie ci starzy albo jakaś ciotka, albo wujek włożyli jakiś banknocik do kieszeni. Jesteś tu nowy, a tu jest ciężkie życie. Lepiej mieć plecy, bo inaczej jest naprawdę ciężko...

– Dziara, cicho! – przerywa mu Chudy. – Mówiłem ci, żebyś nie straszył młodego.

Patrzę się na nich; boję się i nie wiem, co mam zrobić.

– No, młody, bądź człowiek – chudy puszcza mi oczko. – Poratuj – klepie mnie po ramieniu i się do mnie uśmiecha. – No nie bądź żyła.

– Skąd wam wezmę kasę? Nic nie mam.

– Młody, a jak ci sprawdzimy kieszenie – mówi Dziara – to wszystko, co znajdziemy, jest nasze, dobra?

Chłopaki patrzą się na siebie i puszczają sobie oczka, a ja spod byka patrzę się na nich i nie wiem, co mam odpowiedzieć.

Nagle otwierają się drzwi od pokoju i w drzwiach staje pani, która nas tutaj przyprowadziła. W rękach trzyma jakieś szmaty. Chłopaki mówią jej, że przyszli się zapoznać z nowymi, młodszymi kolegami, po czym wychodzą z pokoju.

– Przyniosłam wam ręczniki, piżamy i mydło – mówi pani i kładzie na łóżku to całe tałatajstwo, które przyniosła.

Patrzymy się to na nią, to na to, co przyniosła.

Pani podchodzi do Tytusa i głaszcze go po głowie.

– Wstydzicie się? – mówi, głaszcząc Tytusa i patrząc się na mnie. – Nie wstydźcie się... No, ale to nic, że się wstydzicie. Tak jest zawsze na początku. Każdy się wstydzi na początku, ale z czasem nabiera odwagi i przestaje się wstydzić.

Patrzymy się na panią, a ona na nas. Po chwili pani odchodzi od Tytusa i podchodzi do mnie, po czym kładzie rękę na mojej głowie i zaczyna mnie głaskać.

Odsuwam się od niej, bo co to ja jestem, piesek, żeby mnie głaskać?

– Idźcie i poznajcie się z chłopakami – mówi. – Oni gdzieś tutaj biegają po budynku albo są na świetlicy.

Pani odchodzi ode mnie i wychodzi z pokoju.

Jestem w kiblu i robię kupę, ale w innych warunkach niż w domu na wsi.

Na wsi mamy kibel na dworze i kiedy jest zima, to trzeba się śpieszyć, bo dupka marznie. Oj, okropnie marznie! W szkole na wsi wychodek także był na dworze. A tutaj wszedłem sobie na sedes, wypiąłem tyłek, sram sobie spokojnie, bez pośpiechu, a tyłek mi nie marznie. Pierwszy raz w życiu robię kupę w takim kiblu. Jest całkiem, całkiem nieźle. Przykucam sobie na sedesie, gdyż nie siadłem na tym białym okrągłym, bo jest obsikane, i czytam napisy na ścianach. „Dziara to huj". „Czerstfy tszepie kapucyna". „Co się kurwa patrzysz?". „Jebać wyhowafcuf"'. „Jeszcze się taka nie urodziła rzeby mi porzondnie kutasa wydoiła". I tak dalej.

W kiblu nie ma papieru, więc nie wycieram sobie tyłka. Na ścianie i drzwiach jest dużo brązowych kresek, myślę więc, że chyba wszyscy tutaj wycierają sobie dupkę palcami. Ale ja sobie nie będę wycierał palcem. Nie podetrę się wcale. W domu na wsi podcierałem sobie tyłek tylko wtedy, kiedy w kiblu była gazeta, więc z tego względu często miałem na majtkach brązową kreskę.

Teraz też mam na majtkach brązową kreskę.

Schodzę z sedesu. Wyciągam pieniądze z kieszeni spodni i wkładam do kieszonki w spodenkach, a jeden banknot, o najmniejszym nominale, zostawiam w spodniach – to taka podpucha na wypadek, gdyby chłopaki chciały mnie przeszukać.

Podciągam spodnie i zapinam guziki.

Teraz mogą mnie przeszukiwać!

Pieniądze zbieram na magnetofon.

Kiedy tato powiedział nam, że będzie musiał nas odwieźć do domu dziecka, zacząłem sprzedawać chłopakom plakaty, które zbierałem od trzech lat, i których się trochę nazbierało. Potem sprzedałem Marcinowi narty i łyżwy, które dostałem od pewnego pana, który mówił, że jest moim wujkiem, choć ja widziałem go po raz pierwszy. Ale mnie nie obchodziło, co on mówi – ważne, że dawał narty i łyżwy. Poza tym wiem, że tato musiał potem z nim pić wina za te narty i łyżwy.

Tacie nie chcę dać pieniędzy na przechowanie, bo boję

się, że przepije. Wtedy musiałbym zbierać od nowa, ale już nie miałbym co sprzedać, gdyż wszystko, co miałem już sprzedałem.

Wychodzę z kibla. Przy oknie stoi dwóch starszych chłopaków; palą papierosy i patrzą się na mnie.

– Kurwa, młody, spuściłeś wodę? – mówi jeden.

Wchodzę z powrotem do kibla i, rozglądając się, główkuję, co mam zrobić, żeby poleciała woda. Wiem, że w miastach są kible, w których trzeba spuszczać wodę, ale nie wiem, jak to się robi, ponieważ jeszcze nigdy tego nie robiłem.

Kopię w sedes, ale nic nie leci.

– Młody, co tam robisz? – pyta się któryś z chłopaków. – Trzepiesz się?

Obydwaj wybuchają śmiechem.

Pociągam drut, który zwisa z pojemnika wysoko nad kiblem.

Nagle do kibla wlatuje strumień wody.

Odskakuję ze strachu, że może pociągnąłem nie to, co trzeba.

Ale nie! Wszystko w porządku. Woda przestaje lecieć, a kupy nie ma.

Wychodzę z kibla. Chłopaki dalej palą papierosy i mi się przyglądają. Nie patrzę się na nich i szybko wychodzę z łazienki.

Spaceruję po budynku. W pokojach słyszę rozmowy i śmiech, ale nigdzie nie wchodzę. Czasem ktoś mnie minie na korytarzu, popatrzy się na mnie i pójdzie dalej.

Dom, w którym mam mieszkać, jest bardzo duży. Z zewnątrz wydawał się wielki – parter, dwa piętra i dużo okien – a wewnątrz wydaje się jeszcze większy – długie korytarze robią wrażenie. Na pierwszym piętrze mieszczą się pokoje chłopców, a na drugim dziewcząt i małe przedszkole. Na drzwiach do niektórych pokoi są tabliczki z napisami: „Pokój wychowawców", „Świetlica", „Magazyn", „Dyrektor". Natomiast na parterze znajduje się izolatka (to ten pokój, w którym byliśmy rano, kiedy tato nas tutaj przywiózł) i także gabinet pielęgniarki. Następne pomieszczenia na parterze – to sale lekcyjne. Nie mogę uwierzyć, że tutaj szkoła jest na miejscu. A dalej jest stołówka i kuchnia.

Poznałem się już z chłopakami, z którymi mam mieszkać w pokoju. Został z nimi Tytus i rozmawia, a ja wyszedłem od nich z pokoju jakiś czas temu i właśnie spaceruję po budynku, i patrzę, gdzie co jest.

– Ej, młody, co tak łazisz? – mówi ktoś za mną.

Odwracam się.

Podchodzi do mnie chłopak trochę wyższy i grubszy ode mnie.

– Nie dygaj – mówi, wyciągając do mnie rękę. – Stasiu jestem.

– Borys – mówię i podaję mu rękę.

Witamy się.

– Nowy jesteś? – pyta się Stasiu, uwalniając moją dłoń z uścisku.

– Tak.

– Ile masz lat?

– Dziesięć. A ty?

– E, ja to mam już jedenaście skończone.

– To jesteś starszy ode mnie.

– No! Grasz w piłkę?

– No! Ale teraz zima. Nie pogramy.

– E, tam, chuj! Niedługo wiosna. Starsze chłopaki grają z tubylcami, a my, młodzi, podajemy im piłkę. Czasem postawią nas na obronie, ale jak coś spierdolisz, to dostaniesz kopa i więcej nie zagrasz.

– A u mnie na wsi wieś gra przeciwko innej wsi w każdą niedzielę. Grają tylko starsi. A ja nie opuściłem jeszcze żadnego meczu i z moim kolegą Marcinem podajemy im piłkę, kiedy wyleci na aut albo za bramkę. Inni się nie liczą, bo biegają zbyt wolno, żeby któregoś z nas prześcignąć.

– Masz starszego brata?

– Nie. Ja jestem najstarszy i mam trzech braci i siostrę.

– E, ja mam trzech starszych braci i nikt mnie tutaj nie ruszy.

Przełykam ślinę, słysząc słowa „nie ruszy", i natychmiast zaczynam się bać. Stasiu tymczasem dalej opowiada mi o zwyczajach tutaj panujących: o tym, że rządzą starsi; o tym, że nie wolno kablować, bo się przepada; o kocówach w nocy; o braniu do japy; o przecweleniu. Słucham tego wszystkiego i nie wiem, co to znaczy: „branie do japy", „kocówa" i „przecwelenie", ale wstydzę się zapytać, żeby nie wyjść na głupka.

– A z kim śpisz w pokoju? – pyta Stasiu.

Zastanawiam się, bo już wyleciały mi z pamięci imiona tych chłopaków, z którymi mieszkam.

– Poznałem się z nimi – mówię po chwili – ale wyleciało mi z pamięci, jak się nazywają... No i jeszcze z moim bratem.

– A jaki numer pokoju?

– Siedemnaście.

– To tam śpi Bocian, Kotek, Waldek, Wnucek, Paweł... no i ten... No! Nie wiem, jak się nazywa, bo też jest nowy od tygodnia. No i śpi tam jeszcze Landrynek i Grzesiu. Chodź na świetlicę. Może zagramy w ping-ponga? Umiesz grać w ping-ponga?

– Nie. W takiego prawdziwego jeszcze nigdy nie grałem – zaczerwieniam się ze wstydu, że nie umiem grać w ping-ponga.

Na wsi, w domu Marcina, kiedy jego rodzice byli w pracy, rozkładaliśmy duży stół, który stoi w największym pokoju, na środku stołu kładliśmy deskę i graliśmy. Ale to co innego niż prawdziwy ping-pong.

– To co! – mówi Stasiu. – Nauczysz się.

Idziemy. Po chwili wchodzimy na świetlicę i rozglądamy się po niej.

Parę chwil temu, kiedy spacerowałem po budynku, widziałem ją trochę przez uchylone drzwi.

Teraz jestem w świetlicy: po jednej stronie stoi stół do ping-ponga i grają przy nim dwaj panowie. Jeden gruby i łysy, a drugi szczupły i niczym szczególnym się nie wyróżniający. W rogu świetlicy stoi telewizor, a przed nim siedzi kilku starszych chłopaków i oglądają jakiś program. Natomiast po drugiej stronie świetlicy stoi kilka rzędów równo poustawianych krzeseł.

– Chodź! – Stasiu ciągnie mnie za bluzkę. – I tak nie zagramy. Pan Marian z panem Irkiem będą grać do końca dyżuru pana Irka. Pan Marian zostaje jeszcze na dyżur nocny. – Stasiu patrzy na zegarek. – No widzisz, kurwa! To jeszcze dwie godziny, aż ten kutas pójdzie do domu. Za pół godziny kolacja. Nie zagramy! Potem pan Marian będzie się kazał myć i powie starszym chłopakom, żeby was przypilnowali – Stasiu wzrusza ramionami. – Ja to mam luzy. Mam starszych braci i nie muszę się myć.

Wychodzimy ze świetlicy.

Leżę w łóżku i rozmyślam o minionym dniu, a chłopaki rozmawiają i się wygłupiają.

Tak jak mówił Stasiu, gdzieś z godzinę po kolacji, pan Marian wygonił nas, młodych, do mycia i powiedział starszym chłopakom, żeby nas przypilnowali, a sam poszedł z jednym starszym chłopakiem dalej grać w ping-ponga. Starsi chłopcy, paląc papierosy, przyglądali się nam, jak się myliśmy, i od czasu do czasu dmuchali w nas dymem z papierosów i się z tego śmiali. Kiedy dmuchali we mnie – wtedy się odsuwałem i starałem się, żeby nie patrzeć im w oczy. Kilku młodych chłopaków dostało od nich po kilka „karczych", tak po prostu. Mnie nie uderzyli ani razu, gdyż szybko się umyłem i zwiałem z łazienki. Potem siedziałem z chłopakami w pokoju: wygłupialiśmy się i rozmawialiśmy. O godzinie 22.00 pan Marian przyszedł do nas, do pokoju. Zgasił nam światło i powiedział, żebyśmy położyli się spać i się już nie wygłupiali. Ale gdy tylko pan Marian zamknął drzwi – wszyscy znowu zaczęli rozmawiać. Ja też jeszcze trochę z chłopakami porozmawiałem, a potem się wyłączyłem, i właśnie teraz o tym wszystkim rozmyślam.

– Borys, a będziesz stąd uciekał? – pyta się Wnucek i przerywa moje rozmyślania.

– Nie wiem – odpowiadam.

Wtem drzwi do pokoju powoli się uchylają i chłopaki natychmiast przestają rozmawiać i wygłupiać się, i udają, że śpią.

– Landrynku, mój zajączku, już jestem – mówi ktoś za drzwiami.

Landrynek podnosi się z łóżka i wpatruje się w drzwi, a Grzesiu z Kotkiem zaczynają chichotać. Do pokoju wchodzi wysoki chłopak, po czym zapala światło. Na jego twarzy spostrzegam masę pryszczy, a na nosie wielkie okulary w czarnych oprawkach. Widzę go po raz pierwszy, ale na oko – ma może czternaście lub piętnaście lat.

– Cześć, Pyton – mówią chórem Grzesiu i Kotek.

– Cześć wam! – odpowiada Pyton.

Tymczasem Landrynek przykrywa się kołdrą tak, że wystają mu spod niej tylko oczy i czubek głowy, i przygląda się Pytonowi.

– Landrynek, a ty nie powiesz mi „cześć" albo „spierdalaj"? – pyta się Pyton.

– Cześć! – odpowiada Landrynek.

– A wy? – Pyton patrzy na resztę chłopaków.

– Cześć! – mówimy chórem.

Pyton patrzy się na mnie i na Tytusa.

– Nowi jesteście?

Kiwam głową, że tak.

– Bracia?

– No!

– Wyglądacie na spoko gości – mówi, rozglądając się po pokoju.

Chłopaki leżą cicho, a tylko Grzesiu z Kotkiem nie przestają się śmiać. Myślę, że oni mogą, bo mają starszych braci, a ja wolę się nie wychylać, gdyż nikogo takiego nie mam.

– Wiesz, po co przyszedłem? – mówi Pyton do Landrynka.

– Nie, Pyton... – jęczy Landrynek. – Mówiłeś poprzednim razem, że to już będzie koniec. Ja już ci tego nie będę robił. Niech ci to robi kto inny.

– Teraz, Landryneczku, będzie naprawdę ostatni raz – Pyton podchodzi do Landrynka. – Nie kłamię.

– Nie, Pyton! Ja nie chcę!

– Chcesz, chcesz, tylko o tym nie wiesz.

– Pyton, daj mu! – mówi Kotek, chichocząc.

– Powiem pani – mówi Landrynek.

– Bajki opowiadasz. – Pyton uśmiecha się, po czym szybkim ruchem ściąga z Landrynka kołdrę i rzuca ją na podłogę.

Landrynek leży na łóżku z rękoma przy brodzie, jakby dalej trzymał tę kołdrę, i przygląda się Pytonowi, a po jego policzkach zaczynają spływać łzy. Tymczasem Pyton zdejmuje spodnie i majtki i moim oczom ukazuje się jego fiut, który jest wokół obrośnięty czarnymi włosami.

Ale wielki fiut! Jeszcze takiego nie widziałem. Tak naprawdę, to widziałem tylko swojego. Ale mój jest malutki i nie jest jeszcze obrośnięty wokół włosami.

– Ruszaj! – mówi Pyton do Landrynka.

Grzesiu z Kotkiem znowu chichoczą, a reszta chłopaków leży cicho, więc ja także leżę cicho i przyglądam się, co będzie dalej.

– Nie, Pyton! – pochlipuje Landrynek. – Nie będę!

– No, Landrynku, ruszaj do dzieła!

– Nie!

– Kurwa, ruszaj skórą! – Pyton łapie Landrynka za szyję i przyciąga do siebie, po czym bierze swojego fiuta w dwa palce i chlasta nim Landrynka po twarzy.

Landrynek, patrząc się Pytonowi w oczy, bierze jego fiuta do ręki. Po chwili powoli zaczyna nim ruszać wte i nazad i nie przerywa patrzenia Pytonowi w oczy. Fiut Pytona powoli robi się większy, jakby pęczniał, aż wreszcie robi się ogromny. Przeogromny!

– Szybciej i energiczniej! – mówi Pyton, uśmiechając się. – Szybciej i energiczniej, bo ci przyjebię. Poprzednim razem robiłeś to lepiej.

– Landrynek ciągnie lachę – chichocze Grzesiu.

– Landrynek lachociąg – wtóruje mu Kotek.

– Chłopaki, nie przeszkadzajcie Landrynkowi – mówi Pyton, puszczając do nich oczko.

Jednak Grzesiu z Kotkiem ciągle chichoczą. Natomiast reszta chłopaków i ja dalej leżymy cicho i się przyglądamy.

– Teraz do buzi – mówi Pyton.

Landrynek, głęboko patrząc Pytonowi w oczy, dotyka jego fiuta swoimi ustami, po czym całuje i powoli wkłada go sobie do buzi.

A fe! Zaraz się porzygam. A fe! Kutasa do buzi? Przecież kutas śmierdzi... no chyba że się go umyje, to wtedy nie śmierdzi.

Landrynek dalej trzyma fiuta Pytona w swojej buzi i rusza głową wte i nazad.

A jak Pyton będzie i mnie kazał wziąć jego fiuta do buzi?... O cholera! Nie wezmę! Odgryzę mu go! Boże, nie pozwól, żeby Pyton kazał mi brać swojego fiuta do buzi. Jezu Chryste, któryś jest w niebie... i na ziemi... i wszędzie... i gdzie tylko jesteś, to nie pozwól... żeby Pyton dał mi do buzi swojego fiuta. Będę grzeczny, tylko nie pozwól na to. Nie będę bił swojego brata, nawet jak zasłuży... I będę się słuchał dorosłych. I co tylko zechcesz, ale nie pozwól. I nie będę już nigdy na nikogo pluł. I nie będę nikogo wyzywał, tylko nie pozwól, żeby Pyton kazał mi brać swojego fiuta do buzi...

Pyton zaczyna jęczeć i głaskać Landrynka po głowie. Po chwili wyciąga swojego fiuta z jego ust i coś białego wylatuje na twarz Landrynka.

To białe to pewnie sperma?... To tak wygląda sperma...

Sperma spływa po twarzy Landrynka i miesza się z jego łzami, które powoli płyną mu po policzkach.

Tymczasem Pyton podnosi z podłogi kołdrę Landrynka i wyciera sobie o nią fiuta, po czym rzuca kołdrę z powrotem na podłogę i podciąga sobie majtki i spodnie.

– No, widzisz! – mówi Pyton do Landrynka, zapinając spodnie. – Już po robocie. Byłeś boski. Ile płacę?

Landrynek nie odpowiada. Podnosi kołdrę z podłogi, siada na łóżku i rogiem poszewki wyciera spermę ze swojej twarzy.

– Spermochlip Landrynek – chichocze Grzesiu.

Pyton patrzy na wszystkich po kolei, a Landrynek przykrywa się kołdrą i dalej pochlipuje.

– Widzieliście coś? – mówi Pyton do nas.

Kręcimy głowami na znak, że nic nie widzieliśmy.

– Tak myślałem.

– Ja widziałem! – mówi Grzesiu.

– Grzesiu połóż się i nie pierdziel – mówi Pyton.

– Jak dasz Landrynkowi jeszcze raz – targuje się Grzesiu – to powiem, że nic nie widziałem.

– Dam mu, ale innym razem.

– Teraz! – Grzesiu nie daje za wygraną.

– Innym razem.

– Dobra! Ale masz mu dać...

– Dam mu – Pyton puszcza oczko do Grzesia.

Patrzę, jak Pyton poprawia sobie spodnie, i zastanawiam się, czy zaraz będzie chciał dać i mnie do buzi. Jak mi wepchnie fujarę do buzi, to mu ją odgryzę!

Landrynek dalej cicho popłakuje pod kołdrą. Grzesiu z Kotkiem dalej chichoczą, a reszta chłopaków siedzi cicho i tak jak ja przygląda się Pytonowi.

– Co mi się tak przyglądacie? – pyta się nas Pyton.

Nie odpowiadamy, a tylko kilku chłopaków się uśmiecha.

– Dobra, spadam! – mówi Pyton. Podchodzi do drzwi, gasi światło i wychodzi z pokoju.

Uff!

– Landrynek dojapnik – mówi Grzesiu.

– Dojapnik Landrynek! – wtrąca Kotek. – Lachociąg!

– Spermochlip.

– Spermojad.

– Jutro przyjedzie moja mama – mówi Landrynek – i mnie stąd zabierze – wstaje z łóżka i poprawia sobie prześcieradło. Po chwili z powrotem kładzie się do łóżka.

– Landrynek, spermojadzie – mówi Grzesiu – ty masz grubą i głupią matkę. Śmierdzi od niej.

Chłopaki zaczynają się śmiać, to i ja również zaczynam się śmiać.

– A ty nie masz matki wcale! – odpowiada mu Landrynek.

– A ty bierzesz do japy – odgryza się Grzesiu, po czym podnosi się z łóżka i pluje na Landrynka.

– Grzesiu, ty chuju! – krzyczy Landrynek, wycierając się.

– Ty jesteś chujem – mówi Grzesiu. – A twoja matka się pierdoli.

– Landrynek, twojej matce wkładają szczotkę w pizdę – dodaje Kotek.

Landrynek nakrywa się kołdrą i dalej płacze. Grzesiu z Kotkiem zaczynają na niego pluć. Landrynek nie reaguje i dalej popłakuje pod kołdrą. Potem przestają pluć i kładą się w swoich łóżkach. W końcu w pokoju robi się cicho i tylko czasem ktoś się zaśmieje. W końcu Landrynek też przestaje popłakiwać.

Ale tutaj się dzieje... Chciałbym już zasnąć. Ciekawe, co się wydarzy jutro?

Szkoła

Budzę się. Rozglądam się po pokoju. Chłopaki jeszcze śpią. Za oknem jasno.

– Pobudka! – krzyczy ktoś na korytarzu. Po chwili otwierają się drzwi do pokoju, i staje w nich gruby pan, którego widzę po raz pierwszy.

– Pobudka! – krzyczy gruby, stojąc w drzwiach. – Wstawać!

Patrzę się na niego i myślę, że gdyby chciał zapiąć marynarkę, którą ma na grzbiecie, to pewnie by nie mógł, bo brzuch by mu przeszkadzał.

Tymczasem chłopaki wstają i zaczynają słać łóżka, więc ja też wstaję i robię to samo. Po chwili kończymy słać łóżka, pościel chowamy do tapczanów.

– Teraz gimnastyka, maluchy – mówi gruby. – Każdy po dziesięć przysiadów.

Robimy przysiady.

– No, a teraz uciekajcie do mycia – mówi, kiedy kończymy robić przysiady.

Bierzemy ręczniki i idziemy do łazienki myć się.

Siedzę na lekcjach i rozglądam się po klasie.

Mam najkrótszą drogę do szkoły, jaką można chyba mieć: schodzę po schodach na parter i już jestem w szkole, gdyż tutaj szkoła jest na miejscu i zajmuje cztery sale lekcyjne. W każdej uczą się po dwie łączone klasy. Ja jestem w klasie razem z trzecioklasistami. Najpierw nauczycielka mówi do trzecioklasistów, a potem do czwartoklasistów, czyli i do mnie.

Po śniadaniu, przed lekcjami, mieliśmy na świetlicy apel. Apel zaczął się od udzielenia przez dyrektora nagany tym chłopakom i dziewczynom, którzy coś przeskrobali. Dyrektor wywoływał po kolei tych, którzy coś przeskrobali, a oni wychodzili z szeregu i się uśmiechali. Dyrektor mówił, co przeskrobali, udzielał im nagany, a oni dalej się uśmiechali. Kiedy dyrektor kończył mówić, pozwalał im wstąpić z powrotem do szeregu. Jeden chłopak, kiedy wstępował do szeregu, puścił głośnego bąka i wszyscy wybuchnęli śmiechem. Dyrektor machnął ręką i wywołał następnego podpadziochę. Potem odczytał listę wychowanków, którzy dzisiaj pojadą do domu dziecka. Kiedy dyrektor odczytywał tę listę, to im zazdrościłem, bo i ja także z moim rodzeństwem chciałem już jechać do domu dziecka, gdyż na razie mi się tutaj nie podoba. Po prostu jest wstrętnie i wolałbym być teraz na wsi lub obojętnie gdzie, byleby to było inne miejsce niż to. Gdy dyrektor skończył czytać listę, powiedział: „Osoby, które wyczytałem, proszę o pozostanie na świetlicy, a reszta może już iść na lekcje. Życzę miłego dnia i samych dobrych ocen”.

Wyszliśmy ze świetlicy, po czym zeszliśmy po schodach na parter i już byliśmy w szkole.

Pierwszą lekcją była historia. Po historii miała być matematyka, ale jej nie było, bo nauczycielka nie przyszła, więc przyszedł wychowawca i powiedział, żebyśmy siedzieli cicho i czymś się zajęli, i wyszedł. Bardzo z tego faktu się ucieszyliśmy, od razu zaczęliśmy wyrywać kartki z zeszytów, zrobiliśmy sobie papierowe samoloty i rzucaliśmy nimi po klasie. Kiedy samoloty się nam znudziły, rzucaliśmy się kredą. Po pewnym czasie chłopaki zaczęły się pluć między sobą i opluły także mnie, więc żeby im oddać, przyłączyłem się do zabawy. Zarąbiście było! No, ale się skończyło, bo przyszła nauczycielka od polskiego i zaczęła się kolejna lekcja.

Tak więc siedzę teraz w ławce i słucham tego, co mówi nauczycielka, ale jakoś jej słowa nie trafiają do mnie, gdyż nauczycielka co chwila ucisza dziewczyny i chłopaków, którzy rozmawiają, i częściej patrzę na nich.

Leżę w łóżku przykryty kołdrą. Chłopaki już pozasypiały, a ja nie mogę zasnąć i myślę o minionym dniu, a także o tym, co tam słychać na wsi. Chciałbym być teraz na wsi.

Nagle drzwi do pokoju otwierają się i szybko nakrywam się kołdrą tak, że wystaje mi spod niej tylko połowa głowy. Do pokoju wchodzi trzech starszych chłopaków: Chudy, Dziara i Łomot. Chudy zapala światło i podchodzą do mojego łóżka, a ja zamykam oczy i udaję, że śpię.

– E, młody, śpisz? – szturcha mnie Chudy.

Otwieram oczy, przeciągam się i udaję, że się budzę.

– Młody, pożycz no na wino – mówi Chudy i kładzie swoją rękę na moim ramieniu. – Potem ci oddamy.

– Nie mam pieniędzy – mówię. – Przecież już wam pożyczyłem to, co miałem. Więcej nie mam.

Dzisiaj pożyczyłem im ten banknot, który miałem w kieszeni na podpuchę, bo chłopaki, kiedy tylko mnie zobaczyły, to non stop chcieli, żebym im pożyczył na wino. Dziara opowiadał o ciężkim życiu tutaj, a Chudy mówił, że będą mnie bronić, jakby ktoś chciał mnie ruszyć, więc żeby mieć wreszcie od nich spokój, dałem im ten banknot. Ale więcej pieniędzy już nie ruszam i im nie pożyczę.

– No, młody, wyglądasz na porządnego gościa – mówi Chudy i puszcza do mnie oczko. – Weź no pożycz. Pić nam się chce. Melina jest w pobliżu. Jak masz grubą kasę, to nie dygaj, resztę ci przyniesiemy. No, młody, bądź człowiek i poratuj potrzebujących w potrzebie.

– Nie mam już kasy. Skąd ci wezmę? To, co miałem, już wam pożyczyłem. Więcej już nie mam.

Chudy siada obok mnie i znowu puszcza do mnie oczko. Uśmiecha się i pyta (nie wiem, który już raz od wczoraj), ile mam lat i skąd jestem. Odpowiadam, a on znowu mówi, żebym był człowiek i poratował potrzebujących w potrzebie, bo im się chce pić. A jakby ktoś chciał mnie tutaj ruszyć (to też już mówi nie wiem który raz od wczoraj), to mam prosto walić do niego i on się wtedy z tym kimś rozliczy. A ja tradycyjnie odpowiadam, że nie mam kasy. Wtrąca się Dziara i mówi, że tutaj jest ciężkie życie i lepiej mieć plecy, bo można przepaść. Patrzę się na nich, jak tak sobie gadają do mnie, i myślę, że i tak z tego nic nie będzie, bo i tak im nie pożyczę. Stasiu mówił, że jak mam jakieś pieniądze, to żebym nie pożyczał starszym chłopakom, bo mi nie oddadzą. Ale nie powiedziałem Stasiowi, że mam pieniądze.

Ciekawe, skąd oni wiedzą, że ja mam pieniądze? Przecież nikomu o tym nie mówiłem.

– No, młody, weź pożycz – mówi Chudy i znowu klepie mnie po ramieniu. – Wiem, że masz.

– Skąd mam mieć?

– Chodź, Chudy – mówi Dziara. – Mam pomysł.

– Cicho, Dziara – odpowiada mu Chudy i dalej puszcza do mnie oczka, uśmiechając się i poklepując mnie po ramieniu. – No, młody, weź no pożycz?... Będziesz moim kumplem... Będę cię bronił w razie czego.

– Skąd ci wezmę kasę? Nie mam nic.

Dziara patrzy się na mnie spod byka. Boję się go.

– Dobra, chodź już, Chudy – mówi Dziara i ciągnie Chudego za bluzkę.

– Zaraz – odpowiada Chudy i odpycha Dziarę.

– Dobra, chodź, Chudy – wtrąca się Łomot, który do tej pory nic się nie odzywał. – Przecież młody mówi ci, że nie ma kasy. Chodź, może naruchamy coś kasy gdzie indziej.

Chudy wstaje, puszcza do mnie oczko i zostawiają mnie, po czym Chudy gasi światło i wychodzą z pokoju.

Mam nadzieję, że już nie przyjdą.

Gówno sobie kupię!

Siedzę na lekcjach w klasie i rozmyślam o pieniądzach.

Nocą, kiedy spałem, ktoś zawinął mnie w kołdrę, związał prześcieradłem i zrzucił z łóżka. Wystraszyłem się i zacząłem się szamotać, ale nic to nie dało, gdyż ktoś trzymał mnie bardzo mocno. Gdy zostałem puszczony, usłyszałem tylko trzaśnięcie drzwiami, a jak się już wygramoliłem z tej całej pościeli, co byłem w nią zawinięty, poza śpiącymi chłopakami w pokoju nikogo już nie było. Siedziałem na podłodze, rozglądałem się i nie wiedziałem, o co chodzi. Po chwili wstałem, pościeliłem łóżko, po czym położyłem się z powrotem i szybko zasnąłem.

Rankiem wstałem, zrobiłem dziesięć przysiadów, które nam kazała zrobić pani Zuza, która nas obudziła, i pościeliłem łóżko. Z tapczanu wyciągnąłem ubranie, ubrałem się i poszedłem do łazienki, aby się umyć i odlać. Gdy się umyłem, wszedłem do kibla, odlałem się i włożyłem dłoń do kieszeni, aby przełożyć pieniądze z kieszeni spodni do kieszonki w spodenkach. Pieniędzy jednak w kieszeni nie było. Stałem i zastanawiałem się, jak to jest możliwe. Przecież wieczorem wyjąłem pieniądze z kieszonki w spodenkach, żeby mi z niej nie wypadły podczas snu, i włożyłem do kieszeni w spodniach, a spodnie wrzuciłem do tapczanu, żeby mi ich ktoś w nocy nie ukradł. Myślałem, że gdyby ktoś chciał podnieść tapczan razem ze mną, kiedy będę spał, to się obudzę i nakryję złodzieja.

Tak więc stałem w kiblu i powoli zaczynałem kojarzyć

fakty: w nocy ten ktoś po to obwiązał mnie pościelą, żebym nie widział, jak mnie będzie okradał.

Wkurzony wyszedłem z kibla i poszedłem na śniadanie. Jedząc śniadanie, myślałem o pieniądzach, przyglądałem się starszym chłopakom i zastanawiałem się, kto to mógł zrobić. I gdy się tak przyglądałem starszym chłopakom, Chudy zauważył, że się na niego patrzę i rzekł: „No i jak, młody, masz coś kasy?", po czym uśmiechnął się i puścił do mnie oczko. „Pożycz no" – dodał. Ja nie odpowiadałem i dalej patrzyłem na niego, a Chudy uśmiechał się i puszczał do mnie oczka. Po chwili siedzący obok niego Dziara też spojrzał na mnie, uśmiechnął się i powiedział: „Młody, pożycz no na wino. Tylko nie mów, że nic nie masz kasy, bo i tak ci nie uwierzę". Wtedy wtrącił się Łomot, który siedział z nimi przy stoliku, i rzekł: „E, dajcie młodemu spokój. Młody pewnie nie ma kasy. Przecież tyle razy wam już mówił, że nic nie ma", po czym Łomot kiwnął do mnie głową i dodał: „Prawda, młody?". Ale ja dalej nie odpowiadałem.

Kiedy wyszli, myślałem, żeby iść do wychowawcy i powiedzieć, że w nocy skradziono mi pieniądze. Ale szybko dałem sobie z tym spokój. Bo gdybym nawet powiedział, to i tak pieniędzy by nie znaleźli. Przecież wszystkie pieniądze są takie same i skąd bym wiedział, które są moje? No skąd?! Przecież ich nie podpisałem ani nie ma na nich mojej podobizny! Kiedy pan znalazłby u chłopaków pieniądze – chłopaki powiedziałyby, że to są ich pieniądze. I co ja miałbym na to powiedzieć? No co?!

I jadłem dalej śniadanie, i zaczynałem żałować, że nie dałem pieniędzy na przechowanie któremuś wychowawcy. I wtedy sobie pomyślałem, że gówno sobie kupię, a nie magnetofon.

– Borys! – mówi nauczycielka i wytrąca mnie z zamyślenia. – Borys, o czym ty tak myślisz? Dlaczego nie przepisujesz z tablicy tego, co napisałam? Przepisuj szybko, bo zaraz ścieram i piszę coś nowego.

Nie odpowiadam i patrzę się na nauczycielkę.

– Pani! – wtrąca się Zimior siedzący w ostatniej ławce. – Pani, on śpi. Nie budzić go.

Klasa wybucha śmiechem.

– No, uspokoić się! – krzyczy nauczycielka. – Co to jest? Boisko?

Klasa milknie.

– Borys, bierz się za przepisywanie – mówi nauczycielka. – Zaraz ścieram tablicę i piszę coś nowego. Nie będę czekała na ciebie, aż ty raczysz wziąć się za przepisywanie.

Biorę długopis do ręki i zaczynam przepisywać z tablicy to, co napisała tam nauczycielka.

List do Pana Nikt

Panie Nikt!

Minoł miesionc otkont tutaj jestem a Stasiu jusz dwa razy stont uciek i po kilku dniach przywoziła go spowrotem milicja. Inni także uciekajom i spowrotem przywozi ich milicja albo rodzice albo babcie albo dziadki albo wuje albo ciotki lub ktoś inny i jeszcze co kilka dni som przywożone nowe dzieci i czasem widzę kogoś tylko raz i jusz go wiencej nie widze bo som zabierane przez sfojom rodzinę albo uciekajom stont a znowu niektórzy som przewożeni do różnych biduli bo tutaj na dom dziecka mówi się bidul i jeszcze znowu inni som przewożeni do poprawczaków za złe zachowanie albo włamania albo kradzieże albo pobicia lub dziesiony albo za wyruchanie jakiejś baby i to się nazywa chyba zgwałcenie. Ja jeszcze nie wiem co to jes dziesiona ale się nikogo nie pytam żeby nie wyjść na głupka. Chłopaki muwiom że w poprawczakach można grypsować i że tam się robi tatuaże i kropki na ciele które coś oznaczajom a niektórzy majom całe rence w sznytach i chłopaki tesz muwiom że tam som normalni i cwele i jeśli jest ktoś przecwelony to nie można się z takim kimś kumplować bo cwel kumpluje się tylko z cwelem a normalny z normalnym i chłopaki tesz muwiom że cwele to tacy w dupe ruchani ale ja i tak z tego wszystkiego nic nie rozumiem i zastanawiam się jak można wkładać kutasa do dupy bo przecież dupom się sra. Ja o ucieczce stont prawie wcale nie myślałem a jedynie wtedy przechodziła mi po głowie myśl o ucieczce kiedy dostałem po dupie ale szypko mi przechodziła jak łzy przestawały mi płynońć po policzkach i muwiłem sobie wtedy że wytrzymam i że może jutro albo pojutsze lub niedługo będzie lepiej i może niedługo przewiozom mnie i moje rodzeństwo do prawdziwego domu dziecka i nie mogę się doczekać kiedy nas tam przewiozom. Ja za domem na wsi jakoś specjalnie nie tęsknię no może czasem myśle co tam wszyscy robiom no i tato pszeciesz muwił kiedy nas tutaj przywiózł że bendzie nas odwiedzał ale jak na razie jeszcze go nie było. A mama muwiła kiedy wyjeżdżaliśmy z domu że nie bendzie do nas przyjeżdżać i wreszcie sobie od nas otpocznie a jak tato bendzie chciał i sąd na to pozwoli to tato bendzie nas zabierał do domu na świenta i wakacje. Kiedy przywiózł nas tu tato z brzydkich słóf znałem kurwa i cipa i pizda i chuj i kutas i dziwka i skurwysyn i spierdalaj i pierdol się a teraz znam ich wiencej i moge ich używać kiedy wyzywam się z chłopakami. Nowe słowa jakie znam to cwel i pedał i frajer i brandzel i skurwiel i jeszcze coś się tam znajdzie a chłopaki muwiom że to nie som brzydkie słowa no może poza skurwielem ale wychowafcy kiedy usłyszom z naszych ust któreś z tych słuf to dają kary takie jak sprzontanie korytarza albo schoduf lub łazienki albo zakaz oglondania telewizji albo zabranie podwieczorku a czasem ciongnom za uszy. A pan Irek i pan Edek kiedy usłyszom jakieś brzydkie słowo z naszych ust to zbierajom nas wszystkich młodych chłopaków w jednym pokoju i kładom delikfenta – podpadzioche na łóżku a nam reszcie młodych chłopaków wrenczajom pas i każą lać tego delikfenta – podpadzioche. Kiedy przychodzi moja kolej wymierzania pasa to staram się bić nie za mocno ale niektórzy ci którzy się nie lubiom lub majom ze sobom jakieś zatargi to potrafiom przyłożyć jak najmocniej potrafiom. Jak na razie to pan Edek i pan Irek jeszcze z moich ust nie usłyszeli żadnego brzydkiego słowa bo kiedy oni som na dyżurze to ja chodze potulny jak baranek i chodze cichutko jakby na paluszkach jakby mnie nie było i pilnuje się żeby nie zaklońć. No ale jak ich nie ma na dyżurze to sobie można ulżyć za wszystkie czasy i powyzywać się z chłopakami. I popluć się też można i to jest dopiero fajna zabawa. Otkont tutaj jestem nie byłem jeszcze ani razu na dworze bo wychowafcy nam młodym nie pozwalajom wychodzić na zewnątrz budynku bo drzwi od budynku som non stop zamkniente na klucz. Starsi mogom wychodzić na zewnącz budynku i jeździć do miasta a kiedy im wychowafcy nie pozwalajom wyjś z budynku to oni wtedy wychodzom przez okna i idom sobie gdzie im się podoba. Kiedy był śnieg na dworze to czensto stałem przy oknie i patrzyłem się przez okno i marzyłem o wyjściu na dwór żeby się poślizgać na ślizgafce i pożucać śnieszkami i pojeździć na sankach. Teraz nie ma jusz śniegu na dworze i kiedy stoje przy oknie to marze o pobiegnieńciu do lasu i zrobieniu sobie procy i łuku i o bieganiu po lesie i o fchodzeniu na drzewa i nawet z okna upatszyłem sobie drzewa na które chciałbym wejść no ale jak do tej pory rankiem budzom mnie wychowafcy i każą się gimnastykować i myć się a po umyciu się iś zjeś śniadanie i po śniadaniu iś na zajęcia lekcyjne. Po śniadaniu czasem jest apel a jak nie ma apelu to od razu po śniadaniu idziemy na zajęcia lekcyjne. Po lekcjach jest obiad. A po obiedzie wychowafcy każom nam młodym leżeć w łószkach przez dwie godziny i wypoczywać i muwiom że to dla naszego dobra bo po obiedzie powinno się wypoczywać ale gówno mnie opchodzi jakieś tam ich wypoczywanie jak mi się chce biegać i wygłupiać i niech sobie sami leżom na łószkach i niech im dupy i brzuchy rosnom no i z chłopakami nie leżakujemy po obiedzie a tylko się rzucamy poduszkami lub się plujemy kiedy tylko wychowafcy pójdom do siebie do pokoju wychowafców pić kawe albo herbate albo palić papierosy i rozmawiać. Leżakujemy tylko wtedy kiedy na dyżurze jest pan Edek lub pan Irek bo gdyby oni zobaczyli że nie leżakujemy a tylko się wygłupiamy to pewnie by nam dali taki wycisk żebyśmy popamientali. Po leżakowaniu wychowafcy zbierajom nas młodych na świetlicy i dajom różne gry i muwiom żebyśmy sobie pograli albo włonczajom nam telewizor i muwiom żebyśmy sobie pooglondali włonczony telewizor bo wyłonczonego telewizora nie każom nam oglondać bo w wyłonczonym telewizorze nie ma żadnyh programóf. Lekcji nie odrabiamy bo nigdy nie mamy nic zadanego bo tutaj się nie zadaje prac domowych z czego jestem zadowolony. W czasie kiedy gramy lub oglondamy telewizje dostajemy podwieczorek. O godzinie 18.00 idziemy na kolacje. Po kolacji z powrotem wracamy na świetlice i dalej gramy w różne gry lub oglondamy telewizje. Po kolacji możemy sobie zagrać w ping-ponga lub w piłkarzyki ale jeszcze nigdy nie udało mi się zagrać w któromś z tych gier bo w ping-ponga zawsze grajom wychowafcy ze starszymi chłopakami a w piłkarzyki starsi chłopcy sami bo wychowafcy nie chcom grać w tom grę. A ja często siedze przy stole do ping-ponga i patrze się jak grajom i myśle że może mi się uda zagrać i tak siedze i siedze a moja głowa lata z prawa na lewo z lewa na prawo i jeszcze nie udało mi się zagrać. Gdzieś około godziny 20.00 wychowafcy wyganiajom nas młodych do mycia i muwiom starszym chłopakom żeby nas przypilnowali a sami idom do pokoju wychowafców lub dalej grajom w ping-ponga. Ale starsi chłopcy nie som tacy frajerzy i nie zawsze nas pilnujom kiedy się myjemy i kiedy nas nie pilnujom to się chlapiemy wodą a kiedy nas pilnujom to się szybko myjemy i uciekamy z łazienki do sfoich pokojóf a czasem myjonc się dostanę od starszych chłopaków karczycho albo prztyczek w ucho lub kopa w dupe ot tak dla hecy ale już nie zwracam na to uwagi bo zdonżyłem się już do tego przyzwyczaić. Częściej są lani ci którzy odważyli się iś nakablować coś na starszych chłopaków i dopiero ci to dostają nieźle po dupie. Ja jeszcze na nikogo nie nakablowałem wienc dostaję tylko czasem jak się na kogoś krzywo spojrzę. Gdy się umyjemy musimy siedzieć w pokojach a punktualnie o godzinie 22.00 wychowafca gasi światło w pokoju i każe nam kłaś się spać. Kiedy tylko wychowafca pójdzie do siebie do pokoju wychowafców to dalej rozmawiamy a czasem się rzucamy poduszkami lub się plujemy. I gdy się tak wygłupiamy to czasem przychodzi Pyton i gdzieś zabiera Landrynka, który potem wraca do pokoju i kładzie się spać a my się dalej wygłupiamy a czasem chłopaki śmiejom się z Landrynka że jest lachociongiem i szczególnie śmieje się z Landrynka mój brat Tytus razem z Grzesiem i Kotkiem. A gdy już śpimy to czasem pszychodzom starsi chłopcy i robiom kocówy tym którzy kablują. Ja jak na razie nie miałem jeszcze kocówy i oby tak dalej. To tyle. Nastempnym razem może napisze wiencej. Mam nadzieje że nie narobiłem dużo błenduf. List pomne i porwe i zostawie w koszu na śmieci dla Pana Nikt ale Pana Nikt przecież tak naprawdę nie ma i ja go sobie tylko wymyśliłem i więc nikt tego listu nie przeczyta i ja go pisze tak jakby do siebie bo nie mam do kogo go wysłać. Ale ja chciałbym żeby Pan Nikt był i przeczytał ten list. A jak ktoś inny wyjmie ten list z kosza i go poskłada i przeczyta to jest chuj i skurwysyn i cwel i brandzel albo cipa i pizda i kurwa i dziwka bo czyichś listów się nie czyta i nie wolno czytać czyiś listów. To na razie. Pa.

Czy dziś jest jakieś święto?

Dziś jest chyba jakieś święto, bo wychowawcy wypuścili nas na zewnątrz budynku.

Teraz ze Stasiem huśtamy się na huśtawkach. Reszta dzieci biega wokół budynku. Wychowawcy siedzą na ławeczce, rozmawiają i palą papierosy.

Gdy godzinę temu wychowawcy otworzyli nam drzwi, wybiegliśmy na dwór, jakby nas ktoś wystrzelił z katapulty, gdyż niektórzy z nas na zewnątrz budynku nie byli od ponad miesiąca. Wychowawcy krzyczeli za nami, że możemy biegać tylko w pobliżu, a kto się oddali, będzie miał zakaz wyjścia następnym razem i dodatkowo dostanie jeszcze jakąś karę.

– Borys, ruchałeś już jakąś panienkę? – pyta się mnie Stasiu, huśtając się na huśtawce. – Widziałeś już obrośniętą cipę?

Ślina staje mi w gardle i nie wiem, co mam odpowiedzieć. Zaczerwieniam się na policzkach i dalej huśtam się na huśtawce. Wstydzę się powiedzieć, że jeszcze na oczy nie widziałem obrośniętej cipy. No bo taką w moim wieku to widziałem. Było to w zeszłe wakacje na wsi. Do sąsiada Marcina przyjechała taka dziewczyna z miasta i nas wyzywała, że jesteśmy wieśniakami. Postanowiliśmy ją złapać i rozebrać. W końcu pewnego dnia udało się nam, rozebraliśmy ją i porwaliśmy jej majtki. Był z nami jeszcze wtedy Tytus, który narwał trawy i położył ją na łysą cipę tej dziewczyny, i powiedział, że ma pickę farbowaną na zielono. I od tego czasu już nas nie wyzywała, a gdy tylko nas zobaczyła, to natychmiast uciekała do dziadka na podwórko.

I w końcu kręcę głową, że nie.

– E, ja to już widziałem obrośniętą cipę i se nawet przyruchałem – Stasiu, uśmiechajac się, zatrzymuje huśtawkę. – Kiedyś u mnie w domu na wsi moi bracia przyprowadzili do stodoły taką jedną ich koleżankę. Pili z nią tam wina i ją opili. Potem ją po kolei dupczyli, a ja ich podglądałem przez szpary między deskami w stodole. No i mnie zauważyli, złapali mnie, przyprowadzili do stodoły, rozebrali i położyli mnie na tę ich koleżankę. No to ja se leżałem na niej i bawiłem się jej cyckami. Ale były wieeeelkie! – Rozkłada ręce i pokazuje, jakie były wielkie. – No i bawiłem się tymi wielkimi cycami i wkładałem se jeszcze palce do jej cipy, a ona się ciągle śmiała. Bracia też się śmiali i stali nade mną i popijali se wino.

– A fujary w cipę nie włożyłeś? – pytam nieśmiało.

– E tam. Po co?

Uśmiechamy się.

– Uciekam stąd – mówi Stasiu. – Już mnie teraz gliny nie złapią i nie dam się tutaj z powrotem przywieźć. A ty uciekasz?

Zatrzymuję huśtawkę. Patrzę się na Stasia i kręcę głową, że nie uciekam. Bo po co mam uciekać? Zrobiło się ciepło i może teraz będą nas już wypuszczać na zewnątrz budynku. Myślę także, że może niedługo przewiozą mnie i moje rodzeństwo do normalnego bidula. Chłopaki mówią, że tam jest lepiej niż tutaj, bo jest więcej luzu, więc po co mam uciekać? A poza tym tato mówił, kiedy nas wczoraj odwiedził, że na pewno nas zabierze do domu przynajmniej na jeden miesiąc wakacji, więc wytrzymam. Nie uciekam.

– Co, boisz się? – pyta Stasiu, bo się nic nie odezwałem.

– Nie! Po prostu nie chcę uciekać.

– Jak chcesz – Stasiu kopie kamyk. – Ja to uciekam jutro albo pojutrze. Tylko czasem nie mów o tym nikomu.

– No, co ty, Stasiu? Nie powiem nikomu.

Stasiu patrzy się na mnie. Po chwili siada wygodnie na swojej huśtawce i zaczyna się huśtać. Ja również siadam wygodnie na mojej huśtawce i także zaczynam się huśtać.

Wielkie bum!

Dziś wychowawcy powiedzieli nam, że w Czarnobylu wybuchła elektrownia atomowa.

Teraz właśnie siedzę z chłopakami przy oknach i obserwujemy chmury, które są dziś jakby inne niż zazwyczaj – szybko się przesuwają i wygląda to, jakby z nieba miała spaść potężna ulewa albo nie wiadomo co. Rozmawiamy i próbujemy w tych chmurach coś dojrzeć. No i także wyglądamy, czy może pan Gustaw z kierowcą przypadkiem nie wracają, bo jakiś czas temu pojechali po jakiś jod czy coś podobnego, co będziemy musieli wypić, żeby nie zachorować na chorobę popromienną – tak mówią wychowawcy, którzy nas pilnują, żebyśmy nie otwierali okien. Wychowawcy wyglądają na przestraszonych i mówią, że nie wiadomo, co teraz będzie. Że może wszyscy poumieramy? Że powietrze jest chyba skażone? Że teraz to nic nie wiadomo, bo może zaraz coś wybuchnie? Że mutanty może będą? Że się porobiło! Że katastrofa!...

– Ciekawe, czy chmury spadną na ziemię?

– Eee, głupi jesteś. Chmury nie spadają na ziemię. W bajki jeszcze wierzysz?

– A skąd wiesz, że nie będą spadać?

– Ale ty, Wnucek, głupi jesteś.

– Może z chmur będą wypadać bomby jak na wojennych filmach z samolotów?

– Ty też, Grzesiu, jesteś głupi.

– Ja to bym poleciał na dwór i rzucał w chmury kamieniami. Może by się iskrzyły?

– No! Ja też!

– Ja też!

– I ja też bym poleciał!

– I ja!

– A jak chmury spadną i wybuchną?

– E, nie...

– Gdzie jest Czarnobyl?

– U Ruskich!

– Nie! Pani mówiła, że na Ukrainie.

– O, pan Gustaw z kierowcą jadą!

Powoli podjeżdżają pod budynek, samochód się zatrzymuje, po czym wysiadają z niego kierowca z panem Gustawem i wchodzą do budynku.

– Samochód im nie wybuchł! – krzyczy Grzesiu.

– Ja wiedziałem, że nie wybuchnie – przechwala się Dziubek.

– Ta! – mówi Grzesiu. – Ty to zawsze wszystko wiesz, a pierwszy srasz w gacie.

– Ty, kutasie, srasz pierwszy! – oburza się Dziubek. – Ty jesteś sraczogać osrany!

– Ty jesteś trzęsidupa! – mówi Grzesiu.

– Proszę się nie kłócić – mówi pani Grażynka, która nagle staje w drzwiach, jakby wyskoczyła spod ziemi. – Proszę iść na świetlicę. Dostaniecie płyn do wypicia.

Odchodzimy od okien i biegniemy na świetlicę, kto pierwszy.

– Nie biegać! – krzyczy pani Grażynka za nami.

Ale nikt nie przestaje biec. Biegniemy korytarzem i rozpychamy się, bo każdy chce być pierwszy na świetlicy.

Święto Pracy

Idę w pochodzie pierwszomajowym.

Nawet sobie nie wyobrażałem, że na pochodzie pierwszomajowym może być aż tylu ludzi. Idą całymi ulicami, które są teraz dla nich, a samochody stoją na poboczach i chodnikach, po których każdego dnia chodzą ludzie. Ale tego dnia wszystko się zmienia – to człowiek idzie środkiem ulicy jak święta krowa, a samochody leniwie odpoczywają na poboczach i chodnikach od całorocznego usługiwania swoim właścicielom. Co kilka lub kilkanaście metrów ludzie niosą sztandary z napisami (wszystkie napisy są na temat pracy). Każde małe dziecko dostało czerwoną albo biało-czerwoną papierową chorągiewkę i idąc, wymachuje nią. Ja także miałem taką papierową chorągiewkę i nią wymachiwałem, ale już jej nie mam, bo mi się porwała, i niczym już nie wymachuję, a co najwyżej rękoma. Idę więc i kopię małe kamyki, bo mi się nudzi. Kilku facetów trzyma w dłoniach megafony i wrzeszczy przez nie jakieś hasła. Chciałbym mieć taki megafon i też coś przez niego wrzeszczeć, to by mi się pewnie nie nudziło. A tak to idę, kopię małe kamyki, słucham tego, co wrzeszczą ci faceci, i nie wiem, o co im chodzi, bo nie rozumiem tych wykrzykiwanych przez nich haseł. A gdybym miał taki megafon, to wrzasnąłbym: „Kurwa! Cipa! Chuj! Skurwysyn!". Albo: „Chłopaki, gdzie jesteście?". Bo zgubiłem się jakieś dwadzieścia minut temu, kiedy wskoczyłem w krzaki, żeby się odlać, a gdy wróciłem – chłopaków już nie było. Szukałem ich trochę, ale nie znalazłem. Wychowawcy mówili, kiedy się zaczął pochód, żebyśmy się nie rozłączali i szli obok nich, bo jak się zgubimy, to w takim tłumie ludzi będzie nas trudno odnaleźć. Ale ja z kilkoma chłopakami odłączyłem się od wychowawców i biegaliśmy sobie między ludźmi.

Dobra! Biegnę dalej szukać chłopaków, bo ile można iść między nieznajomymi dorosłymi ludźmi, kopać kamyki i słuchać tego, co oni wrzeszczą.

Biegnę do przodu i mijam facetów z wąsami, brodami i bez, w marynarkach lub w białych koszulach, mijam kobiety z długimi i krótkimi włosami, w spódnicach lub w spodniach; biegnę i rozglądam się za chłopakami, a ludzi mijam jak tyczki. I po kilku chwilach zauważam chłopaków, którzy dalej biegają między ludźmi i plują się między sobą.

– Gdzie byłeś? – pyta się mnie Waldek, kiedy dobiegam do niego.

– Byłem się odlać – odpowiadam. – Kto jest z kim?

– Nikt nie jest z nikim. Każdy jest sam. Każdy pluje na kogo chce. Bawisz się z nami?

– No!

Waldek opluwa mnie i ucieka.

Wycieram ślinę z koszuli i gonię Waldka, który przeskakuje między ludźmi, ale i tak po chwili go doganiam i pluję mu na plecy. Waldek odwraca się i pluje mi na spodnie. Wtedy ja pluję mu w twarz i uciekam. Waldek wyciera się i mnie goni. Uciekam i lawiruję między ludźmi jak w slalomie. Co chwilę oglądam się za siebie, czy Waldek mnie nie dogania, ale jakoś nie może mnie dogonić, zwalniam więc, Waldek zbliża się i pluje we mnie, ja się uchylam i jego ślina ląduje na koszuli jakiegoś grubego faceta. Śmiejemy się, a facet patrzy prosto na nas.

– O wy, gówniarze! – mówi, wycierając ślinę z koszuli. – Nie macie co robić? Gdzie wasza matka? – Próbuje złapać Waldka, ale on znika między ludźmi i facet daje sobie spokój, gdyż z takim wielgachnym brzuchem i tak go nie złapie.

Dobiegam do Waldka i dalej biegniemy między ludźmi i się śmiejemy. Biegniemy, biegniemy... i wpadamy na panią Wiolę, która idzie z kilkoma dziewczynami.

– Już tu do mnie! – krzyczy pani Wiola. – Co za bieganie? Dlaczego się odłączyliście? Kto wam na to pozwolił? Gdzie reszta chłopców?

– Nie wiem – odpowiadam.

– Możemy iść ich poszukać – proponuje Waldek.

– Ja ci dam „poszukać"! – pani Wiola ciągnie Waldka za koszulę. – Pobiegniecie i nie wrócicie. Będziecie szli obok mnie – puszcza Waldka. – Jak wrócimy do budynku, to macie dziś za karę zakaz wychodzenia, za to, że się oddaliliście. Reszta także dostanie karę.

Idziemy obok pani Wioli i kilku dziewczyn i się śmiejemy.

List do Pana Nikt

Panie Nikt!

Jes połowa maja. Ciepło zrobiło się na dobre i jusz nie musimy siedzieć całymi dniami wewnątsz budynku i wychowafcy pozwalajom nam wychodzić codziennie po południu na dwór i nawet możemy sobie biegać po lesie który jest tutaj tusz za budynkiem. Ale to nie to co na wsi. Tutaj nawet nie mam z czego ani czym zrobić sobie procy lub łuku ani porządnego szałasu nie można zrobić bo nie mam siekiery ani gwoździ ani scyzoryka ani żyłki i dosłownie nic ale nie jest aż tak źle bo można się bawić w lesie w chowanego. No i jest jeszcze coś co mnie bardzo interesuje. Co dwa dni starsi grają wieczorem w piłkę z tubylcami i kiedy oni zaczynajom grać wtedy ja staję z chłopakami za bramką i kiedy ktoś wykopie piłkę za daleko wtedy my się ścigamy kto pierwszy im ją poda i czasem nawet starsi wezmą kogoś z nas młodych i postawiom na obronie i ja jusz pare razy grałem na obronie. Od tygodnia nie ma jusz tutaj tych których podejżewam że ukradli mi pieniądze czyli Chudego i Dziary i Łomota. Chłopaki muwią że oni uciekli bo mają zostać przewiezieni do poprawczaka za kradzierze i włamania. A od dwóch tygodni nie ma już Pytona który został wywieziony do poprawczaka bo zgwałcił jakomś starom babe czy coś podobnego. Od tygodnia nie ma także Landrynka którego zabrała do domu jego mama no i już od jakiegoś czasu nie ma też Stasia który jak mi wtedy powiedział na huśtawce że ucieka to tak zrobił następnego dnia i uciek i jak do tej pory milicja nie przywiozła go z powrotem. A poza tym nic więcej i jest nawet nawet. List tak jak popszednim razem pomne i zostawie w koszu na śmieci. To na razie. Pa.

Sznyty

Stoję z chłopakami w dwuszeregu przed budynkiem, gdyż za chwilę mamy iść z panem Irkiem na wycieczkę. Pan Irek mówi, żeby każdy z nas podwinął rękawy, bo chce sprawdzić, czy nie mamy nowych sznytów. Podwijamy więc rękawy i pan Irek po kolei sprawdza nam ręce. U kogo zobaczy nowe sznyty, daje karczycho, wygania do budynku i mówi, że rozliczy się z tym kimś, kiedy wróci z wycieczki.

Na moich rękach pan Irek nic nie zauważa, bo te dwie kreski, które sobie zrobiłem dwa tygodnie temu poślinioną zapałką, już zniknęły i powiedziałem sobie, że już żadnych sznytów nie będę sobie robił. Te dwie kreski zrobiłem, ot tak, z ciekawości, bo widziałem, jak robiły je sobie chłopaki. Chłopaki robiły sobie sznyty także z ciekawości, bo widziały je u starszych wychowanków. Natomiast „starszyzna" najczęściej robi sobie sznyty wtedy, jak rzuci lub zdradzi ich dziewczyna. A czasem prawie wszyscy robią sobie sznyty z powodu nudy, wkurwienia i poczucia bezsensowności własnego, niepotrzebnego istnienia.

Pan Irek liczy nas i dolicza się jedenastu młodych chłopaków, a przed chwilą stało nas tutaj dwudziestu – dziewięciu wygonił z powrotem do budynku.

– Za mną! – mówi pan Irek.

Robimy zwrot i idziemy za panem Irkiem.

List do Pana Nikt

Jest prawie połowa czerwca. Niedługo wakacje i tato muwił jak był u nas dwa tygodnie temu że na wakacje nas zabieże do domu. Stasia nie ma już tutaj chyba dwa miesiące i czasem myśle o nim gdzie on jest a myśle o nim dlatego bo chciałbym zagrać z nim w piłkę bo on muwił że dobrze gra w piłke a ja teraz już zawsze gram ze starszymi chłopakami i zawsze stoję na obronie to i pewnie Stasiu stałby ze mną. Chłopaki kiedy mają grać to zawsze gdzieś około godziny siedemnastej przypominają mi żebym nie szedł do lasu bo oni bendą niedługo grać w piłke i ja im będę potrzebny ale ja to wiem bez przypominania bo nie mógłbym opuścić meczu. Kiedy pan Gutek jest na dyżurze to zawsze gra z nami. No i wtedy czasem udaje nam się wygrać z tubylcami ale jak pana Gutka nie ma to zawsze przegrywamy bo inni wychowafcy z nami nie grają bo mają za duże brzuchy i za wolno biegają wienc czasem stoją przy boisku i przyglądają się jak my gramy. W każdym meczu udaje mi się często zaplontać jakiemuś tubylcowi pod nogami i wybić mu piłke którą przejmują nasi i jestem wtedy z siebie dumny a chłopaki poklepują mnie po plecach i muwią że jestem dobry i równy gość. Po każdym meczu mam siniaki na nogach i troche utykam bo tubylcy czasem nie trafiają w piłkę a tylko we mnie i czasem robią to celowo jak się wkurzą gdy wybije im piłke ale to pryszcz bo siniaki szybko znikają. Poza tym spoko. To tyle. Chyba nie musze pisać że list tak jak zawsze pomne i porwe i zostawie w koszu na śmieci. Pa.

Na kolonię

Pan Irek budzi mnie w nocy i każe iść za nim. Wstaję więc z łóżka i idę za nim.

Nie wiem, o co mu chodzi? Przecież nic dzisiaj nie przeskrobałem. Wczoraj też nie.

Wchodzimy do pokoju wychowawców. Siedzi już tam pan Edek. Na stole stoi butelka. Chyba z wódką? Pan Edek zauważa, że się na nią patrzę. Bierze ją ze stołu i stawia pod stołem.

Tymczasem pan Irek wyciąga z szafy teczki z dokumentami i kładzie na stole. Otwiera jedną teczkę.

– Chcesz jechać na kolonię? – pyta się mnie, wyciągając z teczki jakieś papiery.

Nie wiem, co mam odpowiedzieć, gdyż jeszcze nigdy nie byłem na kolonii i nie wiem, jak tam jest. A poza tym myślałem, że pojadę na wakacje do domu, bo tato mówił, jak nas odwiedził tydzień temu, że na wakacje nas zabierze do domu.

– Widzę, że chcesz – mówi po chwili pan Irek – to pojedziesz. Wytypowaliśmy cię na kolonię, bo jesteś grzeczny i nie rozrabiasz jak tamte zbóje, i ciebie nie wyrzucą z kolonii.

Daje znak głową, że chcę, choć tak naprawdę to nie wiem, czy chcę. Boję się powiedzieć, że nie chcę, gdyż nie chcę, żeby pan Irek się wkurzył, że się mu sprzeciwiam. Chociaż prawdę mówiąc, zaczyna mnie ciekawić, jak jest na kolonii, i patrzę się, jak pan Irek pisze coś w papierach.

– No! Jesteś już zapisany – pan Irek wkłada papiery do teczki. – No, a teraz uciekaj spać!

– A jak długo trwa taka kolonia? – pytam.

– Miesiąc.

– A potem pojadę do domu?

– Pojedziesz, jak ojciec przyjedzie po ciebie i przywiezie zezwolenie z sądu, że może was zabrać do domu. No, szoruj spać!

Wychodzę z pokoju wychowawców.

Idę do swojego pokoju i zastanawiam się, jak jest na kolonii.

List do Pana Nikt

Jestem już od dwuch tygodni na koloniach i nawet nie wyobrażałem sobie że na koloniach może być tak fajnie. Nudno jest tylko rankiem kiedy jest apel. Na apelu potwornie się nudze i nie mogę ustać w dwuszeregu bo chce mi się spać ale po apelu robi się ciekawie. Opiekunki organizują nam różne zabawy w których ja nie uczestnicze bo się im chowam albo łaże po drzewach i stamtont wszystkich obserwuje. Czasem gram w piłkę z chłopakami i w badminktona z dziewczynami lub chłopakami. No i musze chodzić na wycieczki bo wtedy nie można się schować bo opiekunki wszystkich nas wtedy liczą. Mieszkamy w szkole podstawowej w której w roku szkolnym są lekcje a teraz do każdej klasy jest wstawionych po jakieś dwadzieścia łóżek polowych. Ja na poczontku kolonii miałem rozklekotane łóżko które się czasem samo rozkładało kiedy się na nim siadło no i kiedy nikogo nie było w sali to moje rozklekotane łóżko podmieniłem pewnemu chłopakowi a jego dobre wziołem sobie. Chłopak kiedy zobaczył że ma rozklekotane łóżko rozbeczał się ale się nie jarnoł że to ja mu podmieniłem to łóżko i poszedł z płaczem do opiekunki i powiedział że ktoś mu zabrał dobre łóżko. Opiekunka wtedy zawołała konserwatora i konserwator naprawił łóżko no i ten chłopak przestał beczeć. Chłopaki często teraz biegają za nim i śmieją się z niego że jest płaksa i cienias i dupa a ja sobie siedze cicho i nikomu nie mówie że to ja mu podmieniłem to łóżko. Na poczontku kolonii pojechaliśmy na wycieczkę. Dojechaliśmy do pewnej miejscowości i wysiedliśmy z autokaru i szliśmy pod górkę do pewnego klasztoru który stał na szczycie tej góry. Kiedy znaleźliśmy się w klasztorze to zeszliśmy do podziemi tego klasztoru żeby zobaczyć jakieś zmufimikowane ciała czy coś tam podobnego i ja patrze a tam za szybami kościotrupy jak na hororach a ich ciała były wyschniente i pokryte pajenczynami a po oczach i ustach i nosie zostały wielkie dziury. Patrzyłem się na te kościotrupy i myślałem że jakbym takiego kościotrupa zobaczył w nocy to bym uciekał jak tylko najszypciej umiałbym i pewnie narobiłbym w gacie ze strachu. Przewodnik wtedy mówił że to byli kiedyś ludzie i po śmierci zostali zmufimikowani czy jakoś tam się to nazywa. Był tam jakiś biskup i jakiś ksionże i jacyś opaci i dziecko i jacyś jeszcze nieznani ludzie byli bo tak mówił przewodnik że nie wiadomo kim oni byli. No i w ten sposup nie było wiadomo kim oni byli bo nikt tego nie wiedział ani przewodnik też nie wiedział. Ale wiadomo że byli kiedyś ludźmi bo to były ich zeschniente ciała za tymi szybami w tym klasztorze no i stego wiadomo że byli nieznanymi ludźmi bo nie wiadomo kim kiedyś byli. Gdy tak przewodnik opowiadał stawałem z chłopakami za dziewczynami i je straszyliśmy a dziewczyny piszczały i prawie nie było słychać co mówił przewodnik a opiekunki nas uciszały i mówiły żebyśmy się uspokoili bo nie słychać co mówi przewodnik. No i na chwile się uciszaliśmy ale zaraz potem znowu straszyliśmy dziewczyny. A teraz kiedy mi się przypomną w nocy te kościotrupy to robi mi się niedobrze i nakrywam się kołdrą tak że wystaje mi tylko głowa i nasłuchuje czy przypadkiem gdzieś nie idom te kościotrupy jak na hororach. Potem widziałem kapliczkę z kamiennym posongiem pielgrzyma która stała przy drodze na szczyt tej góry na której stał ten klasztor z kościotrupami ale to było wtedy jak jusz zeszliśmy stej góry. Przewodnik powiedział że jak ten pielgrzym wejdzie na szczyt góry pod klasztor z kościotrupami to będzie koniec świata bo tak mówi legenda a co roku pielgrzym fspina się ku górze o jeden centymetr a wtedy ktoś się zapytał a ile jest jeszcze centymetrów na szczyt to przewodnik odpowiedział że ohoho dużo i że ten pielgrzym jeszcze wiekami będzie się fspinał. Wszyscy wtedy spojrzeli na szczyt góry i ja też się spojrzałem i wyobrażałem sobie wielki bum i zastanawiałem się jak wygląda koniec świata i czy wszystko się nagle rozpada i znika czy może jakoś inaczej ale po chwili pomyślałem że pewnie się ten pielgrzym rozpadnie ze starości jak te kościotrupy zanim mu się uda wejść na szczyt góry i nie będzie końca świata ale nikomu o tym nie mówiłem bo może by się śmiali ze mnie. No i opiekunka powiedziała że idziemy dalej i poszliśmy i szliśmy i doszliśmy do dwóch dużych szop w których byli rzeźbiarze którzy rzeźbili w dużych klocach drewna siekierami i dłutami różne rzeźby takie jak całych ludzi i pułludzi od pasa do głowy i jeszcze same duże głowy i było jusz tam dużo takich wyrzeźbionych rzeźb takich jak rzeźbili w chwili kiedy my do nich podeszliśmy. Zaciekawiło mnie to bardzo i stanołem przy nich i patrzyłem się jak rzeźbili i wszyscy tesz patrzyli ale szybko im się znudziło i się wygłupiali i biegali a ja dalej stałem i się patrzyłem na tych rzeźbiarzy jak rzeźbią i na wyrzeźbione jusz rzeźby a opiekunki z przewodnikiem sobie usiedli i odpoczywali i rozmawiali a ja się patrzyłem dalej ale po jakimś czasie opiekunka zabrała mnie bo mieliśmy jusz wracać do autokaru i wracać do szkoły. Mówiłem opiekunce żeby mi pozwoliła jeszcze trochę popatrzeć na rzeźbiarzy albo żeby mnie zostawiła i przyszła potem po mnie albo jak chce to niech jusz wcale po mnie nie przychodzi bo mówiłem opiekunce że chcę jeszcze się popatrzeć na rzeźbiarzy jak rzeżbią i na gotowe rzeźby bo ja lubie rysować i chciałbym się kiedyś nauczyć rzeźbić tak jak oni a w szkole nauczycielki nie pozwalają mi rysować po zeszytach i czasem leją mnie po łapach za to mazanie to ja wtedy jak nikt nie widzi rysuję po ławkach i ścianach ale tego to jusz nie mówiłem opiekunce że rysuję po ławkach i ścianach. No ale opiekunka nie dała się ubłagać i mnie zabrała jak wszyscy szli do autokaru żeby wracać do szkoły. No i kiedy wracaliśmy i jak siedziałem w autokarze to siedziałem cicho i się nie odzywałem do nikogo bo myślałem o tych rzeźbiarzach i mi się to podobało co oni rzeźbili i chciałem jeszcze na to popatrzyć ale już nie mogłem bo siedziałem w autokarze i wracałem do szkoły. No i trochę byłem zły na opiekunke że nie pozwoliła mi jeszcze troche popatrzeć. List porwe i zostawie w koszu na śmieci za szkołą. Pa.

Lody

Stoję na boisku i przyglądam się grze dziewczyn w badmintona, gdyż mam grać z tą, która wygra.

– Borys! – ktoś krzyczy za mną.

Odwracam się za siebie.

Opiekunka kiwa do mnie ręką, żebym do niej podszedł. Idę więc do niej.

– Chodź, pogadamy – mówi, po czym, kiedy staję przy niej, kładzie swoją rękę na moim ramieniu.

Idziemy. Opiekunka dalej trzyma swoją rękę na moim ramieniu, a ja, idąc obok niej, zastanawiam się, co ona chce ode mnie.

Moja opiekunka jest młoda i lubię ją, chociaż mi nie pozwoliła, żebym się dłużej popatrzył na rzeźbiarzy, kiedy byliśmy na wycieczce. W nocy z chłopakami czasem mamy atrakcję: udajemy, że śpimy, kiedy w nocy przychodzi do niej jej chłopak. Ale on przychodzi tylko wtedy, kiedy na dworze jest zimno. Kiedy jest ciepło, to on śpi w namiocie, który ma rozbity tuż za boiskiem, i wtedy ona chodzi do niego, a wraca, kiedy my już śpimy.

No więc, kiedy on przychodzi, my udajemy, że śpimy i ich podsłuchujemy, jak rozmawiają, ale nic nie widzimy, gdyż ona ma wokół swojego łóżka rozstawiony parawan. Gdy rozmawiają, czasem któreś z nich się głośno zaśmieje. Wtedy się szybko uciszają i nasłuchują, czy przypadkiem ktoś z nas się nie obudził. Kiedy uznają, że wszystko jest w porządku – dalej rozmawiają. Potem coraz szybciej i głośniej oddychają, a jej łóżko polowe skrzypi za parawanem, aż w końcu uciszają się i łóżko przestaje skrzypieć, i dalej cichutko rozmawiają, a my zasypiamy.

– Ty jesteś z domu dziecka? – pyta się mnie opiekunka i przerywa ciszę.

– Tak – odpowiadam.

– Nie wstydź się. Chodź, chodź!

Wchodzimy do szkoły. Idziemy korytarzem i wchodzimy do sali, po czym opiekunka wprowadza mnie do niej, za parawan. Za parawanem widzę, że siedzi już tam dwójka bliźniaków z tego samego domu co i ja; siedzą na łóżku i objadają się czekoladkami, a ich buzie są całe upaćkane na brązowo. Bliźniacy są młodsi ode mnie o dwa lata i nie rozmawiam z nimi, bo nie mam o czym. Więcej dzieci z tego samego domu co i ja na kolonii nie ma.

– Poczęstuj się – mówi opiekunka, podsuwając mi pod nos cukierki.

Patrzę się na nią, ale się nie częstuję.

– No, nie wstydź się! – opiekunka dalej podsuwa mi cukierki. – Bierz! Nie wstydź się. Widzisz, jak chłopaki wcinają? – pokazuje palcem na bliźniaków.

– Nie lubię cukierków – mówię.

Opiekunka przygląda mi się z niedowierzaniem.

– Chyba że tak – wzdycha i podsuwa mi czekoladki. – To poczęstuj się czekoladkami. Czekoladki chyba lubisz?

Wkładam rękę do torebki i wyciągam z niej całą garść czekoladek, po czym wsuwam je do kieszeni, gdyż czekoladki lubię. Opiekunka uśmiecha się.

– A lody lubisz? – pyta się.

– Tak – odpowiadam. Ale kłamię, bo jeszcze nigdy nie jadłem lodów i nie wiem, jak smakują, ale wszyscy mówią, że są dobre, to może i mają rację.

– To po południu stawiam ci loda, dobra?

– Dobra! Mogę już iść?

– Jak musisz...

Wychodzę zza parawanu i biegnę do dziewczyn, bo przecież mam zajętą kolejkę i jeszcze ktoś się wpieprzy przede mnie i trzeba będzie mu ręcznie tłumaczyć, że ja miałem wcześniej zajętą kolejkę.

Siedzę na murku obok lodziarni i liżę loda, którego przed chwilą kupiła mi opiekunka. Liżę loda powoli, żeby go za szybko nie zjeść, i się nim delektuję. Przy budce stoją dzieci z lodami i także je liżą. Lecz oni już się tych lodów nalizali w życiu i pewnie nie wiedzą, jak smakuje po raz pierwszy, gdyż oni sobie codziennie kupują lody i inne pierdoły, bo mają pieniądze od rodziców, a ja nie mam, bo nikt mi nie dał.

Opiekunka podchodzi do mnie i się uśmiecha.

– No i jak smakuje lód?

Patrzę na opiekunkę i odpowiadam, że dobry i zimny. Opiekunka, uśmiechając się, siada obok mnie, pokazuje palcem na mój nos i mówi, że się uciapciałem lodem na nosie. Wycieram się. Opiekunka, nie przestając się uśmiechać, wstaje z murku i przykuca przede mną i kładzie swoje dłonie na moich kolanach.

– Jak ci się tutaj podoba? – pyta się, tak przykucając przede mną.

– Fajnie jest.

Opiekunka znowu się uśmiecha i zaczyna się rozglądać, co robią inne dzieci.

Tymczasem ja zaglądam za jej koszulkę, bo zauważyłem, że jej koszulka jest bardzo szeroka i odstaje, kiedy ona tak przykuca przede mną. Zaglądam za jej koszulkę i nie mogę oderwać wzroku od jej piersi, które są nagie. Patrzę się, bo jeszcze nigdy nie widziałem piersi u kobiety, i ślinka staje mi w gardle, bo chciałbym je dotknąć i sprawdzić, czy są miękkie. Po chwili opiekunka zauważa, że zaglądam jej za koszulkę. Poprawia ją, uśmiecha się i patrzy mi w oczy. Nie wiem, czy mam uciec ze wzrokiem, czy nie, i także patrzę jej w oczy, a na moich policzkach wyskakują rumieńce.

– Świntuszek jesteś – mówi opiekunka. Uśmiecha się i wstaje. Stoi nade mną i dalej się patrzy. – Jedz loda, bo ci skapuje po rękach – dodaje po chwili.

Patrzę się na loda, jak mi skapuje, po czym zaczynam oblizywać z dłoni to, co skapało. Opiekunka, śmiejąc się, odchodzi ode mnie, a ja dalej zlizuję loda z dłoni i patrzę się na nią, jak zaczyna zwoływać dzieci i mówi, że jak chcą coś jeszcze kupić, to żeby szybko, bo zaraz wracamy do szkoły. Patrzę się na nią i myślę, że fajnie byłoby, gdyby spadło z niej ubranie i bym zobaczył ją gołą. Albo, żeby jej ubranie było przezroczyste i żebym tylko ja widział, że takie jest.

Dom

Wchodzę do domu. Mama stoi oparta o kuchnię i się do mnie uśmiecha. Nic nie mówię i także uśmiechając się, patrzę na nią. Plecak z ubraniami rzucam pod ścianę.

– Gdzie byłeś na kolonii? – pyta się mnie po chwili.

– W Klonowych Górkach – odpowiadam.

– A gdzie ojciec?

– Idzie za mną.

– Na ile cię ojciec przywiózł?

– Na miesiąc.

– Na tyle?! Nie mogłeś zostać dłużej na koloniach? Tyle was bachorów w te wakacje i jeszcze ty przyjechałeś! Ja nie będę dla was gotować. Niech wam ojciec gotuje, jak was tyle narobił, albo niech wam najmie kucharkę.

– Sama sobie jedź na kolonię! – odgryzam się.

Mama uśmiechnięta dalej stoi oparta o kuchnię i przygląda mi się, kręcąc przy tym głową, gdyż mama ma taki zwyczaj, że zawsze sobie tak buja głową z prawa na lewo i z lewa na prawo. I często, jak tak sobie buja głową, to sobie coś śpiewa. Ale teraz nic nie śpiewa, tylko mi się przygląda. Poza tym moja mama jest dziwna i nie rozumiem jej. Kiedy chodziłem do szkoły na wsi, to starsze chłopaki śmiały się ze mnie, że mam piźniętą matkę i że była w wariatkowie. Potem po lekcjach rzucaliśmy w nich z Marcinem kamieniami i niektórzy nas ganiali, ale nigdy nie udało im się nas złapać, bo bali się podejść do nas. Gdyby podeszli bardzo blisko mnie, to wtedy bym im przywalił w sam środek mordy. Bo na wszelki wypadek kamienie zawsze miałem przy sobie – w kieszeniach spodni, kurtki albo w plecaku razem z książkami i zeszytami – i chłopaki wiedziały o tym, że jak do mnie podejdą za blisko, to dostaną kamieniem w sam środek pyska.

Wychodzę z domu i biegnę do Marcina, gdyż nie widziałem się z nim prawie pół roku.

– Pisali o was w gazecie – mówi Marcin, po czym rzuca kamieniem w butelki ustawione pod płotem.

– Co? Co pisali? W jakiej?

– Nie wiem? Chyba w „Słowie"... Moja mama czytała

i mówiła, że o was pisali. Ale ja nie czytałem i nie wiem, co tam pisali.

– A masz tę gazetę?

– Nie! Mama już dawno wzięła ją na podpałkę.

– Szkoda.

Marcin rzuca kamieniem w butelkę i ją rozbija.

Siadam na pieńku i zastanawiam się, co tam w tej gazecie napisali... Chyba domyślam się, co mogli o nas napisać w gazecie. Pewnie napisali, że jesteśmy brudni. Że mamy wszy. Że mieszkamy w domu dziecka. Ale to i tak na wsi wszyscy wiedzą, więc po co pisać o tym w gazecie? Niech sobie piszą! Mam ich w dupie!

Wstaję z pieńka i rzucam kamieniem w butelki ustawione pod płotem. Kamień ociera się o jedną butelkę, ale jej nie rozbija. Po mnie rzuca Marcin i rozlega się brzęk tłuczonego szkła.

– Rozbiłeś już szóstą butelkę! – mówię. – Ja tylko dwie!

Marcin uśmiecha się, po czym rzuca kamieniem do kolejnych butelek, które ustawiliśmy pod płotem na jego podwórku jakąś godzinę temu, kiedy jego rodzice poszli do pracy.

– Chodź, zrobimy sobie nowe proce – rzucam pomysł.

– No. Ale masz dobry pomysł! Idziemy!

Bierzemy stare proce, które leżą obok pieńka, i wkładamy za spodenki. Następnie Marcin idzie do szopy i przynosi duży nóż, po czym wybiegamy z podwórka i idziemy do lasu w poszukiwaniu drewnianych widełek, które mogłyby się nadawać na nowe proce.

Wracam z Marcinem ścieżką z lasu. W dłoniach trzymamy nowe widełki na proce, stare z zeszłych wakacji mamy wsunięte za spodenki, a kieszenie wypchaliśmy małymi kamykami do naszych proc. Opowiadam Marcinowi o wybuchu w Czarnobylu i o tym, jakie niedobre i ohydne dostałem coś do wypicia. Marcin mówi, że tutaj także zamknęli ich w szkole i dawali coś do wypicia, ale on tego nie wypił i wypluł do kosza na śmieci, jak tylko nauczycielka się odwróciła.

Dochodzimy do sadu sąsiadki Marcina. Zatrzymujemy się, żeby zapamiętać, na których drzewach są już dojrzałe jabłka, śliwki i gruszki. W nocy zrobimy skok na sad. Marcin mówi, że jak mnie nie było, to on nie robił skoków na sad, bo nie miał kto stać na czatach, ale teraz, kiedy ja już jestem, to będziemy robić skok każdej nocy, a na czatach będziemy stawiać Tytusa i Dawida.

List do Pana Nikt

Panie Nikt!

Wakacje jutro się kończą i tato nas jutro odwiezie. W wakacje nie było ani jednego dnia w którym bym się nudził i nikt mnie nie pilnował i miałem totalny luz bo nikt mnie nie pilnował. Co kilka dni strzelałem się z chłopakami z procy naładowanej kamykami albo malutkimi gruszkami ulęgałkami i czasem dostawałem w plecy albo po nogach albo w głowe lub w tyłek. Kiedy dostałem w głowe to czasem leciała mi krew ale szybko ją wycierałem i przestawała lecieć bo ją wytarłem. Zawsze byłem w drużynie razem z Marcinem a Marek starszy brat Marcina zawsze znajdował jakomś dziure lub chował się za czymś i stamtont do nas strzelał i czasem stej swojej dziury kogoś trafił ale on chyba jeszcze od nikogo nie dostał kamieniem bo ja czegoś takiego nie widziałem żeby mu leciała krew bo on był zawsze dobrze schowany i pewnie dlatego nikt nie mógł go trafić. Z nami strzelali się tesz takie chłopaki którzy kiedy gdy zostali trafieni za mocno to szybko lecieli do swoich domów i skarżyli swoim rodzicom albo dziadkom albo babkom albo wujkom albo komu tam kto był w domu i ten ktoś zaras do nas przybiegał ale nas jusz wtedy nie było i oni robili lament a my byliśmy schowani w krzakach i opserwowaliśmy jak oni się denerwowali i lamentowali i wyzywali nas i przeklinali a potem my tych skarżypytów jusz nie chcieliśmy brać żeby się z nami strzelali ale oni mówili że jusz nie będą się bać i skarżyć i my ich znowu braliśmy bo to dobrze jak dużo nas było do strzelania się na proce ale oni kiedy znowu dostali za mocno to znowu płakali i znowu lecieli skarżyć. Marcin jest z nas wszyskich najlepszy w strzelaniu z procy i w rzucaniu kamieniami do ustawionych butelek bo kiedy urządzaliśmy olimpiade albo mistrzostfa świata w strzelaniu z procy do jaskułek albo wrubli które siedzą na słupach albo na drutach przez które leci pront i światło do domuf to Marcin zawsze zestrzelił najwięcej ptaków a ja jednego albo góra dwa albo czasem ani jednego. No i to samo jest jak rzucaliśmy do ustawionych butelek bo Marcin był od nas zawsze lepszy i zawsze zdobywał złoty medal a ja często miałem srebrny albo bronzowy ale my medali sobie nie wrenczaliśmy tak jak na olimpiadzie albo mistrzostfach świata tylko my sobie tak mówiliśmy kto był najlepszy bo po co nam medale. Zrobiłem też na podwórku skocznię w dal. Położyłem deskę na ziemi a za deską jest piasek i my w ten piasek skakaliśmy kto najdalej a obok skoczni w dal zrobiłem skocznie do skoku wzwyż bo wbiłem dwa kije w ziemie a w kije wbiłem gwoździe w otstempach po dwa centymetry i na te gwoździe zakładaliśmy cieniutką drewnianą tyczkę i rozpendzalismy się i skakaliśmy kto najwyżej skoczy. I my często przed południem urządzaliśmy mistrzostfa w skoku w dal i w skoku wzwysz. W zawodach brałem udział ja i Marcin i jego brat Marek i moi bracia Tytus i Dawid a innych chłopaków nie zapraszałem albo tylko czasem albo jak sami przyszli to se z nami skakali. A na drzwiach do szopy mam pszywieszoną papierową tarcze do której czasem strzelam z łuku strzałami które mają na czupkach wbite gwoździe żeby strzała wbijała się w szopę. A po południu szliśmy sobie do szałasu który mamy zbudowany w lesie a Marcin zabierał z domu zupe w słoikach i siedzieliśmy tam i jedliśmy zupe i graliśmy w karty i gadaliśmy i paliliśmy papierosy jak Marcinowi udało się je ukraść od jego mamy ze sklepu. A wieczorem jak mojego taty nie ma w domu bo jest w pracy albo jak jest pijany i śpi ale nie zawsze jest pijany ale jak jest pijany albo jak jest w pracy to my wtedy u mnie na podwórku bawiliśmy się w chowanego. A mama nam na wszystko pozwalała i spała sobie na swoim łóżku albo szła do koleżanki albo na spacer no i mogliśmy robić co chcemy i nikt nam nie przeszkadzał. A wtedy ja odwiązywałem naszego psa Żebraka z łańcucha przy budzie i zamykałem go w szopie bo on jest bardzo groźny i jakby kogoś dopadł to by od razu pogryz. I do zabawy w chowanego jest nas wtedy dużo bo przychodzą tesz inne dzieci z tej drogi przy której ja mieszkam i które tesz na tej drodze mieszkają albo przyjeżdżają na wakacje do swoich dziadków albo babek albo ciotek albo wujów i przychodzi nawet ta dziewczyna której porwaliśmy z Marcinem i Tytusem w zeszłe wakacje majtki ale jusz nas nie wyzywała to jej jusz nie porwaliśmy majtek. No i codziennie w nocy robiliśmy skok na sad sąsiadki Marcina na jabłka albo śliwki albo gruszki a innych chłopaków nie zabieraliśmy ze sobą żeby nie było wielkiego hałasu i żeby sąsiadka nie wyszła z domu a niektóre chłopaki to są nawet trzęsidupy i po co brać takich żeby się bali. A na czatach stawialiśmy Tytusa i Dawida a my szabrowaliśmy po sadzie albo czasem to my staliśmy na czatach a Tytus z Dawidem sobie szabrowali i nam owoce wyrzucali przez siatkę a my zbieraliśmy te owoce i patrzyliśmy czy sąsiadka nie wychodzi z domu. Z nami w domu nie ma Kuby bo sąd nie pozwolił tacie zabrać Kuby do domu na wakacje ale ja Kubę widziałem przed wakacjami jak nas tato odwiedził to tato mówił wtedy że jeszcze pojedzie do Kuby i ja go poprosiłem żeby zabrał i mnie i tato mnie zabrał i jak dojechaliśmy tam gdzie mieszkał Kuba a jechaliśmy autobusem miejskim z piętnaście minut bo Kuba mieszka w tym samym mieście co i ja i moje rodzeństwo ale w innym domu w takim domu małego dziecka to jak tam dojechaliśmy to tato zostawił mnie na placu zabaw przed budynkiem i ja sobie siedziałem i tato po chwili wyszedł z Kubą i jak zobaczyłem Kubę to serce zaczęło mi się jakoś tłuc i tak jakoś się cieszyłem bo Kuby dawno nie widziałem i się radowałem że znowu widzę Kubę i zrobiło mi się jakoś ciepło w sercu a Kuba jak podszedł do mnie to się we mnie wpatrywał i tato spytał się go czy mnie poznaje a Kuba pokiwał głową że mnie poznaje i się zaczerwienił na policzkach a ja się jeszcze bardziej zaczołem cieszyć że mnie nie zapomniał i tato powiedział że nas zostawi na chwile i pójdzie sobie porozmawiać z wychowafczynią Kuby bo ona go prosiła żeby przyszedł do niej porozmawiać i ja zostałem z Kubą sam na sam i powiedziałem do niego żeby powiedział Borys a on powiedział Bolys i ja jeszcze raz powiedziałem żeby powiedział Borys a nie Bolys a on się uśmiechnoł i walnoł mnie z pieńści w brzuch ale mnie to nie bolało i się śmialiśmy i się bawiliśmy i potem nadstawiłem Kubie swoją twarz a Kuba mnie prał po mordzie ale mnie to nie bolało bo Kuba ma słabe ciosy bo jest mały i tak się bawiliśmy i śmialiśmy i potem przyszedł tato i tesz se jeszcze troche posiedzieliśmy razem. Szkoda że Kuby nie ma teraz z nami w domu bo jak by był to bym mu nadstawił twarz tak jak wtedy a Kuba by mnie okładał pieńściami i byśmy się tak bawili i śmiali. No to tyle. A listu nie zostawie tak jak zawsze w koszu na śmieci bo w domu nie mamy kosza na śmieci a tylko wszystkie papiery i śmieci wrzucamy pod komin do spalenia więc ja ten list porwe i wrzuce pod komin do spalenia. To na razie!

Nowy dom

Wsiadam do mikrobusu razem z moim rodzeństwem i dwójką rodzeństwa Kwaśniewskich – Patrycją i Nikodemem. Siadamy na siedzeniach. Pan Irek zamyka za nami drzwi, po czym wsiada do auta, zapala silnik i ruszamy.

Odwracam się za siebie: przez tylną szybę mikrobusu widzę dzieci, kucharkę i panią Wiolę, którzy machają nam na pożegnanie. Mikrobus wjeżdża w bramę, zakręca i wjeżdża na jezdnię. Odwracam się do kierunku jazdy. Mikrobus rozpędza się i jedziemy do prawdziwego domu dziecka.

Kilka dni temu tato przywiózł nas z wakacji, a już nas przewożą w nowe miejsce. Ale wcale nie jestem zły, gdyż chciałem, żeby kiedyś przewieźli nas do prawdziwego bidula i czekałem tylko, kiedy nastąpi taki moment. I właśnie teraz się to dzieje, a ja siedzę w mikrobusie i się zastanawiam, jak tam będzie. Chciałbym już tam dojechać i zobaczyć, jak to nowe miejsce będzie wyglądało.

Podjeżdżamy pod duży budynek. Pan Irek zatrzymuje mikrobus, wyłącza silnik i mówi, że to tutaj.

– No, wysiadać!

Wysiadam pierwszy i przyglądam się budynkowi: dom, w którym mamy mieszkać, nie różni się niczym szczególnym od poprzedniego, w którym mieszkaliśmy – jest tylko trochę większy i ma więcej okien i jest nawet w tym samym kolorze jasnożółtym z brązowym pasem przechodzącym wszerz budynku na wysokości okien.

– Dobra – mówi pan Irek – zabierajcie swoje rzeczy z samochodu, bo nie ma czasu.

Wyjmujemy swoje rzeczy z samochodu, tymczasem pan Irek bierze z samochodu nasze dokumenty i wchodzi do budynku. Po chwili wraca z trzema paniami. Panie mówią, żebyśmy szli za nimi do środka. Patrycję zabiera jedna pani w okularach, Nadię i Dawida zabiera druga potwornie gruba i rozczochrana pani do przedszkola, a Tytusa, Nikodema i mnie prowadzi do budynku trzecia, niska i starsza pani, która mówi, żebyśmy mówili na nią pani Ania.

Pani Ania prowadzi nas na piętro i tłumaczy nam, że na piętrze mieszkają chłopcy i przedszkolaki, a na parterze – dziewczynki. My słuchamy jej i rozglądamy się wokół siebie, a mijane dzieci nam się przyglądają. Ciągniemy reklamówki wypchane ciuchami, które dał nam pan Irek, kiedy mieliśmy odjeżdżać. Kiedy powiedziałem, że nie chcę tyle ubrań, wtedy pan Irek groźnie się na mnie popatrzył, aż pomyślałem, że przed wyjazdem jeszcze mi przypierdzieli, i wziąłem, żeby mu nie podpaść, choć nie wiem, po co to tyle ciuchów jest mi potrzebnych. Najchętniej to bym te wszystkie łachmany od razu wyrzucił. Bo po co mi ich aż tyle? Przez cały czas pobytu w poprzednim miejscu chodziłem prawie w jednych i tych samych ubraniach, a jak miałem wyjeżdżać, to dostałem ich tyle, że nie wiadomo, co z tym tałatajstwem zrobić.

– O, tutaj będzie chwilowo wasz pokój – mówi pani Ania, otwierając drzwi do jednego z pokoi.

Wchodzimy i kładziemy reklamówki z ciuchami na łóżkach. Pani Ania mówi, żebyśmy sobie siedli i rozpakowali się. Po czym dodaje, że ten pokój jest już zajęty i mieszkają w nim chłopcy, którzy jeszcze nie wrócili z wakacji, a nas trzeba będzie potem poumieszczać w innych pokojach, tam, gdzie będą wolne miejsca. I wychodzi z pokoju.

Siadam na łóżku i rozglądam się po pokoju, który jest trzyosobowy – to nie to, co w poprzednim miejscu, gdzie mieszkałem w pokoju jedenastoosobowym, choć nie wszystkie pokoje były tam takie wielkie. Taki duży był tylko pokój, w którym ja mieszkałem, a inne były co najwyżej sześcioosobowe.

Tytus siada na drugim łóżku i patrzy na mnie, a Nikodem podchodzi do okna, otwiera je, po czym przez nie wygląda.

– Chuju, co tam robisz? – krzyczy, wyglądając przez okno.

Wstaję z łóżka i podchodzę do okna, żeby zobaczyć, do kogo on tak krzyczy. Przez okno widzę chłopaka – z wyglądu może piętnastoletniego – który, kucając przy rowerze, patrzy się na okna. Odsuwam się, żeby mnie nie zobaczył, a tymczasem Nikodem dalej stoi w oknie, śmieje się i macha do niego ręką.

– Cześć, kutasie – mówi Nikodem.

– O, tty gggówniarzu! – krzyczy tamten.

Śmieję się, ciągle stojąc z daleka od okna, żeby mnie tamten nie widział.

– Jjjjąkkkkała – przedrzeźnia tamtego Nikodem.

– Mmłody, zzaraz mmasz wwppierddol.

– Jjąkała się zzesrała.

– Jjeszcze chwila i, sskurwysynu, idę ddo ciebie.

– Jjąkała, jja mam starszą siostrę i jak mnie ruszysz, to ona ci wpierdoli.

– O, tty sskurwysynu!

Wyglądam nieznacznie przez okno i widzę, jak tamten wbiega do budynku. Zaczynam się bać, bo pewnie zaraz przybiegnie do naszego pokoju. Nikodem dalej się śmieje. Po chwili chłopak staje w drzwiach. Podchodzi do Nikodema, łapie go za koszulkę i rzuca nim o ścianę. Nikodem krzyczy i wzywa na pomoc Patrycję, a jąkała kopie go po dupie. Nikodem kładzie się na podłodze i dalej woła na pomoc Patrycję.

Nagle jąkała odskakuje od Nikodema i patrzy się na mnie.

– Tty tteż!? – mówi.

Kręcę głową, że ja nie, ale jąkała podchodzi do mnie, łapie mnie za koszulkę, po czym podnosi mnie do góry i rzuca mnie na łóżko.

Tymczasem Nikodem wybiega z pokoju, a chłopak z powrotem łapie mnie za koszulkę i zwleka z łóżka. Następnie łapie mnie za szyję i przyciska do podłogi tak, że nie mogę złapać powietrza i kopię nogami o podłogę. Po chwili uwalnia uścisk i dopiero łapię oddech.

– Jjesteście nnowi? – pyta się.

– No!

– Jjak się ttamten nnazywa?

Nie odpowiadam.

Chłopak znowu łapie mnie za szyję i przyciska do podłogi, ale już nie tak mocno jak poprzednim razem. Po chwili uwalnia uścisk i krzyczy:

– Kkurwa, mmów!

Nie odpowiadam.

Wtem zbawienie: do pokoju wpada Patrycja, a za nią Nikodem. Patrycja podchodzi do jąkały, łapie go za włosy i uderza jego głową kilka razy o swoje kolano, po czym puszcza go, a on wybiega zakrwawiony z pokoju.

– Zaraz ttu będą chchłoooooopaki – mówi, odwracając się w drzwiach.

– Spadaj! – mówi Patrycja. – Bo ci jeszcze raz przyjebię.

Chłopak trzaska drzwiami i znika.

– Nikodem, po co zaczynasz? – pyta się Patrycja Nikodema.

– Ja nie zaczynałem! – odpowiada Nikodem. – Spytaj się Borysa albo Tytusa.

Patrycja patrzy się na mnie, a ja przecząco kręcę głową, po czym patrzy się na Tytusa i on także przecząco kręci głową.

– No to zaczekam sobie na chłopaków – mówi Patrycja. Siada na łóżku.

I rozmawiamy, i śmiejemy się, a ja patrzę non stop na Patrycję i zastanawiam się, skąd ona ma tyle siły. W poprzednim miejscu, gdzie mieszkaliśmy, nikt nie mógł wygrać z nią na rękę, a jeśli któryś z chłopaków miał do niej jakieś wonty, to ona takiemu komuś dawała w łeb albo kopa w dupę, że spieprzał w podskokach. Nikodem wykorzystywał to bardzo często i wyzywał, kogo mu się podobało, a starsi chłopcy bali się go uderzyć. Poza tym Patrycja jest wielka i szeroka w barach i mało który chłopak dorównuje jej gabarytami, a ona ma dopiero szesnaście lat i pewnie jeszcze urośnie i będzie ogromna, przeogromna, kolosalna.

– No, jakoś nie widzę jego kumpli – mówi Patrycja po kilku minutach.

Wybuchamy śmiechem.

– No, ile będę na nich czekać? – Patrycja wstaje z łóżka i podchodzi do drzwi. – Jak będą chcieli, to mnie znajdą.

Uśmiechając się, patrzymy na Patrycję, jak wychodzi z pokoju.

Huśtawka

Jest ranek. Sobota. Wszyscy w bidulu śpią dłużej, ponieważ nie idzie się do szkoły. Tytus, Nikodem i ja wstajemy jednak wcześniej, ubieramy się i biegniemy na huśtawki za bidulem. Stajemy na huśtawkach i robimy zawody, kto rozbuja się najwyżej.

Wczoraj, kiedy Patrycja wyszła z pokoju, my jeszcze trochę tam posiedzieliśmy, ale ten chłopak, któremu Patrycja wpierdzieliła, nie przyszedł z chłopakami, więc pobiegliśmy badać teren wokół bidula. Najpierw zbadaliśmy huśtawki i się na nich pohuśtaliśmy. Potem pobiegliśmy badać osiedle i wchodziliśmy na każde napotkane drzewo orzechowe i zrywaliśmy orzechy, a ludzie czasem nas przeganiali. Zabraliśmy się więc za drzewa z jabłkami lub ze śliwkami, z których ludzie również czasem nas przeganiali. Potem wchodziliśmy do każdego napotkanego śmietnika i przetrząsaliśmy je, bo Nikodem, który jest z miasta, mówił, że w pojemnikach na śmieci można czasem znaleźć ciekawe rzeczy. No i znajdowaliśmy mnóstwo kaset magnetofonowych, latarek i innych pierdół, ale ich nie zabieraliśmy, gdyż bardziej niż poszukiwanie jakichś tam rzeczy bawiło nas samo przebywanie w śmietnikach i rzucanie w siebie śmieciami albo wskakiwanie na główkę do kontenera na śmieci. Do bidula wróciliśmy wieczorem. Pan Adam nas opieprzył. Powiedział, że nie wolno wychodzić z budynku bez zezwolenia i że jak jeszcze raz wyjdziemy bez zezwolenia, to dostaniemy karę. Po czym wygonił nas na kolację. Po kolacji zaprowadził nas na uczelnię (to taki duży pokój, w którym odrabia się lekcje lub ogląda telewizję, a także są w nim szafy z ubraniami; uczelni w bidulu jest kilka). Na uczelni włączył nam telewizor. Kazał nam oglądać telewizję i nie wychodzić, po czym wyszedł i zamknął drzwi na klucz. Siedzieliśmy więc na uczelni i się wygłupialiśmy. Gdzieś po godzinie pan Adam przyszedł i dał nam piżamy, ręczniki i przybory toaletowe i kazał nam iść się myć, a po umyciu siedzieć w pokoju.

Gdy się myliśmy w łazience, przychodziły chłopaki, oglądały nas i się z nas śmiały. Szybko się umyliśmy i uciekliśmy do pokoju. W pokoju zrobiliśmy sobie pokaz mody: zakładaliśmy na siebie wszystkie ciuchy, które dał nam pan Irek; wszystkie były na mnie za małe. Czasem ktoś zajrzał do nas, żeby nas oblukać, zaśmiać się i powiedzieć, że jesteśmy przymuleni i przybici. O godzinie dziesiątej przyszedł brodaty pan i zgasił nam światło. Położyliśmy się spać. Szybko zasnąłem.

Ale to było wczoraj. Teraz stoimy na huśtawkach i robimy zawody, kto rozbuja się najwyżej.

– I co, chuje! – krzyczę, huśtając się na huśtawce. – Chuje, kutasy, skurwysyny! Jestem wyżej od was!

– Chuju! – krzyczy Nikodem. – Dogonię cię!

Nagle tracę równowagę i spadam z huśtawki. Nie wiem, jak to się stało, ale leżę na ziemi. Chłopaki śmieją się ze mnie.

Podnoszę się, a rozhuśtana huśtawka trafia mnie w głowę i z powrotem padam plackiem na ziemię. W głowie mi huczy i wydaje mi się, jakby wokół mnie latały robaczki, muszki i sam nie wiem jeszcze co. Z głowy leci mi krew i robi mi się zimno.

Tytus z Nikodemem przestają się śmiać, zatrzymują swoje huśtawki i biegną do budynku po wychowawcę. Ja dalej leżę i nie podnoszę się z ziemi, bo czuję, że nie mam siły się podnieść. Zamykam oczy i wydaje mi się, jakbym zasypiał. Po kilku chwilach Tytus z Nikodemem przybiegają z powrotem, a za nimi przybiega pielęgniarka z panią Anią. Pielęgniarka ogląda mnie i wyciera krew z mojej głowy, po czym podnosi mnie z ziemi i prowadzi pod ramię do budynku. W głowie potwornie mi huczy; zastanawiam się, jak ja spadłem z huśtawki. Pielęgniarka wprowadza mnie do swojego gabinetu i sadza mnie na krześle, po czym przemywa ranę na mojej głowie, a ja dalej się zastanawiam, jak to się stało, że spadłem z tej pieprzonej huśtawki.

– Aniu, idź dzwoń po taksówkę – mówi pielęgniarka do stojącej w drzwiach pani Ani. – Trzeba z nim jechać do szycia.

Pani Ania idzie dzwonić po taksówkę, pielęgniarka dalej przemywa mi ranę, a ja dalej zastanawiam się, jak spadłem z tej cholerno-pieprzonej huśtawki. Po minucie, dwóch, trzech, a może czterech – gdyż nie mam zegarka w głowie i nie wiem, jak ten czas leci – wraca pani Ania i mówi, że taksówka już stoi i że ona, pani Ania, może jechać do szpitala ze mną. Pielęgniarka na to, że to dobry pomysł, bo ona jako pielęgniarka musi być tutaj na miejscu. Pani Ania bierze mnie pod ramię i wychodzimy z gabinetu pielęgniarki.

Lekarz ogląda moją ranę i zadaje mi pytania: Jak się nazywam? Czy wszystko pamiętam? Gdzie mnie boli i jak mnie boli? Na wszystkie pytania odpowiadam i lekarz kładzie mnie na czymś w rodzaju leżanki. Nade mną wiszą rzędy lamp, które lekarz ustawia tak, żeby świeciły na moją głowę.

– Będziemy szyć – mówi. Po czym odwraca się ode mnie i bierze ze stolika jakieś przyrządy czy cholera wie co.

Leżę na leżance, patrzę się na lekarza i myślę, że jeszcze

nigdy nie miałem nic szytego; zastanawiam się, czy szycie głowy to to samo co zaszywanie dziury w spodniach lub swetrze, czy może jak cerowanie skarpetek? A może mi przyszyje łatę na głowie?

Podchodzi do mnie pielęgniarka i przybliża lampy do mojej głowy, a ja zamykam oczy, gdyż lampy zaczynają mnie razić. Lekarz dotyka rękami mojej głowy i mówi, żebym się nie ruszał i zaczyna coś tam robić. Leżę i wydaje mi się, jakby przez moje ciało przechodziły armie mrówek albo nie wiadomo co. No ale przecież nie leżę w mrowisku, tylko na leżance czy stole operacyjnym, bo cholera wie, jak się nazywa to coś, na czym leżę. Chciałbym zobaczyć, co lekarz robi na mojej głowie, chciałbym zobaczyć, jak będzie nawlekał igłę. Ciekawe, jaką igłą będzie szył? Boję się i przygotowuję się na ukłucie. Ciekawe, czy będę krzyczał, jak mnie ukłuje tą igłą?... Może wbije igłę w moją głowę teraz?... Nie. Jeszcze nie. Pewnie mi powie, kiedy będzie wbijał igłę... Jeszcze teraz nie wbija, bo czuję, jak mnie tam delikatnie dotyka. Pewnie, jak będzie wbijał, to powie: „No, mały, uważaj, bo teraz będę wbijał igłę", i ja się wtedy przygotuję. No, ale ile jeszcze będzie trwało to dotykanie mnie po głowie? Niech już powie, żebym się przygotował, bo ciągle latają mi po ciele te cholerne mrówki „drętwiaki-niecierpliwiaki", a ja nie mogę się ruszyć, żeby je strząsnąć, gdyż lekarz mi mówił, żebym się nie ruszał. No i do tego mam jeszcze zamknięte oczy i wydaje mi się, jakbym płynął...

– No, mały, już po szyciu – mówi lekarz. – Gotowe!

Otwieram oczy i przestaję płynąć, a mrówki „drętwiaki-niecierpliwiaki" spierniczają spłoszone z mojego ciała, gdyż się ruszam.

Patrzę się na lekarza i nie mogę uwierzyć, że już po szyciu. Jak to – już po szyciu? Nie widziałem, jak nawlekał igłę, i nawet nie czułem, jak ją wbijał w moją głowę, i już po szyciu? Niemożliwe?!

Dotykam ręką do czaszki, gdyż chcę sprawdzić, czy mam na głowie łatę czy coś innego.

– Nie dotykaj teraz! – mówi lekarz. – Za dwa tygodnie przyjdziesz, to ci zdejmiemy szwy. Masz tylko dwa. Możesz już wstać.

Wstaję. Lekarz mówi, żebym sobie poszedł siąść na korytarzu, a panią Anię prosi na chwilę do siebie na rozmowę.

Wychodzę z sali i siadam na krześle, na korytarzu. Dotykam tego miejsca, które miałem szyte, i macam, macam i macam, ale nie wyczuwam na czubku głowy żadnej łaty ani czegoś podobnego, a tylko wyczuwam, że mam wycięte trochę włosów wokół rany.

Uff! To dobrze, że nie mam na głowie żadnej łaty.

Pani Ania wychodzi od lekarza. Natychmiast opuszczam rękę, żeby mnie nie opieprzyła, ale pani Ania patrzy na mnie takim spojrzeniem, że nie wyczytuję z niego nic dobrego.

– Cholero! – mówi. – Dopiero wczoraj przyjechałeś, a już są z tobą takie problemy. Gdyby ta huśtawka trafiła cię dwa, trzy, cztery centymetry niżej, to byłoby po tobie! Czy ty sobie zdajesz z tego sprawę?

Patrzę się na nią i nic nie odpowiadam.

Pani Ania popycha mnie lekko i każe iść przed sobą. Wstaję więc z krzesła i idę, a ona idzie za mną.

Za mną, piesku.

Pani Ania idzie za mną i mówi, że nie jestem taki chory i będziemy wracać pieszo, bo ona nie będzie marnować pieniędzy na taksówkę dla takiego durnia i gamonia jak ja.

A czy ja proszę o taksówkę?

Wychodzimy ze szpitala. Pani Ania wyciąga papierosa i sobie go podpala, a ręce jej się przy tym trochę telepią. Myślę sobie, że może pani Ania ma ręce na baterie, że się jej tak telepią, ale jak baterie się kiedyś wyczerpią, to ręce pani Ani też przestaną się telepać.

Siedzę na uczelni skulony na krześle i czerwony na twarzy jak burak. Pani Ania grzebie w szafie z ubraniami w poszukiwaniu czegoś dla mnie, a tamte dwie baby mi się przyglądają i gdakają, że nie wolno się huśtać na huśtawce tak wysoko. Że mogło mi się stać coś gorszego. Że trzeba te huśtawki jakoś zabezpieczyć, żebyśmy się nie huśtali tak wysoko, bo weźmie się taka cholera i rozbuja, jak najwyżej tylko potrafi, i spadnie, i co? I trzeba jeździć z takimi cholerami po szpitalach. Co to się teraz dzieje z tymi dzieciakami?... I że trzeba z takimi cholerami pracować... Człowiek nie ma ani chwili spokoju od nich. Kto ma ich wszystkich upilnować? Nawet kawy albo herbaty nie można sobie spokojnie wypić, bo już się drą, jakby ich kto zarzynał.

Do kawy albo herbaty to ja ci, stara kurwo, mogę nasikać! W domu, stara kurwo, się nachlaj herbaty i kawy. I żeby ci ta kawa i herbata po nogach spłynęła. I żebyś się posikała, stara kurwo, zardzewiała i rozczochrana na cipie. Na głowie też! I twoje włosy na nogach też są rozczochrane. I żebyś się jeszcze wyrzygała na cipę. I żeby na cipie ci to wszystko zaschło. I żeby twój mąż pociągnął cię wtedy za cipę i ci ją wyrwał. Z korzeniami! I byś już nie sikała i nie piła kawy i herbaty, bo nie miałabyś czym wysikać tego wszystkiego, co wychlasz. I nie miałabyś już wtedy żadnych problemów w pracy.

– Chodź, Kasiu – mówi gruba i rozczochrana pani do drugiej, tak samo grubej i rozczochranej. – Chodź, napijemy się kawy. Przyniosłam dobre ciasto. Wczoraj upiekłam. Zjemy, posiedzimy sobie i pogadamy.

– No, idziemy się napić – odpowiada ta druga.

– Ty, Aniu, też przyjdź – mówią chórem.

– Dobra, dobra – odpowiada pani Ania, ciągle grzebiąc w szafie z ubraniami. – Przyjdę, jak znajdę dla tej cholery jakieś ubrania na zmianę, bo te, które wczoraj ze sobą przywiózł, są na niego za małe.

No co? Pan Irek dawał ubrania, więc pakowałem do reklamówek i skąd miałem wiedzieć, że są na mnie za małe? Nawet nie pozwolił mi ich przymierzyć, bo mówił, że nie ma czasu na takie pierdoły, a jakieś ubrania muszę zabrać, żeby to jakoś w porządku wyglądało.

Panie wychodzą z uczelni, a pani Ania dalej grzebie w szafie w poszukiwaniu ubrań dla mnie.

W końcu wyciąga z szafy ubrania i krzyczy, żebym zdejmował z siebie te zakrwawione ciuchy. Wstaję więc z krzesła i zdejmuję bluzkę, a ona dalej krzyczy, że jestem cholera i że będzie ze mnie niezły gagatek, ale ona da sobie ze mną radę, bo już nie z takimi sobie radziła.

– O, zobaczysz, jaką ja ci dam szkołę?! – grozi mi palcem.

Oglądam bluzkę, którą z siebie zdjąłem: na plecach jest duża, czerwona i już zeschnięta plama krwi i wygląda to jak wielki kleks.

– Koszulkę też zdejmuj! – krzyczy pani Ania. – Na co czekasz?

Zdejmuję koszulkę, która kiedyś była biała, a teraz jest biało-czerwona.

– O, cholera! – mówi pani Ania. – Cały we krwi. Musisz się zaraz iść umyć – i rzuca we mnie ubraniami. – Przymierz to!

Pani Ania zaczyna układać w szafie, gdyż trochę tam porozwalała, szukając dla mnie tych ciuchów.

Kładę bluzkę i koszulkę na stole i patrzę tak jakby na siebie; wydaje mi się, że jestem podobny do żołnierza po bitwie. Widziałem żołnierzy na filmach wojennych w telewizji. Byli cali we krwi. Głowy mieli obwiązane bandażami, ale nadal walczyli. Lubię oglądać, kiedy żołnierze się strzelają i jak jest dużo krwi... chociaż czasem robi mi się niedobrze i mówię sobie, że już nigdy nie będę się patrzył na krew i odwracam głowę. Ale po chwili z powrotem się patrzę, bo coś mnie ciągnie, żeby jednak patrzeć na krew i na wojnę. Gdy film się kończył, zawsze miałem dużo pomysłów, jak wystrugać sobie karabin. Brałem z szopy młotek, piłę, gwoździe, kawałek deski, nóż i z Marcinem strugaliśmy karabiny. Potem bawiłem się z chłopakami w wojnę, ale to nie było to co na filmach. Jeszcze jak byłem w pierwszej klasie, to wierzyłem, że na filmach zabijają się naprawdę. Ale teraz już w to nie wierzę, bo oni tylko udają, że są zabici. Cwaniaki! A wtedy jeszcze w to wierzyłem i chciałem mieć prawdziwy karabin, żeby strzelać nabojami, a nie tak: „Pu-pu! Jesteś zabity!". Albo: „Pif-paf! Jesteś zabity!". To nie było sprawiedliwe, bo gdy pierwszy strzeliłem do kogoś i powiedziałem: „Pu-pu! ", to ten ktoś nie padał na ziemię jak na filmach, tylko też mówił: „Pu-pu", i się kłócił, że to on pierwszy strzelił. No i kto pierwszy strzelił, trzeba było rozstrzygać w zapasach albo na pięści. No i właśnie, gdybym miał wtedy prawdziwy karabin i gdybym strzelił pierwszy – to ten ktoś padłby na ziemię jak na filmach, i już by się nie kłócił, że on strzelił pierwszy.

W drugiej klasie przeszliśmy z Marcinem i innymi kolegami na strzelanie się z procy małymi kamykami lub gruszkami ulęgałkami, gdyż strzelanie się z procy jest sprawiedliwe, bo jak się kogoś trafi, to widać i nie ma wtedy oszukiwania.

Jest jeszcze inny sposób na strzelanie się – jest to łuk. Strzelanie się z łuku widziałem w telewizji na filmach o Indianach. Bardzo lubię Indian, gdy pędzą na koniach, krzyczą i w pędzie strzelają z łuku. Lubię oglądać, kiedy Indianie napadają na pociągi, kiedy galopują, krzyczą i strzelają z łuku, a gdy są blisko białych, wyciągają tomahawki i rozwalają białym czaszki. Potem zdejmują skalp. A kiedy Indianie tak pędzą na swoich koniach, to biali strzelają do nich ze swoich winchesterów lub koltów. Indianie też mają winchestery, bo kupują je od białych albo im je zabierają jako łupy wojenne. Ale wolę, gdy strzelają do białych ze swoich łuków, bo to fajniej wygląda i czasem strzała przechodzi przez człowieka na wylot. Nie wiem dlaczego, ale prawie zawsze wygrywają biali. Biali mówią na Indian, że to czerwonoskórzy, śmierdziele, kojoty, psy. Natomiast Indianie mówią na białych – blade twarze. Też nie wiem dlaczego, ale zawsze kibicuję Indianom. Może dlatego, że biali to podstępna rasa i sprzedają Indianom „ognistą wodę", zabierają im ziemię i wyganiają do rezerwatów...

– Czy ty wiesz, co ja do ciebie mówiłam? – pyta mnie pani Ania, która stoi nade mną.

Patrzę się na nią i nie wiem, co mam powiedzieć, gdyż zamyśliłem się i nie wiem, co ona do mnie mówiła.

– No, powtórz, co ja do ciebie mówiłam?! – łapie mnie za rękę i mną potrząsa. – No, co ja do ciebie mówiłam?!

Patrzę na nią. Pani Ania puszcza moją rękę, a ja stoję wystraszony i nie wiem, o co jej chodzi. Skąd mam wiedzieć, co ona do mnie mówiła? Przecież nie słyszałem! Co to ja jestem czarnoksiężnik albo wróżka, żebym wiedział, co ona do mnie mówiła? Czy ja mam kryształową kulę, która mi pokaże, co ona do mnie mówiła? Nie mam nic przeciwko temu, żeby taką mieć. Wtedy mógłbym jej powiedzieć. Całe życie o takiej kuli marzę. Gdybym taką miał, to ta kula by mi to powiedziała. Gdybym chciał zobaczyć, co kto robi, to bym to sobie wtedy zobaczył przez kryształowa kulę. Albo gdybym miał czarodziejską różdżkę, to zrobiłbym jeden ruch – ciach! – wymówił zaklęcie i miałbym to, co bym chciał. Albo taki zaczarowany ołówek. Rysuję coś i to mam. Rysuję dom i jest dom. Rysuję samochód i jest samochód. Jestem głodny, więc rysuję jedzenie i jem. Nie chcę jeść palcami – rysuję sobie łyżkę i jem łyżką. Proste jak drut!

Ostatnio powoli przestaję wierzyć, że istnieją na świecie takie rzeczy, jak czarodziejska kryształowa kula, czarodziejska różdżka lub zaczarowany ołówek. Ale nie całkiem; coś mnie jednak trzyma w wierze, że takie rzeczy być może istnieją. Że kiedyś może je znajdę. Że kiedyś je będę miał. Chłopaki mówią, że takie bajki to sobie można o kant dupy rozbić i że lepsze są filmy, szczególnie takie, w których się strzelają i zabijają, i jak jest dużo krwi i trupów. Rozmawiając z chłopakami, zgadzam się z nimi, gdyż nie chcę się przyznać, że jeszcze czasem wierzę w czarodziejską kulę, różdżkę lub zaczarowany ołówek. Bo gdybym się im do tego przyznał – to by się nieźle ze mnie brechtali, szkoda gadać.

– Czy ty wiesz, co się do ciebie mówi?! – pani Ania znowu łapie mnie za rękę i mną potrząsa. – Dlaczego nie przymierzasz tych ubrań? – puszcza moją rękę. – Na głowę ci coś padło? Klepek ci brak?

Dalej patrzę się na nią.

– Trzymajcie mnie, bo go zaraz rozerwę! – odchodzi ode mnie i podchodzi do szafy. – Przymierzaj to, co ci przed chwilą dałam.

Biorę koszulkę ze stołu i zaczynam ją zakładać.

– Nie teraz! – krzyczy.

Zdejmuję koszulkę. Patrzę na panią Anię i zastanawiam się, o co jej chodzi. Przecież kazała mi się ubierać.

– Dobre będzie – mówi. – Nie ubieraj się teraz, bo pobrudzisz. Najpierw idź się umyć. Ubierzesz się potem. Idź się umyć.

Biorę koszulkę i bluzkę i wychodzę z uczelni.

– Zaczekaj! – krzyczy.

Wracam.

– Jak się umyjesz i przebierzesz, to masz tu wrócić. Będziesz siedział dzisiaj na uczelni, żebyś znowu nie poszedł na huśtawki i czegoś sobie nie zrobił. Ja cię przypilnuję, bo dziś pracuję cały dzień. Uciekaj się myć!

Wychodzę z uczelni i idę się umyć.

List do Pana Nikt

Panie Nikt!

Wszyscy chodzą do szkoły a ja nie bo nie ma kto iść mnie zapisać do szkoły bo kiedy wychowawca zapisywał do szkoły Tytusa i Nikodema to o mnie zapomniał i mnie nie zapisał i teraz wychowawcy mówią że mnie zapiszą jak ktoś z nich będzie szedł do szkoły ale jeszcze nikt nie szedł z wychowawcóf i jusz czwarty dzień od rana do południa musze siedzieć na uczelni z dzieciakami które mają do szkoły na późniejszą godzinę. I siedze na uczelni i rysuje albo gram w różne gry albo oglondam telewizję. Chciałbym żeby wreszcie ktoś poszedł mnie zapisać bo ile można siedzieć na uczelni i grać w gry albo rysować albo oglondać telewizję i chciałbym wreszcie zobaczyć jak będzie wyglondać moja nowa szkoła bo tutaj nie ma szkoly na miejscu tak jak w poprzednim miejscu a trzeba iść na osiedle. I chciałbym żeby mnie jusz tam zapisali bo chciałbym zobaczyć moją nową szkołę i jak tam jest i klasę i ludzi w klasie i wszystko bo mi się tutaj jusz nudzi bo wychowawcy nie chcą mnie w ogóle wypuszczać z uczelni do pokoju a jak chce iść do łazienki to musze się ich pytać czy moge iść się załatwić za potrzebą i jeszcze tłumaczyć. No i jak pani mi pozwoli iść do łazienki się załatwić to wychodze z uczelni i ide do łazienki a pani staje w drzwiach i patrzy czy ja na pewno idę do łazienki a nie gdzieś indziej i ja wchodze do łazienki ale rzadko mi się chce to spuszczam deske klozetową i sobie siedze i siedze a pani po jakimś czasie krzyczy i pyta się co ja tam tak długo robie a ja się nie odzywam i się z niej śmieje bo jej robie tak na złość i pani dalej krzyczy a jak się jej zaczyna nudzić darcie na mnie to przychodzi do łazienki a ja wtedy wychodze z kibla i spuszczam wodę a pani patrzy się na mnie i pyta co ja tak długo się załatwiałem a ja mówie że miałem zatwardzenie a pani kręci głową i każe mi iść z powrotem na uczelnię i ja idę bo mi każe. A pierwszego dnia jak miałem siedzieć na uczelni to pani postawiła mnie przed tablicą ogłoszeń na korytarzu która tam wisi na ścianie i na której jest regulamin placówki i samorzont wychowanków i plan dnia i kazała mi się nauczyć na pamięć planu dnia. Stałem więc przed tablicą i uczyłem się na pamięć planu dnia: dzień rozpoczynał się o godzinie 6.30 bo wtedy była pobudka a od 6.45 do 7.30 było śniadanie a po śniadaniu wyjście do szkoły a kto ma na późniejszą godzinę i jak jest młody to do wyjścia do szkoły musi siedzieć na uczelni. No i od godziny 13.00 zaczyna się obiad a od godziny 15.00 zaczyna się odrabianie lekcji i uczniowie szkoły podstawowej muszą przychodzić na odrabianie lekcji ale starsze dzieci z ósmych klas już nie bo oni mogą odrabiać lekcje w swoich pokojach. Jak jest odrabianie lekcji to jest wydawany podwieczorek a o 18.00 zaczyna się kolacja a od po kolacji do 21.00 jest czas wolny. Potem trzeba się iść myć i kłaść się spać bo o 22.00 zaczyna się cisza nocna. No i jak nauczyłem się planu dnia na pamięć to wyrecytowałem pani ten plan i wtedy pani dała mi blok rysunkowy i ołówek i kretki i gumkę i byłem taki szczęśliwy że szybko zamazałem cały blok żołnierzami i koniami. No i żołnierzami i koniami aż do teraz zamazałem jusz sześć bloków i pani mówi żebym oszczendzał bloki bo one są nie tylko dla mnie ale i dla innych. Kiedy tak rysuje to pani często staje za mną i mówi że ładnie rysuje ale lepiej by było żebym rysował co innego a nie samych żołnierzy i konie na wojnie i lepiej żebym rysował rodziców albo domki lub dziadków albo babcie lub kwiatki albo bawiące się dzieci a nie same wojny ale ja jej nie słucham i dalej rysuje wojny i żołnierzy jak walczą a nad żołnierzami lecą samoloty i zrzucają na nich bomby i bomby rozrywają żołnierzy i głowa leci tam a ręka tam a noga tam i ich rozrywają bomby a obok żołnierzy jadą czołgi i najeżdzają na tych co są zabici albo ranni i nie zdonżają uciec i robią z nich miazge i wtedy żeby była miazga to trzeba narysować to czerwoną kretką. Nie słucham pani bo ona się nie zna i niech sobie sama rysuje kwiatki i inne pierdoły a ode mnie wara wrr. W pokoju mieszkam teraz z Patrykiem bo w tamtym pokoju co mieszkałem z Tytusem i Nikodemem mieszkaliśmy tylko dwa dni bo przyjechali chłopaki co tam mieszkali i Tytus mieszka teraz z Nikodemem i Piotrkiem takim chłopakiem w innym pokoju a ja z Patrykiem w innym pokoju dwuosobowym. Nadia dalej mieszka w przedszkolu razem z przedszkolakami i Dawid tesz tam mieszka i ja czasem zaglondam do nich a Kuba nie mieszka jeszcze z nami ale bendzie mieszkał niedługo. No i troche się już poznałem z chłopakami z bidula a z innymi jeszcze nie bo mnie wyzywają i śmieją się ze mnie jak koło nich przechodze i mówią że jestem przybity i przymulony. Czasem chłopaki biją się miendzy sobą i starsi biją młodszych ale mnie jeszcze nikt nie stuknoł bo starsi pytają się mnie skont jestem i czy mam im pożyczyć coś kasy na fajki albo na wino i ja mówie że nie mam kasy bo nic nie mam ale oni mówią że mi nie wierzą i żebym im pożyczył to będą mnie bronić w razie czego ale ja im mówie że nic nie mam i nie kłamię bo przecież nie mam nic kasy. To tyle. List zostawie w koszu na śmieci bo tutaj są kosze na śmieci w pokojach i list pomne i porwe. Do widzenia!

List do Pana Nikt

Panie Nikt!

Dziś jest poniedziałek i dziś pan Gienek zapisał mnie do szkoły. Cały poprzedni tydzień siedziałem do południa na uczelni z dziećmi które miały na późniejszą godzinę i myślałem kiedy mnie zapiszą. I dzisiaj jak mnie pan Gienek zapisał to byłem zadowolony bo nie musiałem już do południa siedzieć na uczelni i jak weszliśmy dzisiaj do szkoły to zobaczyłem że szkoła jest duża i ma trzy pawilony i szeroki długi korytarz i sobie pomyślałem że spokojnie można by na tym korytarzu urządzić zawody w bieganiu. Na poczontku jak weszliśmy do szkoły to pan Gienek wszedł do sekretariatu ze mną razem i spytał się czy jest dyrektor i sekretarka odpowiedziała że jest i pan Gienek wszedł do dyrektora a do mnie powiedział żebym zaczekał. Ja zaczekałem a po chwili pan

Gienek wyszedł od dyrektora i powiedział że idziemy poszukać klasy V„b" i poszliśmy a jak znaleźliśmy V „b" to pan Gienek spytał się mnie czy pamientam powrotną drogę do bidula a ja powiedziałem że pamientam chociaż nie za bardzo pamientałem bo jak szliśmy do szkoły to non stop myślałem o nowej szkole i zastanawiałem się jak ona będzie wyglondać ale się do tego nie przyznałem bo pan Gienek pewnie by powiedział że jestem baran i kretyn albo matoł i co by mu jeszcze przyszło do głowy i pomyślałem że znajdę drogę powrotną sam. Pan Gienek powiedział że to dobrze że pamientam drogę powrotną i sobie poszedł a ja wszedłem do klasy bo była akurat przerwa a dzieci które siedziały w klasie zaczeły się na mnie patrzyć a ja rozglondnołem się na której ławce nie leżą zeszyty i była taka ławka na końcu klasy i tam usiadłem i chwile siedziałem kiedy do klasy weszedł Łukasz też chłopak z bidula ale się jeszcze z nim nie znałem bo on był z innej grupy i chodził ze starszymi chłopakami i on popatrzył na mnie i podszedł do mnie i spytał się mnie czy ja będę chodził do tej klasy a ja odpowiedziałem że tak i on powiedział żebym szedł do niego do pierwszej ławki i poszliśmy i usiedliśmy w pierwszej ławce przed tablicą i Łukasz powiedział że ta pipa wychowawczyni klasy kazała mu siedzieć w pierwszej ławce za to że rozrabia na lekcjach i spytał mi się ile mam lat to ja odpowiedziałem że prawie już jedenaście a on powiedział że e ja to mam już prawie trzynaście lat i dwa razy nie zdałem i powinienem już być w siódmej klasie a ja się zdziwiłem że on już dwa razy nie zdał. No i do klasy weszła nauczycielka a za nią reszta dzieci i dzieci usiadły w ławkach a nauczycielka przy biurku i zaczeła sprawdzać obecność i jak skończyła to się popatrzyła na mnie i powiedziała a ty to kto jesteś i klasa zaczęła się śmiać a ja zrobiłem się czerwony jak burak. Nauczycielka uciszyła dzieci i one przestały się śmiać i powiedziała że aha to ty jesteś ten nowy chłopak z domu dziecka i ja powiedziałem że tak i nauczycielka powiedziała żebym powiedział jej swoje nazwisko to ja powiedziałem że Borys Mleczko i ona coś zanotowała w zeszycie. Potem wyczytywała dzieci z dziennika i brała do odpowiedzi do tablicy i dzieci rozwionzywały zadania albo nie rozwionzywały i nauczycielka stawiała im stopnie a Łukasz robił samoloty z kartek z zeszytu i rzucał nimi za siebie to nauczycielka postawiła mu pałe ale on machnoł na to ręką i dalej rozrabiał a ja przez cały czas siedziałem cichutko i nie patrzyłem się na nauczycielkę żeby mnie przypadkiem nie wzieła do tablicy do odpowiedzi żeby sprawdzić co ja umiem a ja przecież z matematyki nic nie umiem. Jak się skończyła lekcja odetchnołem z ulgą że mnie nie wzięła do tablicy i wyszedłem na przerwe i przyszła inna nauczycielka i zabrała mnie do innej klasy V „a" i powiedziała że w V „b" jest za dużo dzieci a w V „a" mniej i ja będę chodził do V „a". Powiedziała tesz że w szkole jest jeszcze klasa V „c" i V „d" i tam tesz chodzą dzieci z domu dziecka. I właśnie Patryk z którym mieszkam w pokoju w bidulu to on chodzi do V „d". W nowej klasie V „a" nauczycielka posadziła mnie w ławce z jednym chłopakiem i mu powiedziała żeby mnie zapoznał z klasą i wpisała mnie do dziennika bo to była wychowawczyni klasy i powiedziała mi jeszcze że do tej klasy chodzi jeszcze jeden chłopak z domu dziecka ale go dzisiaj nie ma i poszła i przyszła inna nauczycielka od polskiego i zaczęła się nowa lekcja i siedziałem cichutko bo nikogo nie znałem a jak się pytałem tego chłopaka jakie są jeszcze dzisiaj lekcje to on udawał że mnie nie słyszy a pytałem się go o to kilka razy a on dalej udawał że mnie nie słyszy i dalej rozmawiał z dziewczynami a dziewczyny się z niego śmiały a ja pomyślałem sobie że najchentniej to bym go opluł ale go nie oplułem i inny chłopak powiedział mi jakie są jeszcze lekcje. Jak się lekcje skończyły to chodziłem miendzy blokami i troche błondziłem ale do bidula szybko trafiłem. No to tyle. List bendzie tam gdzie zawsze. Do widzenia.

Wredne mordy się pamięta

Chodzę zaspany po szkolnym korytarzu i zaglądam do każdej klasy, gdyż nie mogę znaleźć znajomych twarzy z mojej nowej klasy. Wczoraj nie przyglądałem im się zbytnio i może ich już przeoczyłem, ale jedną twarz dobrze pamiętam – jest to twarz tego chłopaka, który nie chciał się do mnie odzywać i udawał, że mnie nie słyszy. Tak wredne mordy się pamięta.

Tak więc chodzę po szkole i przyglądam się wszystkim dzieciom stojącym przed klasami i pewnie wyglądam jak jakiś głupek. Na filmach widziałem coś takiego: jest już po bitwie i żołnierz spostrzega, że nie ma jego przyjaciela, więc idzie, podnosi martwe ciała, po czym ogląda ich twarze w poszukiwaniu tego przyjaciela. Mijanym dzieciom przyglądam się podobnie, z tym, że ich nie podnoszę.

O, jest ta wredna morda!

Mijam go i wchodzę do otwartej klasy, przed którą on stoi z kilkoma dziewczynami i coś im tłumaczy. W klasie siedzą dzieci, z których kilkoro poznaję; niektórzy mówią mi „cześć", więc odpowiadam im „cześć". Siadam na wolnym miejscu w ostatniej ławce. Rozglądam się po klasie.

Nagle do klasy wchodzi Grzesiek, chłopak z bidula, którego znam tylko z widzenia, gdyż on tak jak Łukasz buja się ze starszymi. Ale już wiem, że to on jest tym chłopakiem z bidula, z którym mam chodzić do klasy.

Grzesiek zauważa mnie i podchodzi do mojej ławki.

– Cześć! – mówi i siada obok mnie.

– Cześć! – odpowiadam.

– Chodzisz do tej klasy?

– No!

– E, mnie wczoraj nie było. Nie chciało mi się. Byłem dopiero dwa razy w szkole od początku roku szkolnego.

– Chory byłeś?

– E, nie! Nie chciało mi się przychodzić.

Nieźle. Rok szkolny zaczął się dwa tygodnie temu, a Grzesiek już tyle razy był na wagarach.

Nie wiem, co mam dalej mówić, i milczę. Grzesiek gapi się na mnie i po chwili mówi, że w poprzednim roku szkolnym chodził do innej klasy, ale nie zdał, po czym pyta się mnie, czy znam klasę i czy ktoś do mnie skakał, bo jak by ktoś podskakiwał, to on temu komuś po lekcjach walnie w łeb. Odpowiadam, że nie znam jeszcze klasy i nikt do mnie nie skakał. I dalej opowiadam Grześkowi, że wczoraj byłem w klasie razem z Łukaszem, ale mnie przenieśli, no i...

– Łukaszem?! – przerywa mi.

– No! – odpowiadam. – Przez jedną lekcję. Ale potem nauczycielka przeniosła mnie do tej klasy, bo powiedziała, że w tamtej klasie jest za dużo dzieci.

– Łukasz, to jest jajcarz!... – duma Grzesiek. – W tamtym roku byliśmy razem w jednej klasie, ale nie zdaliśmy i w tym roku nie dali nas już razem.

Do klasy wchodzą dzieci, a za nimi nauczycielka języka polskiego. Nauczycielka zamyka drzwi. Dzieci siadają w ławkach, a nauczycielka zapisuje na tablicy temat lekcji i mówi, żeby siedzieć cicho i przepisywać za nią, bo dzisiaj będzie dużo do pisania.

Tymczasem Grzesiek wyciąga się na ławce, kładzie głowę na rękach i mówi, że się zdrzemnie, bo mu się nie chce pisać.

Uśmiecham się.

– Co, nie wierzysz? – mówi. – Czasem udaje mi się zdrzemnąć na lekcjach.

– Wierzę.

Grzesiek spokojnie sobie leży na ławce, a ja przepisuję z tablicy to, co na niej napisze nauczycielka, przepisuję i zastanawiam się, kiedy nauczycielka zwróci Grześkowi uwagę. Kiedy nauczycielka odwraca się do klasy, gdy ktoś się za głośno zaśmieje, wtedy szturcham Grześka i mówię, że nauczycielka się patrzy, ale on na to nie reaguje i dalej leży wyciągnięty na ławce. Po jakimś czasie nauczycielka kończy pisać na tablicy, siada przy biurku i rozgląda się po klasie. Co chwilę spogląda na mnie i na Grześka, ale nic nie mówi. Przepisuję z tablicy dalej i co chwilę szturcham Grześka, i szeptem mu mówię, że nauczycielka ciągle się na nas gapi, ale on na nic nie reaguje.

Kończę przepisywać. Rozglądam się po klasie i widzę, że niektórzy także już skończyli i siedzą, a ci, co jeszcze nie skończyli – dalej przepisują. Natomiast Grzesiek dalej śpi, a nauczycielka mu w tym słodkim spaniu nie przeszkadza.

Otwieram zeszyt na ostatniej stronie i zaczynam rysować. Po chwili dzwoni dzwonek.

Grzesiek podnosi się z ławki.

– Już koniec lekcji? – pyta się.

– No! – odpowiadam i się uśmiecham.

Wrzucam zeszyt i długopis do plecaka i wychodzimy z klasy na przerwę. W klasie zostają te dzieci, które nie zdążyły na lekcji przepisać tego, co tam nauczycielka na tablicy napisała, i dalej przepisują.

Wracam z Grześkiem ze szkoły i widzę, że idziemy nie tą drogą, którą wczoraj rano szedłem z panem Gienkiem, a po południu i dziś rano sam.

– Dokąd idziemy? – pytam.

– Jak to dokąd?... – Grzesiek patrzy się na mnie. – Do bidula na obiad. Głodny jestem.

– Wczoraj Gienek prowadził mnie inną drogą.

– Którędy?

– Tamtędy – mówię, pokazując ręką na bloki.

– E, to Gienek prowadził cię dłuższą drogą. Gienek jest pierdolnięty i sam nie wie, o co chodzi. Ta droga jest krótsza! Zobaczysz!

– Grzesiek, a czemu na dom dziecka mówi się „bidul"?

– Jak to czemu? Mówi się „bidul" i już!

Robię się czerwony jak burak i zaczynam żałować, że zadałem takie pytanie.

Grzesiek wyciąga papierosy i mnie częstuje. Kręcę głową, że nie chcę, więc Grzesiek wkłada sobie papierosa do ust i przypala.

Idę obok niego i patrzę, jak się zaciąga.

– Co mi się tak przyglądasz? – pyta się. – Nigdy nie paliłeś?

Odpowiadam, że paliłem, ale się nie zaciągałem. Grzesiek na to: spróbuj, bo to nic trudnego. Ja na to: na razie nie chcę próbować. Może innym razem. I Grzesiek zaczyna mi opowiadać, że on nauczył się zaciągać, kiedy miał osiem lat. Że zbierali z chłopakami na ulicy pety, robili skręty i nauczyli się w ten sposób palić. I że pali już cztery lata.

Dochodzimy do bidula. Grzesiek pociąga kilka szybkich machów i wyrzuca peta.

List do Pana Nikt

W bidulu jestem już prawie trzy miesionce i już ileś tam razy dostałem kopa w dupę albo karczycho od starszych chłopaków ot tak sobie dla hecy bo już się mnie nie pytają czy mam jakomś kasę pożyczyć ale staram się ich unikać. Starsze chłopaki w bidulu też się biją miendzy sobom i wtedy lepiej im nie wchodzić w drogę ani im się nie pokazywać na oczy. Starsze chłopaki też mają sposób jak nie chodzić do szkoły i nie wychodzić z bidula a teraz jest koniec listopada i na dworze jest zimno to chłopakom się nie chce chodzić po mieście jak nie idą do szkoły bo jak jest ciepło na dworze to oni chodzą po mieście i robią jaja ludziom a na obiad wracają do bidula jak się skończą lekcje w szkole. No i rano po śniadaniu chłopaki idą do swoich pokojów i zamykają się na zamek w drzwiach i siedzą a jak wychowawca chodzi po pokojach i sprawdza czy wszyscy poszli do szkoły to wskakują pod łóżka i siedzą tam dotont aż wychowawcy nie przejdą po pokojach. Chłopaki wiedzą kiedy wychowawcy chodzą po pokojach bo jak chodzą to hałasują kluczami które noszą od pokoi i stont chłopaki słyszą kiedy oni chodzą. Jak wychowawcy przejdą po pokojach to chłopaki wychodzą spot łóżek i do obiadu grają sobie spokojnie w karty. Ale czasem muszą wyjść z bidula bo niektórzy wychowawcy stoją po śniadaniu przy drzwiach wyjściowych i sprawdzają kto wyszedł do szkoły to wtedy chłopaki wychodzom ale jak minie trochę czasu to wchodzą z powrotem przez pokoje dziewczyn na parterze z tyłu bidula bo tam nikt nie widzi. To wszystko ja wiem od Grześka bo jego bardzo często nie ma w szkole bo jest na wagarach. Ja chodzę codziennie do szkoły chociasz też bym chciał iść na wagary ale na razie to się nie mogę jeszcze na to zdecydować bo się chyba jeszcze trochę boję ale jak się zdecyduję to będę łaził po mieście albo gdzieś indziej ale pod łóżko nie będę wchodził. Codziennie od poniedziałku do piontku przychodze punktualnie na uczelnie o godzinie 15.00 na odrabianie lekcji. Jestem w grupie która jest najmłodszą grupą w bidulu a grup w bidulu jest sześć po gdzieś około prawie dwadzieścia osób i każdą grupą opiekuje się trzech albo czterech wychowawców. W mojej grupie jest pan Adam pan Jurek i pani Ania. Pan Adam ma wielki brzuch chude nogi i dwa podbrótki kozie brutki i na jednym rośnie równiutko przystrzyżona brutka a spot brutki wylewa się drugi tłusty podbródek jak u świni. Starsze chłopaki kiedy pan Adam idzie korytarzem uchylają delikatnie drzwi i krzyczą na niego zmienionym głosem Balon albo Bompka albo Chuj i zanim pan Adam się odwróci to oni szybko zamykają drzwi i pan Adam nie wie kto tak krzyczał. Na odrabianie lekcji pan Adam przychodzi pięć minut przed czasem i siada przy biurku a na biurku kładzie papierosy i czeka cierpliwie popalając sobie papierosa do 15.00 a jeśli ktoś się spóźni chociasz minutę to pan Adam daje takiemu spóźnialskiemu karę i taki spóźnialski musi siedzieć na uczelni za karę po kolacji i coś czytać albo udawać że coś czyta. Pan Adam na odrabianiu lekcji bacznie się nam przyglonda i nikt się nie odzywa i każdy udaje że odrabia lekcje i aż słychać szelest przewracanych kartek i skrobanie długopisów. A pierwsze słowa pana Adama to najczęściej Skunks byłeś w szkole bo Skunks jest z nas wszystkich najstarszy w grupie i chodzi do siódmej klasy i odpowiada panu Adamowi że był to pan Adam mówi pokasz zeszyty i Skunks pokazuje zeszyty i pan Adam oglonda je i przewraca kartki i kręci głową i w końcu mówi że baranie gdzie byłeś w szkole przecież ja te tematy widziałem poprzednim razem i te same daty są w zeszycie a wtedy Skunks mówi że on nie pisze dat w zeszycie prawie nigdy a my chichotamy jak tak Skunks stoi przy biurku pana Adama a pan Adam nas ucisza i mówi do Skunksa ty baranie nigdy nie piszesz dat. W szkole baranie nie byłeś. Zostajesz po kolacji na uczelni i Skunks zawsze zostaje na uczelni po kolacji jak pan Adam ma odrabianie lekcji. Potem pan Adam mówi żeby ochotnicy zgłaszali się do niego z odrobionymi lekcjami żeby mu pokazać czy się odrobiło ale ochotników nigdy nie ma więc pan Adam wzywa nas po kolei do siebie i sprawdza co tam odrobiliśmy w tych naszych zeszytach ale prawie nikt z nas nie ma zadanych prac domowych bo prawie nikt nie zapisuje prac domowych i pan Adam odpytuje nas z historii bo ma hopla na punkcie dat i pyta się najczęściej a baranie wiesz w którym roku była bitwa pod Grunwaldem i jak mnie o coś takiego zapyta to mówię że w 1410 bo to wiem i prawie każdy wie ale są tacy co tego nie wiedzą choć już byli o to pytani przez pana Adama wiele razy i jak im ktoś podpowie to oni odpowiedzą ale potem szybko zapominają i jak pan Adam ich się zapyta o tą bitwę nastempnym razem to oni już tego nie wiedzą i znowu trzeba im podpowiadać ale oni chodzą do szkoły specjalnej takiej podstawówki specjalnej to się tam dat nie uczą. Ja daty w zeszytach przy temacie piszę żeby mnie pan Adam nie beształ bo taka data przy temacie oznacza że się było w szkole i pan Adam nie beszta. Matematyki to pan Adam prawie nigdy nam nie sprawdza i my czasem się śmiejemy że pan Adam nie umie matematyki a tylko historię i daty i bitwy ale to nawet i dobrze bo nie musimy odrabiać matematyki i pan Adam mówi że matematyke jak coś mamy zadane to odrobi to z nami inny wychowawca. Pan Jurek ma trochę odmienne metody niż pan Adam a jedyne chyba podobieństwo to bezzglendna cisza na odrabianiu lekcji. Pan Jurek nie siedzi ciongle jak pan Adam przy biurku a tylko łazi miendzy stolikami z założonymi z tyłu rękami i patrzy się jak odrabiamy lekcje i pewnie dlatego pan Jurek jest chudy a nie gruby jak pan Adam bo ciongle chodzi i się rusza i nie ma dużego brzucha śmietnika przed sobą. Pan Jurek jest wysoki i szczupły i chodzi wyprostowany jak struna a my czasem się śmiejemy z chłopakami że pan Jurek chodzi tak wyprostowany jakby na baczność bo może mu ktoś włożył kołek w dupe a na twarzy zero uśmiechu i absolutna powaga. Kiedy zaczyna się odrabianie lekcji to pan Jurek wycionga z biurka skórzany wojskowy pas i kładzie go na biurku bo kiedyś powiedział że to jest dobre narzendzie pedagogiczne ten pas na biurku. Poznałem już smak tego pasa bo pan Jurek już mnie nim dwa razy strugnoł po dupce nie tak za mocno ale i tak dupka nieźle mnie piekła jakbym był przypalany nad ogniskiem i przez jakiś czas trzeba sobie wtedy odpoczońć od siedzenia na dupce ale jak przestanie piec to znowu można siedzieć. Smak tego pasa to najczęściej poznaje Skunks bo pan Jurek nie lubi Skunksa i mówi że jak go tylko zobaczy na oczy to natychmiast robi mu się niedobrze i traci natychmiast humor i widzę jak pan Jurek przygryza wargi i zaciska pieńści jak tylko zobaczy Skunksa na swoje oczy a Skunks kiedy pan Jurek go leje pasem to rzuca zeszytami i mówi że jego i tak to nie boli i może pan Jurek go sobie uderzyć jeszcze raz albo ile razy ma tylko ochotę ale jak on będzie trochę wienkszy i spotka go na ulicy to mu czaszkę rozwali o krawenżnik albo o asfalt i pan Jurek po jakimś czasie przestaje go lać bo już mu się pewnie nie chce a może się boi że jak Skunks urośnie to mu czachę rozpierdoli i mu mósk wyleci i ten mósk zjedzom psy bo bendą głodne bo nie jadły nic od paru dni. Skunksa też nie lubią wszyscy inni wychowawcy i starsze chłopaki też go nie lubią i my też go nie lubimy bo od niego okropnie śmierdzi a jego skarpetki są tak sztywne i tfarde jakby były scementowane i podśmiewamy się z niego jak on tego nie słyszy bo jakby słyszał to by nam przywalił i jak on nie słyszy to my się podśmiewamy z niego że on pewnie wyrzuci swoje emerytowane skarpetki jak mu się złamią ale jak mu się złamią to je może pospawa i dalej bendzie w nich chodził bo Skunks ma nieśmiertelne skarpetki. No ale za to u pani Ani na odrabiankach jest totalny luz i rzadko kiedy sprawdza nam zeszyty. Pani Ania nie lubi tylko dwóch dziewczyn i na nich się zawsze wyżywa a my mamy spokój a Skunks na odrabianki do pani Ani to wcale nie przychodzi bo on też ma luz. Mnie pani Ania prawie na każdych odrabiankach wysyła po papierosy do kiosku żebym jej kupił i idę sobie do sklepu zoologicznego który jest koło bidula i oglondam sobie rybki albo chomiki albo ptaszki albo kanarki lub papugi albo świnki w akwariach i sobie na nie patrzę trochę i myślę sobie że może kiedyś takie zwierzontka będę miał i jak sobie trochę popatrzę to wracam do bidula i daję pani Ani papierosy i całą resztę i mówię że w tym kiosku koło bidula nie było tych papierosów które chciała a następny kiosk był zamknienty i następny kiosk też był zamknienty i sklepy też były zamkniente i musiałem iść jeszcze dalej i dopiero kupiłem w nastempnym. Pani Ania mówi że jestem dobry że poszedłem po te papierosy dalej bo ktoś inny to by się pewnie szybko wrócił i powiedziałby że nie było i nie poszedby do nastempnego kiosku i pani Ania mówi że jestem uczciwy bo oddaję całą resztę a ktoś inny to by nie oddał i powiedziałby że zgubił albo mu ktoś po drodze zabrał bo go napadł i zagarnołby resztę dla siebie. Pani Ania mnie lubi i mówi że jestem jej pupilkiem i gdy przechodzi obok mnie to mnie głaszcze po głowie a ja się wtedy odsuwam bo przeciesz nie jestem piesek do głaskania ale czasem sobie myślę że niech sobie mnie pogłaska to przynajmniej wiem że mnie lubi i to jest nawet przyjemne jak mnie tak głaszcze a tylko po tej wpadce z rozbitą głową to miałem z panią Anią problemy bo mnie ciongle pilnowała ale szybko przestała mnie pilnować i mnie teraz już lubi bo ja to wiem i czuje. Po kolacji przebywam na świetlicy i gram w piłkarzyki albo w ping-ponga z chłopakami a pan Michał prowadzi kółko sportowe i często nam robi zawody w ping-ponga albo w piłkarzyki i dzieli nas na grupy wiekowe i gramy systemem pucharowym i przegrywający odpada. W ping-ponga zawsze odpadam w pierwszej albo w drugiej rundzie ale postanowiłem sobie że po jakimś czasie będę dochodził do finału albo półfinału grupy najmłodszej bo chłopaki z którymi przegrywam są w bidulu dłużej ode mnie i mieli się czas nauczyć grać to i ja się kiedyś naucze. Kiedy świetlica jest zamknienta to siedze w bibliotece która jest w bidulu bo na bidulu wtedy rządzą starsi a wychowawcy siedzą na parterze w pokoju wychowawców i rozmawiają i piją kawę i herbatę i zajadają ciasteczka i jak ktoś się drze to wtedy wychowawcy mówią starszym chłopakom żeby nas młodych przypilnowali bo za bardzo się drzemy i oni nie mogą posiedzieć sobie w ciszy i spokoju. No i ja sobie wtedy siedzę w bibliotece żeby nie wpaść starszym chłopakom w rence bo jak się nie ma starszego brata albo dobrych układów z nimi to lepiej sobie siedzieć w bibliotece. No i ja sobie siedzę w bibliotece gdzie prawie nikt nie przychodzi i oglondam sobie gazety z obrazkami i trochę czytam gazet sportowych. Bibliotekę prowadzi pani Aneta która jest starszą kobietom i ją bardzo lubię. W bibliotece jest cisza bo prawie nikt tam nie przychodzi tylko czasem zajrzą starsi chłopcy i pytają się pani Anety czy nie ma czasem Plejboja albo Penthołsa albo jakiegoś innego pornola z babkami i się śmieją a pani Aneta ich szybko wygania. W bibliotece siedzę dotont aż pani Aneta nie zamknie i nie pójdzie do domu a do pokoju zabieram książki o Indianach i kowbojach albo jakieś inne przygodowe. Już kilka razy miałem okazję wpaść starszym chłopakom w rence i raz mnie rozebrali do naga i wygonili mnie na korytarz i zawołali dziewczyny i wszyscy się ze mnie śmiali ale mojego ptaszka nie widzieli bo go zasłoniłem renkami a czasem jak mnie dorwali to zabierali mnie do swojego pokoju i kazali wchodzić pod stół i szczekać albo kazali siedzieć na środku pokoju i aportować to żeby mnie puścili to się śmiałem i szczekałem a oni też się śmiali a jak nie chciałem szczekać bo akurat miałem taki kaprys to przyciskali mnie do podłogi dawali kilka kopów w dupę i wyganiali mnie z pokoju i łapali kogoś innego. Ale mnie chyba lubią bo w porównaniu z tymi których nie lubią to ja mam luzy a tamci których nie lubią to dopiero dostają po dupie i non stop muszą szczekać albo aportować albo zlizywać flegmę z podłogi albo lizać buty ale ja tego nie widziałem. No a tych chłopaków którzy wiem że mnie nie lubią to unikam jak ognia i kiedy przechodzę obok nich to dostaję karczycho lub prztyczek w ucho albo kokosa albo kopa w dupe ale dostaje od nich to bardzo rzadko bo ich unikam i staram się nie przechodzić koło nich. W bidulu co dwa tygodnie pielęgniarka sprawdza nam głowy i często niektórzy mają wszy to wtedy zlewa nam głowy. Ja także czasem mam wszy. A starsi jak mają wszy to nie pozwalają żeby im zlewać głowy i mówią że sobie sami wyczyszczą głowy i wyzywają nas młodych że to my ich zarażamy bo się nie myjemy a to oni się nie myją bo my się myjemy bo wychowawcy każą nam młodym się myć i co tydzień nas wyganiają pod prysznic do kąpieli i my się kapiemy a to niektórzy starsi się nie myją bo od nich śmierdzi a wychowawcy mówią że to najczęściej nowi wychowankowie przynoszą do bidula wszy. A niektóre starsze dziewczyny też mają wszy bo one też się nie myją i od nich śmierdzi i one się ciongle ruchają bo starsze chłopaki mówią że je ruchają w kolejarza albo marynarza bo oni na to różnie mówią i czasem też przychodzą starsze chłopaki z osiedla i też się ruchają z dziewczynami z bidula. W szkole też czasem sprawdzane są głowy i wtedy niektórzy starsi chłopcy i dziewczyny z bidula nie idą na lekcje bo się boją że pielęgniarka coś u nich znajdzie we włosach a jak pielęgniarka coś znajdzie we włosach dzieci z bidula to dzwoni do bidula i mówi dyrektorce u kogo znalazła i potem pielęgniarka z bidula zlewa tym dzieciom głowy płynem przeciwko wszom. Kiedyś na lekcjach w szkole z włosów wypadła mi weszka na kartkę z zeszytu na której rysowałem sobie wojnę i żołnierzy i wtedy rozejrzałem się po klasie ale siedziałem w ostatniej ławce i nikt tego nie widział i potrzonsnołem grzywką i wypadła następna i rozgniotłem te wszy na kartce i na żołnierzach powstały czerwone plamki i wyglondało jakby żołnierze zostali trafieni pociskiem i jakby leciała im krew i byli zabici albo ranni i potrząsnołem jeszcze grzywką i wypadły następne i też je rozgniotłem i powstały znowu plamy na innych żołnierzach i znowu potrząsnołem grzywką i wypadły następne weszki i też je rozgniotłem i wszyscy żołnierze byli pozabijani i wyglądało to jakby już było po bitwie i wszyscy byli zabici bo nikt nie przeżył i była masakra bo wszyscy się pozabijali i wyglondało to fajnie i potem jeszcze przez inne dni na niektórych lekcjach wybierałem sobie wszy z głowy i rozgniatałem je na narysowanych żołnierzach i robiłem nastempne masakry i wszyscy byli zabici. Ale nikt w klasie tego nie widział bo siedziałem w ostatniej ławce i się rozglondałem czy ktoś się nie patrzy ale nikt się nie patrzył bo każdy słuchał nauczycielki i ja siedziałem w ławce sam bo Grzesiek rzadko przychodził do szkoły. Ale teraz już nie mam robaczków we włosach bo jak miałem zlewaną głowe dwa tygodnie temu to od tego czasu już nie mam bo pielęgniarka obcieła mi włosy na krótko i wybrała gnidy. Pani od polskiego mówi w szkole że ja piszę tak jak się mówi i żebym się nauczył pisać poprawnie bo na dyktandach tak piszę jak się mówi i raz piszę jeden wyraz tak a za chwilę inaczej tak jakbym strzelał tak mówi pani od polskiego i że nie stawiam prawie wcale kropek i przecinków i żebym w zdania wstawiał kropki i przecinki to ja się zaczołem starać wstawiać wiencej kropek ale jeszcze nie wiem gdzie mam wstawiać przecinki ale pewnie się dowiem. Pani od polskiego mówi że ja za to robie bardzo mało błenduw ortograficznych i tylko czasem robie takie błendy ale mi się to wydaje głupie bo przecież ja wiem co napisałem a jak ona nie wie to niech się nauczy ale żeby mieć spokój to będę się starał pisać tak jak ona chce. To tyle. List wiadomo gdzie bendzie i nie trzeba chyba tego pisać. To na razie!

Nowi

Siedzę na uczelni i gram z chłopakami w chińczyka. Dziewczyny siedzą przed telewizorem i oglądają jakiś program. Wszyscy mamy do szkoły na późniejszą godzinę, więc wychowawczyni kazała nam siedzieć na uczelni i się czymś zająć, i wyszła. Ale co parę minut zagląda i sprawdza, co robimy.

Wtem do uczelni wpada Jurij, który kilka minut temu wyszedł do łazienki.

– Nowi przyjechali! – krzyczy. – Na korytarzu stoją!

Wszyscy wybiegamy z uczelni.

Na korytarzu stoi może z dziesięcioro dzieci. Wszyscy są ogoleni na łyso, brudni i śmierdzi od nich. Patrzymy się na nich i się śmiejemy, a oni stoją pod ścianą i nie patrzą się na nas, tylko w sufit, i udają, że nas nie widzą.

– Ale wsioki – mówi Zombi. Podchodzi kolejno do nowych i niektórym zagląda w oczy, a oni dalej udają, że go nie widzą i dalej patrzą się w sufit.

– Śmierdzi – skrzywia się Józio.

Śmiejemy się. Wtem sobie przypominam, że i ja kiedyś miałem coś podobnego, kiedy tak śmiali się wszyscy ze mnie. Przestaję się śmiać i patrzę się na wystraszonych nowych.

– Wiochą zalatuje – docina Zombi.

– Czuję gnój – rży Józio. – Zalatuje oborą.

– Ehe! – potwierdza Jurij. – Wsioki, przyjeby, przybici i przymuleni.

– Te, patrz?! – Zombi szturcha mnie i pokazuje palcem na jednego chłopaka stojącego pod ścianą. – Temu to słoma z butów wystaje.

Uśmiecham się, patrząc na wystraszonego chłopaka, który wystraszony patrzy się w sufit.

– A jakie ma buty! – dodaje Zombi. – Co za obciachowiec!

– A, Zombi, patrz na tą! – Józio szturcha Zombiego i pokazuje palcem na jedną dziewczynę z potwornymi wypiekami na policzkach. – Jaka czerwona. Ej, lalunia, co się tak jarasz?

Pokładamy się ze śmiechu, a dziewczynie wyskakują jeszcze bardziej potworne wypieki na policzkach, jakby płonęła.

– Kto wam pozwolił wyjść z uczelni?! – krzyczy pani Weronika, stojąc w drzwiach do pokoju wychowawców. – Natychmiast szorować z powrotem na uczelnię!

Śmiejąc się, wchodzimy do uczelni.

Siadamy przy stole i wracamy do gry w chińczyka, a dziewczyny z powrotem siadają przed telewizorem. Po chwili Zombi wstaje od stołu, podchodzi do drzwi, po czym je otwiera i wygląda na korytarz.

– Pani Weroncia Sroncia prowadzi nowych do pielęgniarki – mówi, wyglądając na korytarz.

– Ta stara rura pierdolona w ucho? – mówi Józio.

Dziewczyny siedzące przed telewizorem zaczynają rżeć.

– Zombi, twoja kolej – mówię i macham do niego ręką. – Chodź i rzucaj kośćmi, bo ci, patafianie, kolejka przepadnie.

Zombi wraca i siada przy stole, po czym rzuca kośćmi.

Mikołajki

Rzucam się z chłopakami na prezenty, które leżą pod ścianą na świetlicy. Dobiegamy do prezentów i je sobie wyrywamy, kłócąc się i wyzywając przy tym.

– To moje!

– Moje!

– Dawaj to!

– Frajerze, to moja paczka!

– Moja, kutasie!
– Dawaj to, cwelu!
– On ma dwie!
– A on trzy!
– Dawaj, chuju, jedną!
– Spadaj! Upoluj se.

Studentki patrzą się na nas. Wychowawczynie krzyczą, żebyśmy się uspokoili, bo jak my się zachowujemy. Ale my na to nie zwracamy uwagi i dalej walczymy o paczki od studentek na świętego Mikołaja, bo ten, kto by się posłuchał wychowawczyni, to by został z pustymi rękami.

Wybiegam ze świetlicy z upolowaną paczką i biegnę schować ją do pokoju.

Przed chwilą studentki powiedziały, żebyśmy podeszli i wzięli sobie paczki, które leżały pod ścianą, a że było ich mało, więc się rzuciliśmy na nie, kto pierwszy, ten lepszy.

Studentki przyszły do nas jakieś pół godziny temu i przyniosły nam paczki na Mikołajki. Wymyśliły nam zabawy takie jak jedzenie jabłka zawieszonego na sznurku, śpiewanie piosenek, recytowanie wierszy. Za zjedzenie jabłka zawieszonego na sznurku, zaśpiewanie piosenki lub za wyrecytowanie wierszyka dostawało się nagrodę. Nagrodą były słodycze. Braliśmy udział w tych zabawach i czekaliśmy na gwóźdź programu, czyli paczki, które leżały pod ścianą.

Od prawie tygodnia przychodzą do bidula studentki, studenci, uczniowie szkół średnich, harcerze i przynoszą nam paczki na Mikołajki. Zdarza się, że jednego dnia przychodzi nawet kilka takich grup. Jedna grupa kończy nam rozdawać prezenty, a już wchodzi następna. Jedne grupy organizują nam zabawę, zanim rozdadzą to, co przynieśli, a inne jak tylko przyjdą – od razu rozdają prezenty i wychodzą.

W pokoju mam już tyle słodyczy, że nie wiem, kiedy ja to wszystko zjem. Wieczorem przychodzą starsi chłopcy i mówią, żeby im dać batonika, ciastka, czekoladę albo jakieś cukierki, więc daję im to, co chcą, a oni zabierają mi dodatkowo jeszcze kilka słodyczy. Ale ja się tym nie przejmuję, gdyż mam jeszcze dużo wszystkiego, więc nie żałuję tego, co mi zabiorą. Ponadto już kilku młodszym chłopakom starsi wyrwali zamek w pokoju, jak oni byli w szkole, i ukradli im wszystkie słodycze. Na moje słodycze jeszcze nie zrobili skoku, bo Patryk wzmocnił zamek w drzwiach długimi śrubami, ponieważ wcześniej starsi chłopcy wyrywali nam zamek, jak byliśmy w szkole, i kradli Patrykowi papierosy, pieniądze i różne cenniejsze rzeczy, które on dostawał od swoich ciotek i zaprzyjaźnionych rodzin, do których często chodzi. Ale jak starszym chłopakom uda się wyrwać wzmocniony zamek, to nie będę zbytnio żałował straconych słodyczy, gdyż nie za bardzo za nimi przepadam. Bardziej niż jedzenie słodyczy – bawi mnie polowanie i walka o nie, gdyż z chłopakami prześcigamy się, kto więcej zgromadzi smakołyków.

List do Pana Nikt

Jutro zaczynają się ferie świonteczne i tato ma nas zabrać do domu bo jak był dwa tygodnie temu u nas w odwiedzinach to mówił że na ferie świonteczne zabierze nas do domu i myślę że jutro po nas przyjedzie bo ja się już dzisiaj spakowałem. No i myślę że pobiegnę do Marcina i zrobimy sobie skocznię ze śniegu na górce i bendziemy z niej skakać na sankach i na jego nartach które mu sprzedałem jak tato powiedział że nas odwiezie do bidula. No i wiencej już dzisiaj nie będę pisał bo mi się nie chce. Ahoj pa pa.

Cebula

Wychodzę z domu od Marcina. Na dworze mrok.

– To cześć, Marcin – mówię. – Do jutra.

– Cześć – odpowiada Marcin i zamyka za mną drzwi.

Schodzę po schodach. Psy na podwórku u Marcina zaczynają szczekać. Otwieram furtkę i wychodzę z podwórka. Zamykam furtkę.

Rozglądam się wokół siebie i zaczynam się bać duchów, a po moim ciele przebiegają sobie spokojnie i powolutku dreszcze.

Kurde! Musieliśmy z Marcinem przed chwilą rozmawiać o duchach? Cholera wie, czy istnieją, ale na wszelki wypadek lepiej się ich bać.

Rozpędzam się i biegnę do domu co sił w nogach. Zapieprzam po śniegu i zastanawiam się, czy coś lub ktoś mnie nie goni, ale się nie odwracam. I w końcu dobiegam do domu. Otwieram drzwi do ganku, po czym wbiegam do ganku, zamykam drzwi do ganku i otwieram drzwi do sieni. Następnie wbiegam do sieni, zamykam drzwi do sieni i otwieram drzwi do kuchni, po czym wbiegam do kuchni.

Uff!

Powoli zamykam drzwi do kuchni. Dreszcze na moim ciele przestają harcować.

– Co tak lotos? – pyta się mnie tato, który stoi przy kuchni i coś smaży. – Guni cie coś?

Nic nie odpowiadam. Zdejmuję kurtkę, wieszam ją na wieszaku. Podchodzę do kuchni.

– Co smażysz? – pytam się.

– Tata smaży nam cebulę – odpowiada Nadia, która stoi obok taty.

(Mój tato robi najlepszą na świecie duszoną cebulę i robi ją nam zawsze na kolację. Oczywiście, kiedy jest w domu i jak jest trzeźwy... choć po pijaku także nam ją smaży. Czegoś innego nie ma w domu do jedzenia. Ale to nic, gdyż my uwielbiamy duszoną cebulę. I surową też. Z chlebem i smalcem. Samą też. Gdy taty nie ma w domu, to mama nam robi na kolację placki ziemniaczane i prawie zawsze je spali, ale my i takie zjemy. A gdy jej się nie chce nic robić, to jemy chleb z cebulą i smalcem. Na śniadanie mama nam kupuje dżem albo pasztet, który zawsze gdzieś chowa, żebyśmy go natychmiast nie zjedli, ale Tytus zawsze to wszystko znajduje i zjadamy. Wszystko. Na obiad mama czasem coś gotuje z ziemniaków i wody. Ale ja rzadko w tygodniu jem w domu, gdyż prawie zawsze najadam się u Marcina. Natomiast gdy jest niedziela lub jakieś święto – wtedy tato zabija na obiad królika, których ma dużo w klatkach na podwórku, gdyż je hoduje. Wtedy ja zawsze jem w domu obiad, bo lubię mięso z królika, i zawsze patrzę, jak tato je zabija).

– Już się usmażyła? – pytam się.

– A już ci! – odpowiada tato. – Jesce trza pocekać.

– Tata, nie mówi się „jesce" – mówię. – Mówi się „jeszcze". Nie mówi się „pocekać", tylko mówi się „poczekać". Powtórz! Daję ci pierwszą lekcję gratis.

Śmiejemy się. Tato zerka na mnie i, uśmiechając się, dalej miesza cebulę na patelni.

– A jo się tak naucyłem i tak godom – mówi po chwili. – Jo nie jestem miastowy.

Nadia ciągnie tatę za rękaw.

– Tata, nie mówi się „jo" – mówi. – Tata, mówi się „ja". Tata, powiedz „ja".

– Ja – mówi tato.

Dalej się śmiejemy i z pokoju wychodzi Tytus z Dawidem i także się śmieją.

– Jo godom – mówi Tytus – ze kozy z nosa zjod Dawid.

– Ty zjadłeś! – oburza się Dawid.

– Ty ciągle jesz kozy z nosa! – odpowiada mu Tytus.

Dawid z palcem w nosie patrzy się na Tytusa. Rechoczemy. Po chwili z pokoju wychodzi zaspana mama.

– A co wy się tak drzecie i spać nie dajecie? – pyta się, drapiąc się po głowie.

– Tata nam cebulę smaży – odpowiada Nadia.

Mama mija nas, po czym wchodzi do sieni i robi siku do wiadra na pomyje.

– Głośnij nie mozes jscać? – mówi tato.

Wszyscy w kuchni wybuchamy śmiechem, gdyż mama naprawdę głośno robi siku. Po chwili mama wchodzi do kuchni, mija nas i idzie do pokoju dalej spać. Tato kręci głową.

– Wyniesłabyś chocioż roz wiadro z pumyjami – mówi tato. – Jscać to mo kto, ale wiadra z pumyjami to nimo kto wynieś i wyloć! Jo zawse wynose!

– Samo się wyniesie – dobiega głos mamy z pokoju.

– Tata, ile ta cebula będzie się jeszcze smażyć? – pytam.

– A już wystarcy – tato zdejmuje patelnię z komina i kładzie ją na blacie, a komin zakrywa fajerkami.

– Cebulka, cebulka – mówi Nadia, zacierając dłonie.

Tato kroi chleb, po czym kładzie na kromki duszoną cebulę i po kolei podaje nam kanapki.

Biorę kromkę, którą mi podaje, i zaczynam ją wcinać. Mniam, mniam...

List do Pana Nikt

Jutro ferie świonteczne się kończą i jutro tato nas odwiezie do bidula a ja przez całe ferie świonteczne całymi dniami siedziałem u Marcina w domu albo chodziliśmy na górkę gdzie sobie zrobiliśmy skocznię ze śniegu i skakaliśmy z niej na jego nartach albo na sankach i do domu wracałem dopiero wieczorem. W nocy jak już leżeliśmy w łóżkach i jak taty nie było w domu bo był w pracy na trzeciej zmianie to mama kiedyś wymyśliła grę w zgadnij na jaką literę i mówiła pierszą literę jakiejś rzeczy która była w domu i my zgadywaliśmy jaka to rzecz i kto zgadł to on mówił pierwszą literę jakiejś rzeczy a inni zgadywali a Nadia albo Dawid jak mówili pierwszą literę jakiejś rzeczy to my zgadywaliśmy i zgadywaliśmy i nigdy nie mogliśmy zgadnąć i wreszcie mówiliśmy że się poddajemy i jak któreś z nich zadało na przykład coś na literę „w" to my mówiliśmy wszystko co jest w domu na litere „w" i się wreszcie poddawaliśmy bo nie mogliśmy tego zgadnońć i mówiliśmy żeby powiedzieli co to jest to oni mówili na przykład garczek i my mówiliśmy że garczek nie jest na literę „w" tylko na litere „g" i oni wtedy mówili że myśleli że na „w" i oni tak ciongle mówili nie tą pierwszą literę rzeczy jaką mieli mówić. A kiedy tato był rano w domu bo nie szedł do pracy i jak był trzeźwy i nie skacowany to do naszego łóżka przychodziła Nadia bo ja spałem zawsze na dużym łóżku takiej wersalce z tatą i z Dawidem a na drugim dużym łóżku takim tapczanie spała mama z Nadią i Tytusem bo my mamy w domu w pokoju dwa duże łóżka tapczan i wersalkę i wiencej łóżek nie mamy ale jest jeszcze małe łóżeczko Kuby ale Kuby nie było z nami w domu na feriach bo sąd nie dał tacie zezwolenia żeby tato zabrał Kubę do domu ale tato mówił że sąd da zezwolenie jak Kuba będzie trochę wienkszy. No i właśnie Nadia przychodziła do nas do łóżka rano i wchodziła na tatę i po nim skakała i ciongneła go za wonsy albo go klepała po łysinie bo mój tata ma łysinę i tato się wtedy śmiał jak tak Nadia po nim skakała a ja wtedy podszczypywałem Nadię i Nadia piszczała albo krzyczała a czasem nawet się rozpłakała i tato się na mnie wtedy denerwował i mówił żebym nie szczypał tak mocno Nadii. Mama wtedy ciongle marudziła że hałasujemy i że nie ma od nas spokoju i żebyśmy już jechali do bidula a tato wtedy mówił żeby ona jechała w pizdu albo się zamkneła ale mama się nie zamykała i się kłócili i wtedy Nadia latała od taty do mamy i tak w kółko i im zatykała buzie żeby się nie kłócili. No i w końcu się zamykali i Nadia znowu właziła na tatę i się śmiali. A Tytus z Dawidem się wyzywali miendzy sobą. No i tak mineły ferie. To będzie tyle. List wrzucę porwany pod komin. Do widzenia.

Zboczeńcy

Siedzę z chłopakami i dziewczynami w grupie u pana Michała. Wszyscy pokładamy się ze śmiechu, gdyż przed chwilą pan Michał opowiedział dowcip. Na kolanach u pana Michała siedzi jedna dziewczyna z jego grupy.

Lubię siedzieć u pana Michała w grupie, gdyż pan Michał często opowiada nam dowcipy. Często do niego do grupy przychodzi po kolacji dużo dzieci z innych grup. Niektóre dzieci pan Michał wygania, ponieważ ich nie lubi. Pan Michał zawsze bierze na kolana jedną lub czasem dwie dziewczyny ze swojej grupy. Często żartuje sobie z dziewczyny siedzącej u niego na kolanach i pyta się, czy urosły jej już piersi pod bluzeczką i delikatnie palcem dotyka jej piersi. Dziewczyna wtedy się czerwieni, a my, chłopaki, pokładamy się ze śmiechu. Pan Michał mówi wtedy do nas, żebyśmy się uciszyli i tak nie rżeli, bo nie ma z czego, a do dziewczyny, której sprawdzał, czy urosły jej piersi, mówi: „Żabko, co się tak wstydzisz? Oj, ja tylko żartowałem... Na żartach się nie znasz?..." – i głaszcze ją po głowie, a jej po chwili znikają rumieńce z policzków. Gdy dziewczynie znikną rumieńce – wtedy pan Michał zaczyna sobie żartować z chłopaków i pyta się nas, czy mamy już coś w majtkach, że tak rżymy. Wtedy z nas śmieją się dziewczyny. Gdy pan Michał powie coś takiego bezpośrednio do mnie, wtedy natychmiast na policzkach wyskakują mi rumieńce i wszyscy śmieją się ze mnie. Ale dobrze, że pan Michał nam, chłopakom, nie dotyka palcami spodni i nie sprawdza, czy już tam coś mamy. Wydaje mi się, że dziewczyny z grupy pana Michała lubią siedzieć u niego na kolanach, bo często się kłócą między sobą, która ma siedzieć. Pan Michał, widząc te kłótnie, czasem bierze na kolana dwie dziewczyny, a reszta dziewczyn jest zazdrosna o te, które siedzą u niego na kolanach. Gdy my, chłopaki, widzimy, jak pan Michał dotyka tym dziewczynom piersi, tyłka i ud, to i my także chcemy je podotykać i straszymy je, że my też im sprawdzimy, czy mają już coś pod bluzeczkami. Pan Michał nas wtedy uspokaja i mówi, żebyśmy się przyzwoicie zachowywali, bo wyrosną z nas zboczeńcy. Ale my się nie uspokajamy i przybliżamy się do dziewczyn. Pan Michał w końcu nas wygania od siebie z grupy, po czym zamyka za nami drzwi i zostaje na uczelni tylko z dziewczynami z jego grupy.

– Niech pan opowie jeszcze jeden kawał – mówi do pana Michała Ewa siedząca u niego na kolanach, kiedy przestajemy się śmiać.

– A masz już cycuszki? – Pan Michał szturcha palcem Ewę w piersi. – Masz już cycuszki, że chcesz kawałów?

Wszyscy natychmiast wybuchamy śmiechem, a Ewie wyskakują potężne rumieńce na policzkach.

– No, spokój! – mówi pan Michał do nas, chłopaków. – Co tak rżycie? Siano poczuliście?

Przestajemy się śmiać. Pan Michał przytula Ewę do siebie.

– No, żabeczko... – mówi do Ewy, a jego dłoń błądzi po jej tyłku, biodrach i udach. – Nie wstydź się... Ewcia. Ja sobie tak tylko żartowałem... No, na żartach się nie znasz?... Oj, Ewcia, żabeczko, nie wstydź się... Żabuńciu... No, żabuńciu... Och, nie wstydź się... Ach, ach, żabuńciu... No, och!... Och!... Żabuńciu... Ach, żabeczko... Złotko moje... Och, och!... O, żabeczko... Ooo... Ach, ach!... Ooo...

– Ja też se chcem złapać za cycka – mówi zmienionym głosem Pele, chowając się za moje plecy.

Wybuchamy śmiechem.

– Ja też! – wtrąca się Józio.

– No, uspokoić się! – mówi pan Michał. Przestaje głaskać Ewę po udach i tyłku. Patrzy się na nas, chłopaków. – Bo was zaraz stąd wygonię! – dodaje.

Przestajemy się śmiać.

Ewa poprawia się na kolanach u pana Michała. Pan Michał kładzie z powrotem swoją dłoń na jej tyłku i masując tyłek, biodra i uda Ewy, zaczyna opowiadać nowy dowcip. Pele z Józiem zaczynają się przybliżać do dziewczyn stojących obok pana Michała. Po chwili już je obmacują, a one się od nich odsuwają. Ja też bym może i chciał sobie dotknąć którejś, ale mi się nie chce, bo są brzydkie i mi się nie podobają.

– Uciekać mi stąd, zboczeńcy! – mówi pan Michał do Pele i Józia, gdy zauważa, co wyprawiają.

Pele i Józio odsuwają się od dziewczyn.

– No, uciekać z uczelni, jak się nie umiecie zachować!

Pele i Józio z uśmiechem na ustach wychodzą z uczelni, a Jurij, Maradona i ja, chichocząc, siadamy na krzesłach.

– Wy też uciekać z uczelni! – Pan Michał pokazuje palcem na drzwi.

Wstajemy i dalej chichocząc, wychodzimy z uczelni, po czym pan Michał zamyka za nami drzwi i zostaje w uczelni tylko z dziewczynami ze swojej grupy.

– Sam se będzie Michał macał – mówi Józio.

Wybuchamy śmiechem.

– Chodźcie na świetlicę – mówię.

– No! – odpowiada Pele.

Śmiejąc się, idziemy na świetlicę. Po chwili wchodzimy do świetlicy, po czym podchodzimy do piłkarzyków, dzielimy się po dwóch: po jednej stronie staje Józio i Jurij, a po drugiej – Pele i ja. Maradona rzuca piłeczkę na środek i gramy.

List do Pana Nikt

Hura! Od dzisiaj są wakacje! Rok szkolny się już skończył i zdałem do nastempnej klasy. Po wakacjach będę już chodził do szóstej. Ode mnie z klasy nie zdał Grzesiek z bidula bo on był bardzo rzadko w szkole i nauczycielki nie przepuściły go do nastempnej klasy i po wakacjach będę w klasie sam z bidula no chyba że do bidula przyjdzie ktoś nowy i go dadzą do mojej klasy. Trochę innych chłopaków z bidula z innych klas też nie zdało bo nie chodzili do szkoły albo rozrabiali w szkole. Ja też miałem trochę problemów żeby zdać bo nauczycielka od matematyki mówiła że jak się nie zacznę uczyć i jak nie przestanę ciągle mazać w zeszytach na lekcjach to mnie nie przepuści do nastempnej klasy ale mnie przepuściła bo pod koniec roku szkolnego przestałem mazać w zeszytach i trochę udawałem że słucham nauczycielki. Dzisiaj tato zabrał do domu na wakacje moje rodzeństwo ale ja nie pojechałem z nimi bo się zapisałem na obóz harcerski. Zbiórki harcerskie były w bidulu raz w tygodniu. Przychodzili do nas z miasta starsi harcerze którzy prowadzili te zbiórki. Jedna wychowawczyni z bidula też jest harcerką i kilku starszych chłopaków też jest harcerzami. No i przed wakacjami wszyscy się zapisywali na obóz harcerski to i ja się zapisałem bo trochę ciekawiło mnie jak jest na takim obozie. Dziś wieczorem wyjeżdżamy na obóz i będziemy tam jechać przez całą noc bo jedziemy nad morze. A list na strzempy i do kosza.

Podróż nad morze

Siedzę z chłopakami w przedziale pociągu i jedziemy nad morze na obóz harcerski. Zastanawiam się, jak wygląda morze, i z resztą chłopaków przysłuchuję się sprzeczce Pele i Jurija na temat wielkości i wyglądu morza. Pele mówi, że jak się stanie na plaży i się patrzy przed siebie, to widać tylko wodę i wodę. Natomiast Jurij mówi, że widać drugi brzeg. I tak już się sprzeczają od paru minut. Ja się nie wtrącam, gdyż nie wiem, czy widać drugi brzeg, czy nie widać, bo jeszcze nigdy nie byłem nad morzem. Reszta chłopaków także się nie wtrąca do sprzeczki Jurija i Pele.

– Widać!

– Nie widać!

– Mówię, że widać!

– Skąd wiesz? Byłeś? Widziałeś?

– Nie byłem, ale wiem!

– Skąd?

– Wiem! Bo ci, chamie, piachem sypnę po oczach, jak będziemy nad morzem!

– Ty?! Kutasie, ty to możesz mi naskoczyć na kant chuja!

– Wyskoczysz?

– No! Nawet teraz i tutaj! Chodź!

Jurij wstaje z siedzenia i staje przy oknie, a za nim wstaje Pele i staje przy drzwiach. Reszta chłopaków i ja stajemy na siedzeniach, żeby im zrobić miejsce do bójki między siedzeniami.

Jurij i Pele patrzą się na siebie i podnoszą ku brodzie zaciśnięte pięści.

Nagle do przedziału wchodzi starszy harcerz.

Wszyscy natychmiast siadamy na swoich miejscach i się śmiejemy. Harcerz patrzy się na każdego z nas po kolei.

– Młodzi, uspokoić się! – mówi po chwili.

Nic nie odpowiadamy i dalej chichoczemy, a harcerz patrzy się na nas. Po chwili zamyka drzwi do przedziału i odchodzi, a my pokładamy się ze śmiechu.

– Gramy w karty? – rzuca Tasiemka, kiedy przestajemy chichotać.

– No! – odpowiadamy chóralnie.

Tasiemka wyciąga z kieszeni karty, po czym je tasuje i mówi, że gramy w chuja. Wszyscy jednogłośnie się zgadzamy. Po chwili Tasiemka rozdaje karty i gramy, a Pele z Jurijem zapominają o bójce.

List do Pana Nikt

Jutro obóz harcerski się kończy i będziemy jutro wracać do siebie. Tato pewnie po mnie przyjedzie do bidula żeby mnie zabrać do domu na wakacje. Na obozie było nawet fajnie. Nie podobało mi się tylko wtedy jak stałem na warcie a wszyscy wtedy poszli do lasu bo obóz mamy na polanie w lesie i jest stamtont daleko do domów. W obozie zostałem ja na warcie i kilku starszych harcerzy. Wtedy stałem na warcie w samo południe. Czego miałem pilnować. Nendznego proporca powiewającego na środku placu obozowego. Tej szmaty powiewającej i stać w samo południe w mundurku zapientym pod szyję i w czapce na głowie. Pot się ze mnie lał i byłem wkurwiony. Myślałem że zaraz zdejmę ten mundurek i czapkę i rzucę to wszystko na ziemię i opluję i podeptam i porwę bo tak byłem wkurwiony i zdenerwowany a oni nie pozwalali zdjąć mundurka i czapki i jakbym zdjoł to by mi dali zakaz wychodzenia z obozu. No i przestałem w końcu tą wartę. Ale dobrze by było jakby pozwolili stać na warcie w spodenkach to i mógbym już i stać i niech im wisi. A jak zmienili mnie z warty to poleciałem do wody i włożyłem głowę w wiadro z wodą. Podobało mi się na obozie jak się ganialiśmy po lesie albo jak się bawiliśmy w podchody. Ale to stanie na warcie było najgorszą rzeczą jaka mnie tutaj spotkała. Nawet apele były do wytrzymania bo można się było z niektórych pośmiać jak stali na baczność. Też mi się podobało jak pojechaliśmy nad morze się kąpać. Jak zobaczyłem morze to nie mogłem uwierzyć że jest takie wielkie i jest w nim tyle wody i jak się patrzy przed siebie to tylko widać wodę i wodę i więcej nic. No i się rzucałem na fale i się kąpałem w morzu. Było fajnie bo fale troche odrzucały do tyłu jak się na nie rzucałem. Na obozie niektórym chłopakom którzy nie są z bidula gineły pieniądze i ja wiem kto je kradnie bo to kradnie dwóch starszych chłopaków z bidula ale ja tego nie mówię że oni kradną bo jakbym wykablował to jakbyśmy wrócili do bidula to oni by mi wsadzili głowę do kibla i by spuścili wodę i by mi dupe skopali i by mnie już potem lali tak jak innych kapusiów których w bidulu jest paru i starsze chłopaki na nich najczeńściej się wyżywają. Ja wolę nic nie mówić żeby mieć spokój i nie dostawać po dupie i nie być kapusiem. A od starszych chłopaków w bidulu dostaje tylko czasem kopa ot tak dla hecy jak im się nudzi i oni mówią że to tak dla hecy. Jak dostanę czasem od nich kopa to nie idę naskarżyć wychowawcom a tylko jak najszybciej się od nich oddalam. Ci którzy idą na skargę do wychowawcy i tak nic nie wskurają bo starsze chłopaki jak przyjdzie do nich wychowawca to mówią że złapali młodego jak pluł po korytarzu albo po ścianach i dali mu kopa ale to starsze chłopaki plują po ścianach i korytarzu harchami spod serca ale wychowawca im uwierzy że to młody napluł i dają młodemu za karę sprzątanie łazienki albo korytarza albo schodów. Starsi się wtedy śmieją z młodego który poszed naskarżyć i dalej go leją za to że kabluje. Pieniądze na obozie mają tylko te dzieci które nie są z bidula i im się wydaje że mogą sobie je kłaść gdzie im się podoba bo wydaje im się jakby byli u siebie w domu. Też nie wiem po co oni brali ze sobą pieniądze bo przecież do sklepu mamy bardzo daleko i oni nie mają gdzie wydawać tych pieniędzy. Ja tam nic nie mam to o nic się nie boję że mi ukradną i mam luzik. A jeszcze napiszę troche o tej warcie której tak nie lubiłem. Kiedy mnie zmieniał następny chłopak który miał stać po mnie to przyszedł jeszcze starszy harcerz który pilnował zmian wart i kazał nam stanońć na baczność i trzeba było mówić jakieś formułki które się mówi jak się staje na warcie i jak się schodzi z warty. Mówiłem te formułki i się śmiałem bo są one śmieszne. Starszy harcerz powiedział że sobie potem ze mną pogada na osobności ale sobie nie pogadał bo chyba zapomniał. Kadra i starsi harcerze mówią że harcerstwo to dobre przygotowanie przed wojskiem i że uczy punktualności i porzontku i wielu innych potrzebnych człowiekowi do życia rzeczy ale ja myślę że do wojska nie pójdę i jak będzie wojna to polecę do lasu i schowam się tam i będę walczył w lesie. Tam zaczaję się na wroga i go zabiję zabiore mu karabin i będę walczył w lesie. Nie będę chodził za żadnym czołgiem bo jakaś przypadkowa kula mnie może trafić i mnie zabić. W czołgu też nie będę jeździł bo ktoś może mnie trafić bombom i czołg wybuchnie ze mną w środku i mnie zabije. Samolotami też nie będę latał bo ktoś mnie może zestrzelić i samolot wybuchnie ze mną w środku. Na statkach też nie chcę pływać bo torpeda trafi w statek i statek utonie a ja mogę nie dopłynońć wtedy do brzegu bo będzie daleko i się utopię. Generałem też nie chcę być bo musiałbym rozkazywać a ja nie lubię rozkazywać i nie lubię jak mi się rozkazuje bo ja lubię luzik. Generałów się jeszcze porywa albo bierze się ich jako jeńców i się ich torturuje. Wiem bo to wszystko widziałem na filmach wojennych. A w lesie schowam się i zamaskuje się i jak wróg będzie szedł to ja wyskocze i poderżne mu gardło albo wbije nóż w brzuch albo w plecy i wroga zabije. Widziałem walkę w lesie jak byliśmy kilka dni temu na wycieczce w mieście i poszliśmy do kina na film. W kinie mi się to podobało i wtedy sobie pomyślałem że jakby była wojna to będę wtedy walczył w lesie. Na poczontku filmu nie wiedziałem o co chodzi bo chodziło o jakieś sprawy polityczne czy coś tam podobnego. Potem film się roskrencił. Głównemu bohaterowi zabili żonę i dziecko i spalili dom a gdy on wrócił do domu to zobaczył zabitą żonę i dziecko i spalony dom i ktoś do niego zaczoł strzelać. On wtedy uciekł do lasu który był za spalonym domem. Mordercy pobiegli za nim. Bohater filmu poprzysiong im zemstę i robił na mordercuw zasadzki w lesie i ich zabijał. Gdy któryś ze złoczyńców przechodził obok zamaskowanego za krzakami w liściach albo na drzewie głównego bohatera to on wtedy wyskakiwał i podrzynał cichutko gardło złoczyńcy albo skręcał cichutko kark złoczyńcy i mu go łamał cichutko że nawet ptaki się nie płoszyły i dalej sobie ćwierkały i główny bohater z powrotem się maskował. Czekał na nastempnego złoczyńcę. Potem bohater walczył w lesie na kije z innymi złoczyńcami i ich szybko powalał a do lasu przyjeżdżali samochodami nastempni złoczyńcy i ich też powalał. Potem skakał po drzewach i jak złoczyńcy strzelali w niego z karabinuw to on czasem łapał kule w zęby i je wypluwał. W to skakanie po drzewach i łapanie kul w zęby to ja nie wierzę. W takie bzdury to wierzyłem w pierwszej i drugiej klasie. W drugiej klasie jak obejrzałem w telewizorze Wejście Smoka i tam wystempował Bruce Lee to z Marcinem zaczeliśmy trenować ciosy na drzewach śliwkowych u niego na podwórku bo chłopaki w szkole mówili że Bruce Lee umie ścinać ręką drzewa. Potem z Marcinem uderzaliśmy rękami w drzewa śliwkowe u niego na podwórku. Najpierw lekko uderzaliśmy bo się koncentrowaliśmy tak jak na filmie koncentrował się Bruce Lee przed walkami i potem uderzaliśmy mocniej i mocniej ale drzewa się nie łamały i nas ręce bolały to przestaliśmy trenować na drzewach bo pomyśleliśmy sobie że tylko Bruce Lee tak może. Wtedy przeszliśmy na łamanie rękami patyków albo linijek lub ołówków. W szkole stawaliśmy z chłopakami przed dziewczynami i łamaliśmy ołówki i patyki kto złamie najgrubszy. No a teraz to ja jestem starszy bo po wakacjach będę przecież chodził do szóstej klasy i w żadne fruwanie w powietrzu to ja już nie wierzę i w ścinanie drzew rękami też nie wierzę. No a teraz wrócę do tego filmu w kinie. No i na tym filmie w kinie główny bohater w końcu zabił wszystkich złoczyńców ale z tym z którym walczył bardzo długo pod koniec filmu to mu było bardzo trudno wygrać i już parę razy leżał na ziemi ale zawsze w ostatniej chwili się podnosił jak tamtem złoczyńca chciał go zabić. W końcu bohater zabił tego ostatniego złoczyńcę bo nabił go na ostrą gałąź. Jak główny bohater zabił wszystkich złoczyńców to szkoda mi się go zrobiło i pomyślałem sobie że gdzie on teraz znajdzie sobie taką samą żonę i dziecko. Zastanawiałem się gdzie on teraz pójdzie jak ma spalony dom. Myślałem że nie znajdzie sobie takiej samej żony i dziecka i będzie musiał sobie poszukać nowej żony i zrobić sobie nowe dziecko. Szkoda mi było jego zabitej żony bo była ładna i dziecko też było fajne. Byłem zły że tamci złoczyńcy zabili mu żonę i dziecko i myślałem że główny bohater będzie musiał sobie postawić nowy dom. Szkoda mi też było głównego bohatera i chciałem żeby jego żona i dziecko ożyli ale oni nie ożywali. Główny bohater szedł przed siebie i wyszedł z lasu i szedł dalej przed siebie i na ekranie wyskoczyły litery a główny bohater dalej szedł i szedł przed siebie i robił się coraz mniejszy i aż w końcu nie było go już widać bo już daleko zaszedł przed siebie i na ekranie w kinie pojawił się wielki napis The End.

Żebrak

– Żebrak, Żebrak! – krzyczę, stojąc przed domem. Zastanawiam się, dlaczego on nie wychodzi z budy. – Żebrak, wyłaź z budy!

Podchodzę do budy Żebraka, kopię w nią, lecz on nadal nie wychodzi z budy.

Zaglądam do budy. W budzie jednak nie ma Żebraka.

Pewnie go spuścili z łańcucha i gdzieś z nim pobiegli, bo nikogo nie ma w domu.

Rozglądam się po podwórku i zastanawiam się, gdzie oni mogli pójść z Żebrakiem. Przecież zawsze im mówiłem, żeby nie spuszczali Żebraka z łańcucha, bo kogoś pogryzie.

Ponad pół godziny temu tato przywiózł mnie na wieś, ale nie przyszedł ze mną do domu. Gdy przyszedłem do domu, w domu nikogo nie było. Przebrałem się i wyszedłem na podwórko.

Na podwórko wchodzi Nadia z Dawidem.

– Gdzie jest Żebrak? – pytam się.

– Zdechł – odpowiada Nadia.
– Co?!
– No, zdechł – powtarza Nadia. – Tata mówił, że na wiosnę Żebrak zdechł.
Łzy stają mi w oczach.
– A my wiemy, gdzie jest zakopany Żebrak – chwali się Dawid.
– Pokazać ci? – pyta się Nadia.
Kręcę głową, że nie. Po czym odchodzę od nich, żeby nie widzieli, jak mi łzy zaczynają spływać po policzkach.
Wchodzę do szopy i wycieram oczy i policzki. Biorę procę i wkładam ją za spodenki. Nadia z Dawidem zaglądają do szopy.
– Co się gapicie?! – krzyczę.
Nadia z Dawidem znikają, a ja wkurzony rozglądam się po szopie. Po chwili wychodzę z szopy i idę do Marcina. Idąc, myślę o Żebraku i co chwilę łzy napływają mi do oczu. Wycieram je. Przypominam sobie, jak tato ponad trzy lata temu przyniósł do domu małego pieska. Tytus zaczął wołać na niego Żebrak i tak już zostało. Tato chciał mieć psa, gdyż złodzieje często kradli mu w nocy króliki. My także często truliśmy tacie, żeby przyniósł do domu małego pieska. Mama na to mówiła, że jak tato przyniesie do domu psa, to ona go wygoni albo mu łeb ukręci, bo nie lubi psów, mówiła, że psy to darmozjady i trzeba im tylko żreć dawać i jak tato chce, to niech przyniesie do domu kota, bo ona lubi koty, gdyż kot jak będzie głodny, to sobie złapie mysz, bo w domu, w szopach lub na polu jest ich pełno. Ale my kota nie chcieliśmy. Marcin miał w domu sześć kotów i jak jego rodziców nie było w domu, to te koty łapaliśmy i ciągnęliśmy je za ogony – sprawdzaliśmy, który głośniej miauczy. Tato wreszcie któregoś dnia przyniósł do domu małego pieska i powiedział mamie, że jak go spróbuje wygonić, to on za siebie nie ręczy. No i jakoś mama nie wygoniła Żebraka ani mu łba nie ukręciła.

Bawiliśmy się z małym Żebrakiem, a gdy już podrósł, tato zrobił dla niego budę i uwiązał go przy niej na łańcuchu, bo atakował każdego kolegę taty i rozrywał im nogawki. Żebrak dalej rósł przy budzie i gdy ktoś tylko przechodził obok naszego domu, wtedy on natychmiast wyskakiwał i szczekał, aż mu piana ciekła z pyska. Byłem bardzo dumny z Żebraka, gdyż nikt w okolicy nie miał tak groźnego psa. Koledzy taty pytali się go, skąd sobie wytrzasnął takiego psa, a tato im odpowiadał, że kupił go sobie za wino. „Ale Stachu, łot kogo żeś kupieł tego psa?" – pytali się dalej, a tato, często nabzdryngolony, odpierał na to: „Ni ma chuja we wsi! Ni powiem wom łot kogo, bo też byśta chcieli mieć takiego dobrego psa. Ni ma chuja, ni powiem wom, choćbyśta mnie ślachtowali!"

Króliki

Przyglądam się, jak tato trzyma w swojej dłoni królika za tylne łapy. Królik się fryga i piszczy. Tato wolną dłonią uderza z góry w jego łeb. Królik przestaje się frygać i piszczeć. Tato wyciąga z kieszeni nóż i podrzyna królikowi gardło. Z szyi królika tryska krew.

Odwracam się, bo nie mogę się patrzeć, jak leci krew. Po chwili krew z szyi królika przestaje lecieć i z powrotem się patrzę, jak tato wiesza królika na szopie i zaczyna z niego zdzierać skórę.

Zawsze się tak patrzę, jak tato w niedzielę zabija królika, a dziś jest właśnie niedziela i na obiad będziemy jeść królika. Tato ma dużo w klatkach królików i czasem w nocy ktoś mu te króliki kradnie. Tato wtedy mówi, że gdyby żył Żebrak, to nikt by mu nie kradł królików.

Gdy tato wybiera z klatki królika do zabicia, to ja zawsze stoję przy nim i mówię, że tego nie. Tato bierze wtedy innego królika i ja także mówię, że tego też nie, bo również jest ładny. Tato bierze kolejnego królika i ja znów mówię, że tego też nie. W końcu tato się wkurza i mówi, że nie będą ja mu tutaj marudził, i bierze królika, którego on uważa, że powinien zabić, i zabija, a ja się temu przyglądam.

Tato przed chwilą obdarł królika ze skóry, wypatroszył, pociął na kawałki i poszedł do domu moczyć mięso, a ja zostałem przy klatkach i właśnie teraz otwieram jedną z klatek, po czym łapię jednego królika i go głaszczę, a następnie przystawiam go sobie do policzka, a sierść królika przyjemnie łaskocze mnie po policzku. Po chwili puszczam królika, a on natychmiast ucieka w róg klatki do reszty przyczajonych tam królików. Przyglądam się, jak króliki śmiesznie ruszają swoimi noskami i patrzą się na mnie swoimi oczkami jak paciorki.

Zamykam klatkę i otwieram następną. Króliki, skacząc po sobie, patrzą się na mnie. Wyciągam ku nim rękę, żeby złapać któregoś z nich, lecz one natychmiast uciekają w róg klatki i dalej się na mnie patrzą.

Zamykam klatkę i biegnę na łąkę narwać królikom mleczu, gdyż wiem, że najbardziej smakuje im mlecz. Wiem to, bo gdy im wrzucam do klatki trawę, to one najpierw wybierają mlecz, a potem zabierają się za trawę. Tato także mówi, że królikom najlepiej smakuje mlecz.

Chodzę po łące, zrywam mlecz i myślę o Żebraku. Bo gdy żył Żebrak, to jak taty nie było w domu, wtedy wyjmowałem z rodzeństwem z klatki króliki i pokazywaliśmy je Żebrakowi, a on, jak tylko zobaczył królika – natychmiast skakał przy nas jak oszalały, żeby mu go dać. Po chwili wkładaliśmy królika z powrotem do klatki, zamykaliśmy ją i odchodziliśmy. Wtedy Żebrak stawał przy klatce, węszył wokół niej, po czym drapał po klatce pazurami i próbował się do niej dostać, żeby się dobrać do króików. Żebrakowi czasem udawało się dopaść królika, bo gdy tato był pijany, to czasem kiedy im dawał wieczorem żreć, zapominał zamknąć którąś klatkę i w nocy jakiś królik wypadał z niej. Wtedy Żebrak natychmiast go dopadał i pożerał. Rankiem tato znajdował pod klatką skórę i wnętrzności z królika i zastanawiał się, czy to on nie zamknął wieczorem klatki, czy to ktoś z nas. My mówiliśmy, że to na pewno nikt z nas, a Żebrak wtedy siedział cichutko w budzie i nawet łba nie wychylił, i słychać tylko było, jak mu się odbija. Tato wyciągał z szopy łopatę, brał skórę i wnętrzności królika i szedł to wszystko zakopać na polu. Także czasem, gdy taty nie było w domu, to wyciągaliśmy króliki z klatki i puszczaliśmy je na łąkę. Króliki biegały po łące i wcinały trawę, a my je pilnowaliśmy, żeby nie pouciekały nam za daleko. Wyglądało to jak na obrazkach w gazetkach, które zostawiają świadkowie Jehowy, gdy czasem chodzą po domach na wsi. Prawie nikt ich nie wpuszcza do swojego domu i oni właśnie zostawiają różne gazetki i mówią, żeby choć poczytać, co tam jest napisane. Na obrazkach w tych gazetkach zwierzęta żyją obok siebie razem z ludźmi: człowiek nie zabija zwierząt i zwierzęta nie pożerają się nawzajem. Świadkowie Jehowy mówią, że tak kiedyś będzie na świecie, że człowiek będzie żył w harmonii ze zwierzętami, nie będzie ich zabijał i zwierzęta także nie będą się nawzajem pożerały; mówią, że tak właśnie wygląda raj i ten raj kiedyś będzie na ziemi. Słuchając ich, często się zastanawiałem, jak to jest możliwe. To lew będzie wcinał trawę? Tygrys też? Słuchałem tych świadków Jehowy, jak tak mówili, i nie mogłem w to uwierzyć. Chciałbym, żeby tak było na świecie. Ale gdybym wypuścił Żebraka na taką łąkę pełną królików, to pewnie by natychmiast wpieprzył kilka, a potem przez kilka dni nie wychodziłby z budy. Bo Żebrak nie lubił trawy – wolał króliki. I czekał tylko, jak jakiś królik wypadł z klatki, i on go natychmiast dopadał i pożerał. A gdy tak puszczaliśmy króliki po łące – Żebrak biegał przy budzie jak oszalały i patrzył się, jak one sobie swobodnie biegają i wcinają trawę. Gdyby mógł mówić, to pewnie by do nas krzyknął: „Zgredy, dajcie mi królika!". Albo: „Chamy, spuśćcie mnie z tego pieprzonego łańcucha, to królika sobie sam złapię!"

Wracam z łąki z pełnymi garściami narwanego mleczu. Otwieram po kolei klatki i wrzucam do każdej trochę mleczu, tak, aby starczyło dla wszystkich królików. Po chwili już cały mlecz jest wrzucony do klatek, zamykam je po kolei i biegnę do domu.

Pomnik

Jest noc. Chodzę z Marcinem wokół pomnika i dotykamy wielkich łusek po pociskach armatnich, które są wmontowane w pomnik.

Dziś postanowiliśmy, że wybierzemy się nocą do pomnika, który stoi przy drodze asfaltowej około trzystu metrów od naszych domów. W czasie drugiej wojny światowej w lesie blisko naszych domów Niemcy rozstrzelali około czterdziestu partyzantów. Po drugiej wojnie światowej został, ku czci tych partyzantów, postawiony pomnik. Ludzie na wsi mówią, że obok pomnika w nocy straszy, a niektórzy mówią, że widzieli nawet duchy partyzantów, którzy chodzili po asfaltowej drodze. Do tego jeszcze, kilka miesięcy temu, obok pomnika miał miejsce wypadek samochodowy: samochód ciężarowy wpadł do rowu i uderzył w drzewo. Na miejscu zginęły cztery osoby. Teraz ludzie mówią, że oni także straszą w nocy i chodzą po drodze. Marcin mówił, że jego wujek, jak pił wina z jego tatą, to mówił, że kiedyś jechał nocą na rowerze i obok pomnika przebiła mu się dętka. Innym razem, kiedy jechał po pijanemu na rowerze znowu obok pomnika, to zobaczył ducha. Wystraszył się i nacisnął mocniej na pedały, żeby jak najszybciej odjechać od pomnika, ale spadł mu łańcuch, więc rzucił rower i do domu uciekł na piechotę. Po rower wrócił dopiero nad ranem, jak wytrzeźwiał. Inni ludzie na wsi także opowiadali o swoich podobnych przygodach w nocy obok pomnika, a my słuchaliśmy tego wszystkiego i zbieraliśmy się, by kiedyś się wybrać w nocy pod pomnik.

– Marcin boisz się? – pytam się.

– Nie! – odpowiada Marcin. – Czego miałbym się bać?

– Ja też się nie boję – kłamię, gdyż potwornie się boję i ciągle się rozglądam wokół siebie, a po moim ciele harcują dreszcze. – Chodź, schowamy się w krzakach i zobaczymy, może duchy się pokażą?

– Dobra.

Siedzę z Marcinem w krzakach już ponad godzinę, jakieś czterdzieści metrów od pomnika, ale żaden duch do tej pory się nie pokazał, a tylko drogą przejechał w tym czasie jeden samochód. Siedzimy cichutko i staramy się nie rozmawiać. Trochę się boję i nasłuchuję. Marcin także nasłuchuje, ale w przeciwieństwie do mnie mówi, że się nie boi. Myślę, że kłamie i boi się tak samo jak ja, ale wstydzi się do tego przyznać.

Wtem coś słyszę, w oddali, w lesie.

– Słyszysz coś? – mówię szeptem i szturcham Marcina.

– Cicho, cicho! – odpowiada. – Coś słychać.

Nasłuchujemy. Po chwili słyszę w oddali, w lesie, jak drogą jedzie jakiś facet na skrzypiącym rowerze i coś sobie śpiewa. Myślę, że jest pewnie pijany, bo faceci, jak są pijani, to sobie zawsze coś śpiewają. Mój tato, kiedy jest pijany, także zawsze coś śpiewa.

– To jakiś facet – szepczę. – Pewnie jest pijany.

Uśmiechamy się. Po chwili facet przejeżdża obok pomnika. Słyszę, jakby jechał na feldze. Facet, dalej sobie przyśpiewując, mija pomnik, po czym ni stąd, ni zowąd zsiada z roweru.

– Kurwa mać! – krzyczy.

Śmiejemy się i zatykamy sobie usta dłońmi.

Facet rzuca rower na drogę, po czym zdejmuje czapkę z głowy i chwiejąc się na nogach, ciska czapką o asfalt.

– Wszyyyyystkie kurwy potockie! – krzyczy.

Dalej się śmiejemy; myślę, że to facet z sąsiedniej wsi – Potok.

Facet podnosi czapkę z drogi i zakłada ją na głowę, po czym schyla się po rower, i upada na drogę.

– Kurwy! – krzyczy facet, leżąc na drodze. – Wszystkie kurwy! Aaaaaaaaaa! Wszystkie kurwy! Kurwy! Wszystkie kurwy! Wy wszystkie pierdolone kurwy! Kurwy!

Pokładamy się w krzakach ze śmiechu.

– Chodź, postrzelamy do faceta z procy – proponuję.

– No! – Marcin chwyta pomysł.

Wyciągamy proce zza paska od spodni, a z kieszeni małe kamyki, po czym ładujemy proce i strzelamy w kierunku faceta. Strzelamy i słyszymy, jak niektóre kamyki odbijają się od jego roweru albo od asfaltu.

– Kto tam jest? – pyta się facet, po czym podnosi się z drogi.

Przestajemy strzelać i patrzymy się na faceta, jak chwiejąc się na nogach, rozgląda się wokół siebie.

– Kto tam jest? – pyta się ponownie.

Uśmiechamy się; szturchamy się lekko.

– Kurwa, kto tam jest? – pyta się facet kolejny raz.

– Dawaj, strzelimy jeszcze do niego? – szepczę i szturcham Marcina.

– No! – odpowiada Marcin.

Ładujemy proce i strzelamy kilka razy w kierunku faceta. Dwa kamyki znowu trafiają w jego rower.

– Kurwa, kto tam jest? – facet dalej chwieje się na nogach i rozgląda się wokół siebie.

Uśmiechamy się.

– Dobra, spadamy! – szepczę.

Chowamy proce za paski spodni, po czym wychodzimy z krzaków i lasem biegniemy w stronę naszych domów. Gdy odbiegamy kawałek od krzaków – wtedy zaczynamy rechotać.

I dalej śmiejąc się, lasem biegniemy w stronę naszych domów.

A ja rosnę...

Biegnę chodnikiem ze szkoły i co kilka metrów podskakuję, i klepię się wtedy po tyłku jakbym jechał na koniu, a pod nosem śpiewam sobie słowa piosenki, którą często słyszałem w radio.

A ja rosnę i rosnę
I niedługo przerosnę
Mamę, tatę... i sosnę...

Hej, siup!

Dobiegam do bidula i przestaję śpiewać, podskakiwać i klepać się po tyłku. Bo gdyby chłopaki zobaczyli, że tak sobie biegnę, podskakuję, śpiewam i klepię się po tyłku – to pewnie by się ze mnie nieźle brechtali.

Do bidula wchodzę normalnym krokiem.

Kradzione lepiej smakuje

Pele, Sasza i ja rzucamy jabłkami w starszego faceta. Facet stoi za siatką, na swojej działce, i uchyla się od jabłek lecących w jego kierunku.

– Wy skurwysyny! – krzyczy facet. – Jak was dopadnę, to wam nogi z dupy powyrywam!

Przed chwilą facet przegonił nas z działki. A było to tak: siedzieliśmy na jabłonkach, na jego działce, i zrywaliśmy jabłka, a on ni stąd, ni zowąd, pojawił i krzyknął: „Co wy, gówniarze, robicie tutaj?!". My szybko zeskoczyliśmy z jabłonek i chodu. Facet rozkojarzony, nie wiedział, którego z nas łapać, i my szybko przeskoczyliśmy przez siatkę ogrodzeniową. Gdy tylko przeskoczyliśmy siatkę, facet zaczął krzyczeć: „Skurwysyny! Złodzieje!". Wtedy Sasza za siatką zdjął spodnie i pokazał facetowi tyłek, i zaczęliśmy się śmiać. Facet dalej stał za siatką i nas przeklinał. Sasza wyjął jabłko z kieszeni i rzucił nim w faceta, po czym powiedział, że to za to, że nas wyzywa. Za Saszą jabłkiem w faceta rzucił Pele, więc i ja, żeby nie być od nich gorszy – także wyjąłem jabłko z kieszeni i rzuciłem nim w faceta.

Zaczynamy stroić do faceta różne miny, gdyż skończyły nam się jabłka i nie mamy już czym w niego rzucać. Facet dalej stoi za siatką i nas przeklina.

– Ja was, skurwysyny, złapię – mówi.

– Facet, strzep se gruche! – docina Pele.

Wybuchamy śmiechem.

– Facet, dawaj jabłka! – mówię.

– Ja ci, kurwa, dam! – odpowiada facet.

– To se, grzybie, sami weźmiemy – mówi Sasza. – Jak ciebie, grzybie, nie będzie, to se sami weźmiemy. I jeszcze ci, chuju, połamiemy jabłonki za skurwysynów.

– Ja was złapię, skurwysyny – facet spluwa, po czym zaczyna wspinać się po siatce.

– No, dawaj! – Sasza klaszcze w dłonie. – Dawaj! No przechodź! Zobaczymy, czy nas złapiesz.

Facet przestaje się wspinać po siatce.

– Ja was dopadnę, skurwysyny!

– Bóg się kazał dzielić – wypala Sasza. – Dlaczego nas pan wygonił ze swojej działki? Wpierdoli pan te wszystkie jabłka?

– Ja ci, skurwysynu, dam „Bóg się kazał dzielić"! – Facet, patrząc się na nas, odchodzi od siatki.

– Dobra, chłopaki, chodźmy – mówię. – Chodźmy na inną działkę.

Odchodzimy i dajemy facetowi spokój.

Jest prawie połowa września. Na okolicznych działkach są już dojrzałe jabłka, gruszki, orzechy. Codziennie po kolacji chodzę z chłopakami na owoce. Wypatrujemy co lepsze drzewa z dojrzałymi owocami i robimy nalot. Czasem ktoś nas przegoni, więc uciekamy. A jeśli jest to kobieta lub starszy facet i nas wyzwą, a my wiemy, że nas nie dogonią – wtedy my ich także wyzywamy, śmiejemy się i stroimy do nich różne miny. Trochę ich powyzywamy i biegniemy dalej szukać następnych drzew owocowych. Ale gdy nas przegoni młody facet – wtedy uciekamy, jak tylko najszybciej potrafimy i nie zaprzątamy sobie głowy, żeby go wyzywać. No i nigdy nie prosimy nikogo, żeby nam dał owoce, bo kradzione lepiej smakuje. Poza tym są jakieś emocje, kiedy trzeba uciekać, a także podczas siedzenia na drzewach, gdy trzeba się rozglądać, czy czasem ktoś się na nas nie czai.

Dziadek

– Tata, a nasz dziadek był partyzantem? – pytam się.

– E, gdzie tam?! – odpowiada tato. – Dziadek nie beł partyzantym – wyciąga z kurtki papierosy, po czym wychodzi z pokoju na korytarz, żeby sobie zapalić.

Za tatą z pokoju wychodzi Nadia z Kubą. W pokoju zostają Tytus z Dawidem i ja. Tytus z Dawidem oglądają karty z samochodami z gum do żucia, a ja myślę o dziadku i już wiem, że nie był partyzantem.

To ciekawe, kim dziadek był? Niech tato tylko wróci do pokoju, to się go zaraz spytam, kim był nasz dziadek.

Dziadka nigdy nie widziałem i wiem tylko tyle, że zmarł, zanim ja się urodziłem. Widziałem tylko babcię. Dziadka i babci ze strony mamy – także nie widziałem. Mama kiedyś mówiła, że oni mieszkali bardzo daleko i już nie żyją.

Spytałem się taty, czy dziadek – czyli taty tato – był partyzantem dlatego, ponieważ w mojej szkole, w sali historycznej, wisi na ścianie gazetka. Na tejże gazetce jest zdjęcie partyzanta, który nazywa się tak samo jak mój dziadek – Zachariasz Mleczko. Poza tym jest tam napisane, w jakich okolicach walczył podczas drugiej wojny światowej, i właśnie wychodzi, że walczył w tych okolicach, w których ja mieszkam. Pomyślałem sobie, że to może mój dziadek, gdyż takiego nazwiska, jak ma moja rodzina – jeszcze u kogoś innego nie spotkałem. Chłopaki z klasy zapytały się mnie kiedyś, czy to mój dziadek, ten partyzant na gazetce. Odpowiedziałem, że tak. Potem chłopaki na lekcji historii powiedziały nauczycielce, że ten partyzant na gazetce, to mój dziadek. Nauczycielka popatrzyła się na mnie i spytała, czy to prawda. Odparłem, że tak. Nauczycielka powiedziała: „Ohoho, to sławnego masz dziadka!”. Wówczas wystraszyłem się, że będzie się dalej wypytywać o mojego dziadka, a ja nie będę wiedział, co mam jej powiedzieć, i pewnie przyznam się, że nie wiem, czy to mój dziadek. Ale nauczycielka już więcej o nic nie pytała. No i wtedy postanowiłem, że jak tylko tato przyjedzie do nas w odwiedziny – wtedy się go wypytam o dziadka. I właśnie dziś tato przyjechał do nas w odwiedziny i jak tylko skończy palić papierosa i wróci do pokoju, to spytam się go, kim był dziadek.

Tato, Nadia i Kuba wracają do pokoju. Tato siada na łóżku i bierze Nadię na kolana. Kuba siada obok taty i przytula się do niego.

– Tata, a kim był nasz dziadek? – pytam się.

Tato drapie się po głowie i zaczyna opowiadać o dziadku. Mówi, że dziadek przed drugą wojną światową pracował przy budowie dróg. W czasie wojny Niemcy wywieźli dziadka i babcię do Niemiec, na roboty przymusowe. I właśnie w Niemczech, na robotach przymusowych, babcia urodziła wujka, a potem tatę. Babcia, kiedy była z nimi w ciąży – musiała aż do porodu ciężko pracować dla Niemców. Po porodzie także nie miała ani chwili wytchnienia, bo dalej musiała ciężko pracować. Dziadek zrobił nosidełka, które razem z babcią zakładali na plecy, wkładali w nie wujka i tatę i z nimi na plecach szli pracować. Gdy wojna się skończyła, wrócili na wieś, ale nie zastali już swojego domu, gdyż Niemcy go spalili. I dziadek z babcią, wujkiem i tatą spali w stodołach u ludzi na wsi, zanim dziadek postawił nowy dom. W końcu dziadek postawił nowy dom, a po kilku latach zmarł. A gdy po wojnie dziadek z babcią, wujkiem i tatą wracali pociągiem w bydlęcych wagonach do Polski, to w pociągu byli także żołnierze Armii Czerwonej, narodowości ukraińskiej. Ukraińcy nie lubili Polaków. Wszyscy Ukraińcy byli pijani, chodzili po pociągu i szydzili z Polaków. Kilku Ukraińców podeszło do babci i dziadka i chcieli wyrwać z rąk babci śpiącego tatę i wyrzucić go z jadącego pociągu. Dziadek się postawił i natychmiast dostał kolbą karabinu w głowę, i padł nieprzytomny. Babcia płakała, piszczała, kopała Ukraińców i nie pozwalała sobie wyrwać taty ze swoich rąk. No i w końcu, śmiejąc się i strzelając z karabinów na wiwat, Ukraińcy dali babci spokój i poszli dalej szydzić z Polaków. Wujka Ukraińcy nie zauważyli, gdyż spał sobie spokojnie obok babci zawinięty w szmaty. Dziadka babcia dobudziła po kilku minutach. Ukraińcy już się nie pojawili i dziadek z babcią dojechali na wieś. Lecz na wszelki wypadek, jakby Ukraińcy mieli się pojawić z powrotem, dziadek z babcią dokładnie owinęli wujka i tatę szmatami i położyli obok siebie, niby że to wiozą kupy szmat ze sobą.

– No tak beło, dzieci – tato kończy swoją opowieść.

– Tata, a skąd ty to wszystko wiesz? – pytam się. – Przecież byłeś malutki, to skąd ty to pamiętasz?

– Babcia mi łopowiadała.

Przyglądam się tacie, Tytusowi, Dawidowi, Nadii i Kubie.

– To jakby cię wyrzucili z pociągu, to by nas nie było? – pytam się po chwili.

Tato wzdycha. Uśmiecha się i patrzy się na nas. Nadia przekręca się na kolanach u taty i się mocniej do niego przytula.

– A moze i tak? – mówi tato i wzdycha. – Ino Bóg wie, jakby beło.

Trampki

Sznuruję mocno i dokładnie trampki, po czym podskakuję, ruszam stopami i sprawdzam, czy są dobrze zasznurowane. Bo trampki muszą być dobrze zasznurowane, żebym mógł szybko uciekać, kiedy któryś starszy chłopak będzie mnie chciał złapać i dać mi kopa w tyłek lub karczycho albo prztyczek w ucho, ot tak, dla hecy. A najlepsze buty do uciekania – to trampki i właśnie takie mam.

Poza tym są dobre do gry w piłkę nożną. Innych butów nie zakładam, gdyż są kiepskie do uciekania, a także do gry w piłkę nożną.

Trampki zawsze zakładam rano i zdejmuję je dopiero wieczorem, kiedy kładę się spać. Wychowawcy zawsze na mnie krzyczą, że ja nigdy nie zdejmuję trampek i chodzę w nich po budynku i po dworze. Gdy chodzę w trampkach po budynku, to wyganiają mnie do pokoju i każą mi założyć ciapki. Idę więc do pokoju, ale trampek nie zdejmuję. Trampki zdejmuję dopiero wtedy, gdy wychowawca stanie nade mną i przypilnuje mnie, abym je zdjął. Ale gdy wychowawca wyjdzie z pokoju – natychmiast zakładam trampki z powrotem. Bo gdy chodzę w ciapkach po budynku, wtedy nie czuję się bezpiecznie, gdyż w ciapkach nie można uciekać przed starszymi chłopakami. Starszy chłopak natychmiast wtedy mnie dopada i mi daje kopa, ot tak, dla hecy. Co innego trampki. Trampki dobrze zasznurowane to podstawowy warunek, żebym mógł szybko uciec. Gdy mam trampki na nogach – wtedy czuję się bezpiecznie, bo jak starszy chłopak powie: „Młody, skurwysynu, kurwa, cho no tu!", wtedy ja ucieknę, a jak on mnie pogoni, to ja też mu ucieknę. A gdy mijam jakiegoś starszego chłopaka na korytarzu i on chce mnie złapać – wtedy ja, mając trampki na nogach – robię szybki unik i już jestem daleko od niego, a jemu nie chce się mnie gonić i idzie komu innemu dać kopa. Gdy mam trampki na nogach, to starszym chłopakom bardzo rzadko wpadam w łapy.

OK. Trampki porządnie zawiązane, więc można wychodzić z pokoju.

Wychodzę z pokoju.

Karate

Wychodzę z pokoju od Brusa i zamykam za sobą drzwi. W pokoju zostają Brus z Bulim i Pele. Za drzwiami zaczynam masować sobie mięśnie ud, brzucha i żebra.

To wszystko przez te filmy karate! Brus się ich naoglądał i teraz trenuje na nas, młodych, chwyty karate, które podpatrzył na tych porąbanych filmach.

– Buli, stań bokiem do mnie – mówi Brus za drzwiami.

– Nie, Brus... – marudzi Buli.

– Co, nie?! – mówi Brus basem. – Stawaj bokiem do mnie. Teraz będzie lekko i w zwolnionym tempie.

Buli dalej marudzi, a Brus zaczyna wydawać okrzyki, takie jak na filmach karate.

Odchodzę od drzwi i idę do swojego pokoju, bo jeszcze przypadkiem wpadnę w łapy innego starszego chłopaka i stanę się jego workiem treningowym albo Brus wyjdzie z pokoju i znowu mnie złapie, i z powrotem mnie zabierze do swojego pokoju.

Brus chodzi do szkoły specjalnej i jest fanem filmów karate. Gdy obejrzy taki film na wideo, to łapie młodych chłopaków i bierze ich do swojego pokoju i mówi: „Ty staniesz tutaj, ty tutaj, a ty tutaj". Jak mnie złapie, to stoję przed nim z innymi złapanymi młodymi chłopakami i się z niego śmiejemy. Brus patrzy się na nas groźnie, po czym zaczyna się rozgrzewać: robi szpagat, skręty tułowia i wydaje okrzyki. Gdy się rozgrzeje – to zaczyna nas kopać, a my uciekamy od niego i mówimy, żeby nam dał spokój. Brus wówczas gania nas po pokoju i nas lekko kopie. Po pewnym czasie zaczyna nas kopać mocniej, kopie nas i odskakuje od nas, i krąży wokół nas, a my się śmiejemy z debila i marudzimy, żeby nam dał spokój. Kiedy Brus sobie nas trochę pokopie, to robi szybką akcję: jednego podcina z obrotu prawą nogą, drugiego lewą i padamy na podłogę, a na trzeciego, który zostanie, Brus przez chwilę się patrzy, po czym najczęściej mówi: „Teraz będzie finał. Zabiłeś mi żonę i dzieci. Zemszczę się na tobie". Gdy Brus wypowie te słowa, dalej się patrzy na tego trzeciego, a reszta podciętych wcześniej chłopaków leży na podłodze i śmieje się z troglodyty Brusa. Często ten trzeci siada na łóżku i nie pozwala się podciąć Brusowi. Wtedy Brus podnosi go na siłę i zaczyna go kopać po żebrach, udach i przedramionach i mówi, żeby się bronić, ale gdzie tu się bronić, skoro on jest tak szybki, że jak tylko się stanie przed nim – to natychmiast jest się podciętym i pada się na podłogę. Brus zawsze uważa, żeby nie kopnąć nas w głowę. Czasem inni starsi chłopcy przyglądają się, jak Brus trenuje karate, na nas, młodych chłopakach, i często mu doradzają: „Brus, a jakbyś ustawił tego tak, a tego tak?". Albo: „Zrób potrójną serię z lewej, potem z prawej i młody efektownie pada". Albo tak: „Brus, zrób obrót jeszcze szybciej". Brus zawsze uważnie słucha ich uwag i jak mu się spodobają – wprowadza je do swojego treningowego repertuaru. Gdy Brus skończy swój trening, to czasem pokopią sobie nas inni starsi chłopcy. Najczęściej kopanymi młodymi chłopakami są Buli i Pele. Ja natomiast bardzo rzadko daję się Brusowi dopaść. I innym chłopakom także bardzo rzadko daję się złapać. Czasem któryś młody chłopak pójdzie na skargę do wychowawców. Starsi chłopcy tłumaczą się wtedy swoim tradycyjnym sposobem, że złapali młodego, jak pluł po korytarzu. Wychowawca im wierzy i mówi, żeby młodego za ostro nie traktować i żeby w razie czego młodszych chłopców przypilnować i im przetłumaczyć, że tak nie wolno robić, gdyż starsi chłopcy powinni służyć radą młodszym. Potem chłopaki śmieją się z tego kogoś, kto naskarżył, i jeszcze częściej wyżywają się na nim. Ja na skargę do wychowawców nie chodzę, bo i po co? Po prostu unikam starszych chłopaków, jak tylko się da, i staram się im nie pokazywać na oczy.

Kręcenie wora

Jest noc. Leżę w łóżku przykryty kołdrą. Dłoń trzymam w majtkach i dotykam się do jąder, gdyż jedno jajko mnie boli. Wstydzę się iść do pielęgniarki i powiedzieć jej, że boli mnie jądro. Bo co miałbym jej powiedzieć? Że boli mnie jądro? Myślę, że ból sam przejdzie. Wczoraj bolało bardziej, a dzisiaj już mniej, i może samo przejdzie.

Wczoraj złapali mnie starsi chłopcy i zrobili mi kręcenie wora. Gdy mnie dopadli, to skuliłem się i ochraniałem rękami swojego ptaszka, ile tylko miałem sił, a nawet więcej, gdyż sięgnąłem do rezerw swoich sił, ale to i tak było za mało, bo dwóch starszych chłopaków rozłożyło mnie na podłodze, a Grabula złapał garścią przez spodnie mojego fiutka i go ściskał. Myślałem, że zwariuję; wierzgałem nogami i krzyczałem, żeby mnie puścili, bo to mnie boli, ale zatkali mi usta dłońmi i się śmiali, więc się rozpłakałem i w końcu mnie puścili. Gdy odbiegłem od nich, nie czułem żadnego bólu, a tylko radość, że mnie puścili. Ból przyszedł po kilku minutach. Potem starsze chłopaki łapali innych młodych chłopaków i im także robili kręcenie wora. Pytałem się potem chłopaków, którym zrobili kręcenie wora, czy ich bolą jajka, ale chłopaki mówiły, że nie, a ja się nie przyznawałem, że mnie bolą. Starsi chłopcy wcześniej także robili młodym chłopakom kręcenie wora, ale nigdy chłopaki się nie skarżyły, że ich bolą jajka. Mnie wczoraj starsi chłopcy zrobili po raz pierwszy kręcenie wora, gdyż wcześniej nie udawało się im mnie złapać.

Skurwysyny! Skurwiele! Niech sobie sami zrobią kręcenie wora! Skurwysyny! Może rano nie będą już mnie jajka boleć. Chuje, skurwysyny!

Wyjmuję dłoń z majtek i przekręcam się na bok.

Pan Adam robi nam pobudkę, po czym wychodzi z pokoju.

Wkładam dłoń do majtek i macam się po bolącym mnie wczoraj jądrze, ale nie wyczuwam już żadnego bólu.

Hura! Jajka już mnie nie bolą! Już się więcej nie dam frajerom złapać, żeby mi zrobili kręcenie wora.

Wstaję z łóżka. Zakładam trampki. Dokładnie je sznuruję. Następnie biorę ręcznik i wychodzę z pokoju do łazienki.

Znaczki

– Borys, pożycz no na fajki – mówi Brus.

– Nie mam kasy – odpowiadam.

Brus patrzy się na mnie z góry; uśmiecha się i puszcza do mnie oczko.

– E, bajki opowiadasz... – Brus drapie się po głowie. – Stary był dzisiaj u ciebie, to ci pewnie dał jakąś kasę. Pożycz. Bądź człowiek... Poratuj potrzebującego w potrzebie... Jarać mi się chce, a nikt na bidulu nie ma fajek.

– Nie mam kasy! Skąd ci wezmę? Tato mi nic nie dał.

– No, nie bądź żyła – Brus kładzie mi rękę na ramieniu i puszcza do mnie oczko. – Będę cię bronił jak cię ktoś ruszy.

Zdejmuję rękę Brusa z mojego ramienia i chcę odejść od niego, ale on zagradza mi drogę, stając na środku korytarza.

– Nie bądź zgred – Brus z powrotem kładzie mi rękę na ramieniu. – Oddam ci.

Zdejmuję rękę Brusa z mojego ramienia.

– No, poratuj... – Brus składa swoje dłonie jakby się miał zaraz przede mną modlić. – No, nie bądź taki... Poratuj... No, Borys, poratuj, bo mi się chce cholernie jarać... Jeszcze dzisiaj nic nie jarałem... No, Borys, zastanów się?...

Patrzę się pod nogi; myślę, że co to mnie obchodzi, że on jeszcze dzisiaj nie jarał.

Dziś był w odwiedzinach mój tato i już kilku starszych chłopaków przychodziło do mnie: prosili mnie, bym im pożyczył pieniędzy na fajki, ale ja im odpowiadałem, że nie mam pieniędzy, bo tato nic mi nie dał.

Tato przyjeżdża do nas w odwiedziny raz w miesiącu, po wypłacie. Czasem daje mi trochę pieniędzy. Gdy tato przyjeżdża – jest fajnie. Ale gdy odjedzie – natychmiast starsze chłopaki przychodzą do mnie i chcą, bym im pożyczył pieniędzy na fajki albo na wino. Nigdy im nie pożyczam; mówię, że tato mi nic nie dał. Ale starsze chłopaki i tak do mnie przychodzą jeszcze ze trzy lub cztery dni po odwiedzinach mojego taty i dalej chcą pożyczać ode mnie kasę, mówią, że będą mnie bronić, ale ja i tak im nie pożyczam. I przez te trzy lub cztery dni nie dostaję od nich ani jednego kopa w tyłek lub karczycha i nie muszę przed nimi uciekać – chodzę sobie wtedy po bidulu jak król. Lecz po tych kilku dniach znowu muszę przed nimi uciekać. Starsze chłopaki wtedy mówią, że jestem wredny zgred i skurwysyński Żyd, gdyż inni młodsi chłopcy, kiedy dostają jakieś pieniądze od swojej rodziny, to im pożyczają. Potem starsi chłopcy im tych pieniędzy nigdy nie oddają. Mnie mogą lać, ale i tak im nie pożyczę.

Za pieniądze, które dostaję od taty, kupuję sobie znaczki w sklepie filatelistycznym. Wybieram znaczki najbardziej egzotycznych krajów. Mam już znaczki z Gwinei Bissau, Nikaragui, Panamy, Ugandy, Rwandy, Mongolii, Chin, Tajlandii, Gwatemali, RPA, Omanu, Angoli, Kuby, Grenady i jeszcze wielu innych krajów. Znaczków krajowych nie zbieram, a co najwyżej z końmi lub ze sportowcami.

Co tydzień, w sobotę rano, przychodzi do bidula pan Wrona, który prowadzi kółko filatelistyczne. Pan Wrona ma około siedemdziesiąt lat. Na kółko filatelistyczne chodzą tylko co niektórzy młodsi chłopcy, a starsi chłopcy mówią, że to jest strata czasu i podśmiewają się z nas i z przygarbionego pana Wrony.

– No jak, Borys, zastanowiłeś się? – Brus kładzie mi rękę na ramieniu. – Weź no pożycz.

– No ile razy mam ci mówić, że tato mi nic nie dał?!

– A jak sprawdzę ci kieszenie, to...

– To wszystko twoje – kończę za Brusa. Mówię tak, bo już wcześniej schowałem pieniądze, które dostałem od taty, pod dywan w pokoju. Robię tak zawsze, gdyż niektórzy starsi chłopcy przeszukują mi kieszenie i sprawdzają, czy nie kłamię.

Brus patrzy się na mnie, a ja wywracam swoje kieszenie na drugą stronę i pokazuję, że nic tam nie mam, po czym wkładam kieszenie z powrotem do spodni, i chcę odejść od niego, ale on znowu zagradza mi drogę.

– Mówiłem ci, że nie mam kasy, to czemu mnie nie chcesz puścić? – pytam się bojowo.

– Schowałeś kasę. Borys, przyjdę do ciebie później. Pożyczysz mi?

– A skąd ci wezmę pieniądze?

– To się zastanów, a ja potem przyjdę do ciebie. Przemyśl to na spokojnie.

– Co mam przemyśleć? Przecież nie mam kasy!

– Przemyśl – Brus schodzi mi z drogi. – Przyjdę potem.

Odbiegam od Brusa i biegnę na świetlicę.

Pierdol się, kutasie! I tak ci, flecie, nie pożyczę.

Pierdol się

Idę korytarzem. Mijam się z Grabulą i dostaję kopa w tyłek.

– Za co? – pytam się.

– Tak dla rozrywki – odpowiada Grabula, śmiejąc się. – Młody, nie kumasz? Prawo dżungli. Silniejszy wygrywa.

– Pierdol się – mówię, patrząc się na roześmianego Grabulę.

– Coś ty powiedział? – Grabula popycha mnie na ścianę, po czym kopie mnie w tyłek.

– Pierdol się – odpowiadam, masując się po tyłku.

Grabula daje mi kolejnego kopa w tyłek.

– Spierdalaj! – mówię. – Pierdol się!

Grabula uderza mnie z otwartej dłoni w czoło.

– Przeproś! – mówi.

– Pierdol się! – odpowiadam. – Ty mnie, chuju, przeproś!

Grabula daje mi mocnego kopa w tyłek i ląduję na ścianie. Łzy zaczynają mi spływać po policzkach.

– Pierdol się! – mówię i patrzę na Grabulę. – Kopnij sobie jeszcze raz! Pierdol się! Pierdol się, chuju!

Grabula znowu uderza mnie z otwartej dłoni w czoło, a następnie w szyję.

– Przeproś! – mówi.

– Pierdol się – odpowiadam, po czym wycieram łzy z policzków.

– Twardy jesteś.

– Pierdol się!

Grabula wkurwia się i uderza mnie kilka razy z otwartej dłoni w czoło i szyję.

– Młody, wkurwiłeś mnie! – mówi, trzęsąc się, jakbym to ja go lał.

– Pierdol się – mówię.

Grabula daje mi chyba najmocniejszego kopa w tyłek, jakiego tylko potrafi, a ja padam na ścianę i się osuwam po niej. Ale po chwili staję na nogach. Łzy ciekną mi po policzkach strumieniem.

– Pieeeerdooool się! – krzyczę, ile mam sił.

Na moim tyłku ląduje kolejny kop.

– Pieeeeerdooool się, skurwysynu! – krzyczę dalej. – Spieeeeerdaaalaj!

– Co się tu dzieje? – pyta pani Hania, która pojawia się na korytarzu. Podchodzi do nas. – Grabula, czemu ty go kopiesz? – pyta się.

– Pani Haniu – tłumaczy się Grabula. – Złapałem gówniarza, jak pluł po ścianach.

– Nie plułem! – krzyczę. – On kłamie!

– O, widzi pani? – Grabula pokazuje na mnie palcem. – Jeszcze gówniarz kłamie. Złapałem go, jak pluł po ścianie, i kazałem mu to zetrzeć, a on do mnie „pierdol się" i „spierdalaj", przepraszam za wyrażenie, ale on tak mówił. No i nie wytrzymałem i go kopnąłem. O, niech pani zobaczy, jak napluł na ścianę – Grabula pokazuje palcem na flegmy przyklejone do ściany. Ale to są nie moje flegmy, tylko starszych chłopaków, bo to oni często plują po ścianach.

Pani Hania skrzywia się, widząc flegmy zwisające na ścianie.

– Nie plułem! – krzyczę i wycieram łzy. – On kłamie!

– Grabula, nie wolno kopać dzieci – mówi pani Hania. – Trzeba było go przyprowadzić do mnie. Ja tu jestem od tego, żeby się z nim rozprawić.

– Właśnie chciałem go przyprowadzić do pani, ale on się opierał i mówił do mnie, żebym się pierdolił, przepraszam za wyrażenie.

– Nie plułem na ścianę – mówię, wycierając łzy, które ciągle ciekną mi po policzkach.

– No i widzi pani? – Grabula patrzy się na mnie. – Jeszcze gówniarz kłamie.

– Pierdol się! – mówię, patrząc się na Grabulę. – Nie plułem, skurwysynu!

– Borys, jak ty się wyrażasz?! – Pani Hania ciągnie mnie za bluzkę. – Idziemy do pokoju wychowawców!

Grabula, szyderczo się do mnie uśmiechając, odchodzi od nas.

– Pierdol się! – mówię, patrząc się na Grabulę, i wycieram łzy, które ciągle spływają mi po policzkach.

– Borys?! – Pani Hania znowu ciągnie mnie za bluzkę. – Zwariowałeś?! Idziemy!

– No i słyszy pani – wtrąca się Grabula – jak on do mnie mówi?

Pani Hania ciągnie mnie za bluzkę, a ja idę za nią do pokoju wychowawców.

Sprzątam korytarz, gdyż dostałem karę od pani Hani za to, że plułem po ścianie, choć nie plułem, ale ona uwierzyła w to, co mówił Grabula, i dała mi karę sprzątania korytarza przez dwa tygodnie. Broniłem się i mówiłem, że nie plułem po ścianie, ale ona nie chciała mi uwierzyć i powiedziała: „Cicha woda z ciebie", i dała mi za karę tydzień sprzątania korytarza, a mi się wymskło i do niej powiedziałem: „Pierdol się". Pani Hania wówczas wytargała mnie za uszy, po czym dodała mi jeszcze tydzień sprzątania korytarza. I już się więcej nie odzywałem.

Moczę ścierkę w wiadrze z wodą, po czym nakładam ścierkę na szczotkę i dalej zmywam korytarz na mokro. Zmywając korytarz, zastanawiam się, co mnie natchnęło, żeby mówić tak do Grabuli. Przecież do tej pory, kiedy dostałem kopa od starszego chłopaka, natychmiast się oddalałem i nic nie mówiłem. I za to, że tak mówiłem do tego chuja Grabuli, muszę sprzątać korytarz, bo tamta skurwysyńska cipa, pani Hania, mu uwierzyła, że plułem po ścianie. Co za kurwa pieprzona w ucho?! A żeby jej mąż wyrwał wszystkie włosy z cipy. Z korzeniami. I żeby jej wygryzł łechtaczkę... Albo, żeby jej łechtaczkę ktoś wyciął obcinaczem do paznokci. I żeby te jej cycki zwisające do kolan związał w supeł... I żeby ona tych cycków nie mogła już rozwiązać... I żeby już zawsze chodziła z zawiązanymi cyckami... I żeby mąż albo wszyscy inni faceci spuszczali jej się do uszu i żeby ona ogłuchła... I żeby jej w cipę ktoś włożył butelkę... I żeby jeszcze wszyscy srali na jej farbowaną głowę... I jeszcze, żeby pies nasikał na jej krzywe nogi... I żeby jeszcze kot wysrał się jej na nos i wepchnął swoje gówno do jej nosa... Stara kurwa!

Grabula wychodzi z pokoju. Podchodzi do mnie. Nic się nie odzywam i dalej zmywam korytarz, a Grabula, z rękami w kieszeniach, stoi przy mnie i się szyderczo uśmiecha.

– No i jak, młody, macha się szczotką? – pyta się po chwili.

Nie odpowiadam. Po chwili Grabula daje mi lekkiego kopa w tyłek.

– Dziękuję, Panie Generale – mówię, nie przerywając zmywać korytarza – że zechciał mnie Pan kopnąć. To dla mnie wielki zaszczyt, Panie Generale.

– No! – Grabula klepie mnie po ramieniu. – Tak ma być.

Dalej zmywam korytarz. Grabula odchodzi ode mnie. Patrzę się na niego, jak idzie korytarzem.

Ty skurwysynu, idioto, debilu, chuju z ospermioną i osraną głową. Teraz mogę mówić do ciebie nawet Panie Marszałku i jak tylko zechcesz, ale jak mi minie kara dwóch tygodni sprzątania korytarza, to znowu cię, skurwysynu, wyzwę.

Grabula wchodzi do pokoju, a ja dalej zmywam korytarz.

List do Pana Nikt

O, już dawno nie pisałem listu i dużo się od tego czasu wydarzyło bo teraz jest już połowa maja a ja ostatnio pisałem list chyba pod sam koniec wakacji. Ale zanim napiszę co działo się wcześniej najpierw napiszę co się wydarzyło dzisiaj. Dzisiaj wyszedłem rano do szkoły choć potwornie mi się nie chciało iść ale zaspany szedłem do szkoły i patrzyłem się na chmury i zastanawiałem się co jest za chmurami. Wszyscy mówią że niebo. No tyle to i ja wiem ale wszyscy jeszcze mówią że tam mieszka Bóg i ja właśnie szedłem i myślałem o Bogu bo ja nie wiem czy mam wierzyć w Boga czy nie ale chyba w niego wierzę bo mi się wydaje że chyba jest. Kiedy żyła babcia i wujek to ja spałem z babcią na jednym łóżku i babcia przed snem kazała mi zawsze klęknąć przy niej i powtarzać za nią pacierz kiedy ona modliła się przed snem. Kiedy skończyłem powtarzać za babcią pacierz babcia wtedy mówiła do mnie żebym sobie porozmawiał jeszcze z Bogiem w myślach. No to ja nie wiedziałem o czym mam rozmawiać z Bogiem więc sobie ruszałem ustami i mówiłem sobie w myślach żeby mi babcia pozwoliła już spać i żeby Bóg powiedział babci żeby mi pozwoliła żebym się położył i gdzieś po pięciu minutach przestawałem ruszać ustami i babcia pozwalała mi się położyć. Kładłem się spać a babcia dalej się modliła i trzymała w rękach koraliki i przewracała nimi jakby coś nawlekała i szeptała przy tym coś cichutko a ja się odwracałem do babci plecami i dalej słyszałem ten jej szept. Kiedy zasypiałem to jeszcze słyszałem szept babci ale nie wiem jak jeszcze długo szeptała bo ja już spałem. Kiedyś spytałem się babci czemu tak przewraca tymi koralikami i babcia odpowiedziała że chorobo to nie som koroliki a ino różaniec i to jest świjynto rzec. Czasem wujek śmiał się ze mnie kiedy tak klęczałem obok babci i mówił co smotku modlisz się. A wtedy babcia krzyczała do wujka i ty cholyro byś się pomodlił i zmówił chocioż pacierz a nie bedzies ino cytoł gazety i chloł wódke. Interesuje cie ino co w polityce i wódka a jo dwie wojny światowe żem przezyła i cy cerwuny rzondzi cy jakiś inny to wszystkie takie same som cholyry. A wujek śmiał się jak tak babcia mówiła i puszczał do mnie oczko a babcia wtedy szturchała mnie i mówiła żebym nie patrzył na wujka i zajął się modlitwą bo wyrośnie ze mnie taka sama cholera jak z wujka. Jak już wujek trochę podenerwował babcię to wracał do czytania gazety bo wujek zawsze czytał gazetę jak był trzeźwy. A jak babcia umarła kiedy miałem ponad siedem lat to już wujek nie kazał mi się modlić i dawał mi czasem papierosy które szybko wypalałem. Pyk pyk ćmiłem szybko papierosa żeby mi nie zgasł i dymiłem z ust jak lokomotywa i starałem się jak najbardziej zadymić pokój i wtedy wołałem wuja żeby zobaczył jak dużo dymu nadymiłem. Wtedy wujek rozganiał dym i prawie zawsze mówił że smotku polić nie umies a ino całom izbe zadymios. Papierosem trza się zaciągać a nie kopcić jak z lokomotywy. Ale jak urośnies to i się pewnie naucys polić. Raz wujek mnie też opił i usnąłem bo mi się film urwał. Jak wytrzeźwiałem to rzygałem. No i parę miesięcy po babci w zimę wujek też umarł bo się opił i leżał w sniegu i zamarzł. No i wtedy zamieszkałem z rodzeństwem i rodzicami. No i tata i mama też nie kazali mi się modlić. A w bidulu to też nikt nie każe się modlić. W pokoju mieszkam z Patrykiem albo czasem jak się pokłócę z nim to mieszkam z kim innym ale częściej mieszkam z Patrykiem. No i właśnie kiedyś w pokoju Patryk powiesił krzyżyk nad drzwiami. Krzyżyk po kilku dniach zobaczył pan Adam i kazał go natychmiast zdjąć i spytał się kto to powiesił i Patryk powiedział że to on bo jest wierzący i chce mieć w pokoju krzyżyk ale pan Adam na to powiedział że nie będzie z gówniarzem dyskutował i kazał Patrykowi zdjąć krzyżyk i powiedział że jak wróci następnym razem to ma być krzyżyk zdjęty bo to jest placówka państwowa a nie kościelna i jak Patryk chce to się może modlić bez krzyżyka. I jak pan Adam to powiedział to wyszedł. Po godzinie przyszedł i zobaczył że krzyżyk nadal wisi nad drzwiami i krzyknął do Patryka żeby natychmiast zdejmował krzyżyk ale Patryk powiedział że nie zdejmie bo jest wierzący i pan Adam wkurzony podszedł do Patryka i uderzył go z otwartej dłoni w twarz i krzyknął żeby szybko zdejmował krzyżyk. Patryk ze łzami w oczach zdjął krzyżyk i powiedział że on i tak wierzy w Boga. Pan Adam powiedział że może sobie wierzyć w co chce i że jego to nie obchodzi bo on ma go wychować na porządnego obywatela. Starsze chłopaki mówią że pan Adam jest pierdolonym komunistą i pewnie dlatego przestrzega tych swoich komunistycznych zasad ale ja nie wiem jakie to są zasady. Bo z tym Bogiem to są tylko same problemy bo trzeba się zastanawiać czy jest czy go nie ma albo trzeba w niego wierzyć albo nie wierzyć. Kiedy chcę coś mieć to modlę się do Boga i mówię żeby mi dał to albo tamto, to będę wtedy grzeczny. Ale Bóg mnie chyba nigdy nie słucha bo nigdy nie dostaję tego co chcę. No i nie wiem czy mam wierzyć w niego czy nie. A jak byłem w pierwszej klasie to w telewizji obejrzałem mecz w piłkę nożną i jak się skończył mecz to wziąłem piłkę i poszedłem na podwórko i podrzucałem albo kopałem piłkę do góry i próbowałem odbijać ją głową i trafiać piłką w szopę bo szopa to miała być taka umowna bramka. Na meczu widziałem jak piłkarze podawali sobie czasem piłkę do siebie głową albo głową strzelali z główki na bramkę i nawet strzelali gole z główki. No i ja też tak chciałem i podrzucałem albo kopałem piłkę do góry i spadającą piłkę chciałem trafić głową tak żeby piłka trafiła w szopę czyli tą moją umowną bramkę. Ale spadająca piłka tylko czasem trafiała na moją głowę i jak trafiła to odbijała się i leciała sobie gdzie jej się podobało a nie tam gdzie ja chcę czyli w szopę. Nie poddawałem się i dalej odbijałem piłkę i nagle przypomniał mi się Bóg. Babcia mówiła że on jest wszechmogący i wszystkowiedzący i wszystko może zrobić. Stanąłem i popatrzyłem się w niebo i poprosiłem Boga żeby mi pomógł i że jak ja będę rzucał albo kopał piłkę do góry to on będzie spadającą piłkę kierował na moją głowę i piłka będzie się odbijała od mojej głowy i będzie trafiała w szopę. Obiecałem Bogu że zrobię za to dla niego co tylko zechce i będę grzeczny i się przeżegnałem i zacząłem kopać albo rzucać piłkę do góry ale ona dalej tylko czasem trafiała w moją głowę i leciała gdzie jej się podobało tylko nie tam gdzie ja chciałem czyli w szopę. Powoli traciłem siły i coraz bardziej czułem się zmęczony i zaczynałem się denerwować. Stanąłem i popatrzyłem się w niebo a chmury powoli sunęły po niebie i więcej nic nie widziałem i powiedziałem do Boga że jego tam nie ma i że jest ofermą i nic nie umie. Dalej patrzyłem tak w niebo zastanawiając się czy zaraz coś zacznie się dziać a dreszcze powoli przechodziły po moim ciele i zaczynałem się bać i zaczynałem żałować że coś takiego powiedziałem do Boga. Dalej stałem i patrzyłem się w niebo i wydawało mi się że chmury zaczynają coraz szybciej sunąć po niebie i pomyślałem że jak Bóg jest to teraz się zdenerwuje na mnie za to że tak powiedziałem do niego i rzuci we mnie gromem albo mnie w coś zamieni. Stałem wystraszony i patrzyłem się w niebo i czekałem na najgorsze i w końcu powiedziałem że przepraszam cię Boże. Wyrwało mi się. Przebacz mi. I się przeżegnałem i patrzyłem się dalej w niebo i nic się nie działo i po pewnym czasie podniosłem z ziemi piłkę i resztkami sił zacząłem z powrotem kopać i rzucać ją do góry i podbiegałem do spadającej piłki i nadstawiałem głowę żeby się piłka odbiła od mojej głowy i trafiła w szopę ale miałem już mało sił i nieraz nie zdążałem już nawet dobiec do spadającej piłki a jak udało mi się ją odbić głową to ona leciała gdzie jej się podobało ale nie w szopę. Po pewnym czasie znowu spojrzałem na niebo a wtedy już zaczynało się ściemniać i powiedziałem do Boga ty ofermo pomóż mi. I dalej patrzyłem się w niebo ale po moim ciele już nie przechodziły dreszcze tak jak za pierwszym razem i przestawałem się Boga bać. No i podniosłem piłkę z ziemi i dalej kopałem albo rzucałem ją do góry a po niektórych nieudanych odbiciach kląłem na Boga i nic się nie działo. No i w pewnym momencie zauważyłem że jest już na dworze ciemno i pomyślałem że to może Bóg tak zrobił i teraz ześle na mnie duchy albo upiory i one będą mnie straszyć i przez moje ciało przeszły dreszcze i zacząłem się bać i stałem i nasłuchiwałem czy duchy albo upiory po mnie nie idą. Stałem tak i nasłuchiwałem i słyszałem jak w sadzawce za drogą rechotały żaby. No i nagle rzuciłem piłkę obok szopy i uciekłem i jak wbiegłem do babci do domu to babcia spytała się mnie co żeś tak zziajany guni cię ktoś. Ja się patrzyłem na babcię i nic nie odpowiadałem i w głębi siebie zacząłem przepraszać Boga że go wyzywałem i obiecywałem że już go więcej nie będę wyzywał tylko niech nie zsyła na mnie duchów i niech mnie nie straszy.

No dobra. Rozpisałem się ale teraz wrócę do tego jak dzisiaj szedłem do szkoły. No i szedłem sobie i szedłem do szkoły i patrzyłem się na chmury i myślałem co jest za tymi chmurami i usłyszałem jak hamuje samochód i zobaczyłem że ten samochód hamował przede mną a ja sobie stoję na środku ulicy. Facet wyskoczył z samochodu i krzyknął że jak ty łazisz gówniarzu. Wystraszyłem się faceta i zacząłem uciekać a facet przez kawałek mnie gonił ale szybko przestał i ja sobie powoli poszedłem do szkoły.

No dobra. Teraz napiszę o czym innym. Napiszę trochę o szkole bo boję się że nie zdam do siódmej klasy bo do końca roku szkolnego zostało już tylko trochę więcej niż miesiąc a nauczycielki od matematyki i fizyki powiedziały że mnie nie przepuszczą do następnej klasy jak nie zacznę uważać na lekcjach i nie przestanę ciągle bazgrać w zeszytach. Na półrocze miałem pały właśnie z matematyki i fizyki. Fizyka to nowy przedmiot który doszedł mi w szóstej klasie. Nauczycielka pokazuje nam na lekcjach jakieś doświadczenia i objaśnia jak to wszystko działa ale ja jej wcale nie słucham i nauczycielka zawsze zadaje mi jakieś pytania kiedy ja jestem zamyślony albo jak rysuję w zeszytach ale nigdy mi nie zadaje pytań kiedy udaje mi się na lekcji uważać. Kiedy jestem zamyślony albo rysuję i nauczycielka zada mi pytanie to ja nie wiem o co chodzi i cała klasa wtedy się śmieje a nauczycielka mówi do mnie co nie wiesz o czym mówiłam. Stoję wtedy i udaję że sobie przypominam ale nic mi nie przychodzi do głowy od tego stania więc w końcu mówię że nie wiem i nauczycielka stawia mi pałę. Na matematyce jest to samo. Na innych lekcjach też to samo i zawsze jestem zajęty rysowaniem albo jestem zamyślony i sam nawet nie wiem o czym ja wtedy myślę. Ale na przykład na geografii albo historii to czasem uważam bo te przedmioty lubię i gdyby w szkole były tylko te przedmioty to nie miałbym żadnych problemów ze zdaniem do następnej klasy. Pan Adam raz w miesiącu chodzi na wywiadówki do szkoły. Potem na odrabiankach krzyczy na tych co nie chodzą do szkoły tylko na wagary albo za to że wyzywają dzieci w szkole albo biją ich albo palą papierosy przed szkołą. Ja chodzę do szkoły i na mnie pan Adam nie krzyczy. Jak była późna jesień, potem zima i potem wczesna wiosna to ja prawie codziennie wieczorem siedziałem u pani Anety w bibliotece i czytałem gazety sportowe i oglądałem albumy geograficzne z krajami świata i mapami a do pokoju brałem sobie książki o Indianach i kowbojach albo inne przygodowe i je czytałem i już ich dużo przeczytałem ale teraz jest już ciepło na dworze to rzadziej chodzę do biblioteki bo częściej gram w piłkę nożną z chłopakami wieczorem. Na ferie świąteczne i na ferie zimowe tato nas zabrał do domu ale to już było dawno i nie będę o tym pisał bo teraz niedługo będą wakacje i to jest ważne bo pewnie nas tato znowu na wakacje zabierze do domu a moje rodzeństwo pewnie pojedzie na zmianę na kolonie na miesiąc żebyśmy wszyscy naraz nie byli w domu ale ja na żadne kolonie nie jadę i jadę do domu na wakacje na dwa miesiące.

Dobra to może będzie tego bo nie będę już pisał o tym że gram w piłkę wieczorem z chłopakami albo o innych pierdołach bo i tak już dużo napisałem. List porwę i tradycyjnie wrzucę do kosza. I niech nikt się nie waży wyciągać tego listu z kosza i składać i czytać!

Dziurka od klucza

Mały szturcha Saszę, który zagląda na uczelnię przez dziurkę od klucza. Z uczelni cicho dobiega rockowa muzyka.

– No, mów, co robią? – pyta się szeptem.

– Całują się i Tomek zdejmuje jej majtki – odpowiada szeptem Sasza.

– I co dalej? – szepczę podekscytowany.

– Paulina zdejmuje mu spodnie, a Tomek jej stanik.

– I co dalej? – pytam się szeptem, szturchając Saszę.

– Tomek włożył Paulinie palce w cipę, a Paulina rusza mu skórą i się całują.

– Odejdź! – Mały odpycha Saszę. – Teraz ja.

Sasza odchodzi od drzwi i przez dziurkę od klucza zagląda Mały.

– Mały, mów co robią?! – pyta się szeptem Sasza Małego.

– Paulina bierze mu do buzi – odpowiada szeptem Mały.

– Bierze mu? – pytam się szeptem.

– No! – potwierdza Mały. – Ssie mu kutasa.

– Pokaż! – Sasza odpycha Małego. – Teraz ja!

– Teraz ja! – mówię.

Mały odchodzi od drzwi i natychmiast do dziurki od klucza przystawia się Sasza.

Gnój wepchał się przede mnie!

– Sasza, mów, co robią?! – mówię szeptem, po czym szturcham Saszę.

– Włożył jej – odpowiada szeptem Sasza. – Jedzie ją od tylca.

– I co jeszcze? – pyta się Mały.

– Nic – odpowiada Sasza. – Dalej ją jedzie od tylca i jej miętosi cycki.

– I co dalej? – pytam się szeptem.

– No dalej ją jedzie od tylca! – odpowiada szeptem Sasza.

– Sasza, teraz ja! – szepczę, odpychając Saszę od drzwi.

Sasza odchodzi od drzwi.

Zaglądam przez dziurkę od klucza. Widzę, jak pan Tomek posuwa od tyłu panią Paulinę. Pani Paulina jest oparta o stolik, a pan Tomek stoi za nią przywarty do jej tyłka i porusza swoim tyłkiem wte i nazad, a rękami miętosi jej cycki. Czuję jak w majtkach mój fiut powoli twardnieje.

– Borys, mów, co robią? – szepcze Mały i mnie szturcha. – Co nic nie mówisz?

– No, jedzie ją od tyłu i miętosi jej cycki – odpowiadam cicho.

– I co dalej? – szepcze Sasza.

– No, ciągle to samo!

– Teraz ja! – Sasza odpycha mnie od drzwi.

Odchodzę od drzwi i na uczelnię przez dziurkę od klucza zagląda Sasza.

Stoję z Małym obok Saszy i się cicho śmiejemy, zatykając sobie dłońmi usta. Sasza patrzy się przez dziurkę od klucza i nic nie mówi.

– No, mów coś! – Mały szturcha Saszę.

– Tomek spuszcza się jej na dupę – odpowiada cichutko Sasza.

Wybuchamy śmiechem, po czym zakrywamy sobie dłońmi usta i powoli odchodzimy od drzwi, i śmiejąc się, idziemy na świetlicę.

Pana Tomka z panią Pauliną miesiąc temu Sasza podejrzał na uczelni, jak się pieprzyli, i powiedział o tym Małemu i mnie, a my nie powiedzieliśmy o tym już nikomu więcej i co sobotę lub niedzielę podglądamy ich, jak się pieprzą na uczelni.

Pani Paulina jest świetliczanką i pracuje tylko w soboty i niedziele, a pan Tomek jest wychowawcą i pracuje w tygodniu, w grupie, w której jest Sasza. Pan Tomek ma także jeden dyżur na budynku w sobotę lub niedzielę – wtedy zamyka się z panią Pauliną na uczelni i się tam pieprzą. Potem Sasza mówi, że jak odrabia lekcje, to nigdy nie siada przy tym stoliku, przy którym widział, jak się pan Tomek z panią Pauliną pieprzyli, mówi, że pewnie wszystkie stoliki są już umazane spermą pana Tomka i brzydzi się nawet siadać przy tych stolikach, na których jeszcze nie widział, żeby pan Tomek się na nie spuszczał. Sasza jeszcze mówi, że raz widział, jak pan Tomek pieprzył się kiedyś z jedną starszą dziewczyną z bidula, ale my, jak na razie, nie możemy ich nakryć i podejrzeć.

W sobotę i niedzielę jest mało dzieci na budynku, gdyż dużo dzieci wyjeżdża wtedy do swoich domów rodzinnych lub do zaprzyjaźnionych rodzin. Ja nie mam takowej zaprzyjaźnionej rodziny, więc zawsze zostaję w bidulu. Pani Paulina otwiera wtedy świetlicę tym dzieciom, które są na budynku, i wtedy dzieci grają w ping-ponga lub piłkarzyki, a na budynku jest cisza. Wychowawcy, którzy mają dyżur w sobotę i niedzielę, przez cały swój dyżur siedzą w pokoju wychowawców i rozmawiają, piją herbatę lub kawę, zajadają ciasteczka i rzadko się zdarza, żeby weszli na górę, na piętro, na którym mieszkają chłopaki.

List do Pana Nikt

Wakacje! Jutro tato nas zabierze do domu na wieś.

Zdałem do następnej klasy i po wakacjach będę chodził już do siódmej klasy. Pod koniec roku szkolnego zmusiłem się do słuchania nauczycieli i przestałem mazać w zeszytach i zdałem. Jeden zeszyt stukartkowy na brudnopis starczał mi zawsze na tydzień lub dwa a przez ostatni miesiąc zamazałem tylko połowę brudnopisu bo starałem się słuchać nauczycieli. W brudnopisie już nie rysuję tylko samych wojen tylko rysuję jeszcze mapy. Rysuję mapy różnych krain które sam sobie wymyślam i nazywam je. Potem rysuję na mapach drogi i mosty i miasta i rzeki i to wszystko nazywam. Najczęściej rysuję mapy wysp.

Przez trochę czerwca chodziłem z chłopakami z bidula na działki na truskawki koło bidula. Jak chodziliśmy na truskawki to tylko po kilku chłopaków żeby nie iść taką wielką hołotą bo na truskawki chodzili prawie wszyscy z bidula oprócz najstarszych dziewczyn, przedszkolaków i kilku najstarszych chłopaków. Jak się najedliśmy truskawek to głośno bekaliśmy i się rzucaliśmy truskawkami. Czasem właściciel działki łapał kogoś z bidula jak mu kradł truskawki i przyprowadzał tego kogoś do bidula. Wtedy wychowawcy dawali temu komuś za karę sprzątanie korytarza albo schodów albo łazienki lub zakaz wychodzenia na zewnątrz budynku przez kilka dni. Złapać dawały się tylko grube dziewczyny bo one nie mogły szybko uciekać. A mnie ani żadnego chłopaka kiedy byliśmy razem na truskawkach i nas ktoś pogonił to nas nigdy nie złapał bo my szybko uciekaliśmy. Tyle.

Poranna Rosa

Jestem po raz pierwszy na wagarach. Siedzę niedaleko ogródków działkowych i w skupieniu czytam książkę, gdyż do końca zostało mi jeszcze kilka stron.

Wczoraj w nocy nie mogłem skończyć jej czytać, ponieważ tak chciało mi się spać, że oczy same mi się zamykały, a litery się tak zlewały, że nie mogłem ich już rozróżniać, więc odłożyłem książkę, zgasiłem światło, przykryłem się kołdrą i natychmiast zasnąłem.

Gdy dziś rankiem wstałem – natychmiast pomyślałem o Porannej Rosie i Szybkiej Strzale; postanowiłem nie iść do szkoły, żeby dokończyć czytać książkę. Po śniadaniu wyszedłem z bidula – tak jak zawsze, niby że to idę do szkoły – i poszedłem na ogródki działkowe. Tam siadłem na ziemi i zacząłem czytać, żeby dowiedzieć się, czy Szybka Strzała odnajdzie swoją squaw – Poranną Rosę. Poranną Rosę porwało plemię Indian sprzymierzone z białymi, kiedy Szybka Strzała był na polowaniu wraz z innymi młodymi mężczyznami z wioski. Plemię to napadło na wioskę Szybkiej Strzały i wymordowało większość kobiet, dzieci, starców i resztę młodych mężczyzn, którzy zostali w wiosce i bronili jej przed najeźdźcami, a Poranną Rosę i kilka innych młodych kobiet uprowadzili. Szybka Strzała, kiedy wrócił z polowania, ujrzał zniszczoną wioskę. Ranny w walce i umierający wódz plemienia, a zarazem ojciec Szybkiej Strzały – Dwa Konie – powiedział mu, kto to zrobił, i zmarł. Szybka Strzała wraz z innymi młodymi mężczyznami, z którymi był na polowaniu, poprzysięgli zemstę i odtańczyli taniec wojenny, po czym wyruszyli z wioski, aby się zemścić i odszukać Poranną Rosę i inne uprowadzone kobiety.

No i właśnie, kiedy Szybka Strzała był już na tropie złoczyńców, litery zaczęły mi się zlewać, więc z wielkim bólem odłożyłem książkę i zasnąłem.

Uff! Skończyłem czytać książkę. Opłaciło się nie iść do szkoły, gdyż Szybka Strzała, wraz ze swoimi wojownikami odnaleźli Poranną Rosę i inne kobiety, a tych, co je uprowadzili, pozabijali i zdjęli z nich skalpy, a ich ścierwo zostawili na pożarcie zwierzętom, ptakom i robakom. No i dobrze! Niech ich wpieprzają robale!

Chowam książkę do plecaka. Wstaję z ziemi i idę do bidula, gdyż lekcje w szkole na pewno już się skończyły.

Wideo

Do świetlicy wchodzi pani Ula, a Wasyl, starszy chłopak, który siedzi przy magnetowidzie, szybko zmienia kasetę i na ekranie telewizora pojawia się Chuck Norris, który jednym kopnięciem powala przeciwnika, po czym następny przeciwnik podbiega do niego, a on stosuje jakiś magiczny chwyt i łamie gościowi rękę, aż strzelają kości.

Pani Ula podchodzi do nas i się nam przygląda.

– Oglądacie sobie? – mówi.

– No! – odpowiadają chóralnie Stiwen, Brus i Wasyl.

– Jaki film oglądacie? – pyta się pani Ula.

– Z Chuckiem Norrisem – odpowiada Brus, uśmiechając się. – Karate. Nieźle ich Chuck rozwala.

– To sobie oglądajcie – mówi pani Ula, po czym wychodzi ze świetlicy.

Wasyl przekłada kasetę w magnetowidzie, a Brus patrzy się na nas, młodych chłopaków.

– Młodzi! – mówi Brus. – Mówiłem, że jeden ma stać przy drzwiach! – Patrzy się na Dżona. – Dżon, ty miałeś stać przy drzwiach! Wypierdalaj do drzwi, bo cię wygonię ze świetlicy!

– Czemu ja? – marudzi Dżon. – Niech ktoś inny idzie...

– Już spadaj do drzwi! – Brus pokazuje ręką na drzwi. – Jak nas nakryją, że oglądamy takie filmy i jeszcze wam, młodym, pozwalamy, to potem nie dadzą nam klucza do świetlicy! Jazda do drzwi!

Dżon idzie niechętnie, staje przy drzwiach i wygląda przez szybkę, gdyż oglądamy pornola i starsze chłopaki nie chcą, żeby ich nakrył wychowawca.

Starsze chłopaki często przynoszą różne filmy, sensacyjne, karate, horrory, a czasem przynoszą pornola i kiedy zaczynają go oglądać, to młodych chłopaków – których nie lubią lub którzy im ostatnio podpadli – wyganiają ze świetlicy, a jednemu z pozostałych mówią, żeby szedł i stanął przy drzwiach i pilnował, czy nie idzie wychowawca.

– Nie ma wychowawcy – mówi Dżon, stojąc przy drzwiach.

– Stój tam i pilnuj! – mówi Brus. – Stamtąd też możesz się patrzyć na cipy.

Na ekranie telewizora zmienia się obraz: kobieta ubrana w skarpetki przykuca przed facetem ubranym w krawat i pieści ustami jego penis, a facet głaszcze ją po głowie. Po chwili zmieniają pozycję: kobieta opiera się o stolik i facet wchodzi w nią od tyłu, i rytmicznie obija się o jej pośladki, aż mu jądra skaczą.

Starsi chłopcy uśmiechają się i zaczynają komentować.

– Nieźle się ślizgają...

– No!

– Niezłe ma cycuszki.

– Cipka też niczego sobie i nieźle pewnie już rozjechana. Dwa kutasy by się spokojnie zmieściły, a jeszcze sporo by zostało miejsca.

– Na trzy można by ją jechać i jej jeszcze by było mało.

– Co, młodzi, ptaszki w górze? – Brus patrzy się na nas, młodych chłopaków. – Wyciągać ręce z kieszeni i nie grać mi tam w ping-ponga!

Starsze chłopaki wybuchają śmiechem, a my, młode chłopaki, uśmiechając się, wyciągamy dłonie z kieszeni.

– Młodzi, tylko potem kibli mi nie zapaskudzić! – mówi Wasyl.

Starsze chłopaki znowu wybuchają gromkim śmiechem.

Na ekranie telewizora kobieta zaczyna szybko oddychać, jęczeć i mówi: Ja! Ja! Gut, gut! Facet stoi za nią, obija się o jej pośladki i zaczyna charczeć. Po chwili wyjmuje z kobiety swój penis, a ona szybko się do niego odwraca, przykuca przed nim i bierze jego fiut w usta. Pieści go przez chwilę ustami i facet eksploduje na jej twarz. Jego sperma spływa po jej policzkach i ustach; uśmiechają się do siebie.

– Ale jej oczy zakleił spermą... – mówi Brus.

Kilku chłopaków wybucha gromkim śmiechem.

Wkładam z powrotem dłonie do kieszeni. Na ekranie telewizora zmienia się akcja i ta sama kobieta – ubrana teraz w pończochy i przezroczysty biustonosz, w którym są zrobione dziury na środku piersi i przez te dziury wystają jej sutki – pieści się z dwoma facetami, którzy są ubrani w kapelusze, a oczy mają zawiązane czarnymi chustami, w których są zrobione dziury na oczy i ci faceci wyglądają jak Zorro. Kobieta jednemu facetowi pieści ustami jego penis, a drugi facet kręci się obok niej i wkłada jej w cipkę swoje palce.

Wyjmuję dłonie z kieszeni. Wstaję z krzesła i idę do kibla.

– Borys, gdzie idziesz? – pyta się mnie Brus.

– Yyy... – jąkam się. – Idę się odlać.

– Ta, odlać się idziesz! – mówi basem Brus. – Pewnie się idziesz strzepać.

Chłopaki wybuchają śmiechem.

– Ta! – oburzam się. – Ja się nie trzepię!

Mijam stojącego przy drzwiach Dżona i wychodzę ze świetlicy, i idę do kibla.

Lektury

Nauczycielka polskiego powiedziała przed chwilą do mnie, żebym opowiedział treść lektury szkolnej, którą mieliśmy przeczytać, a ja stoję przy ławce i nic nie mówię.

– Przeczytałeś? – pyta się nauczycielka.

– Nie – odpowiadam. Ale kłamię, bo znam treść lektury, gdyż słyszałem przed lekcją, jak dziewczyny opowiadały ją tym chłopakom, którzy jej nie przeczytali, ale nie chce mi się jej opowiadać nauczycielce.

– A czytasz ty w ogóle jakieś książki? – pyta się nauczycielka.

– No! – odpowiadam.

– Jaką przeczytałeś ostatnio?

– Eee...

– No, jaką przeczytałeś? – pogania mnie nauczycielka.

– Czytam gazety sportowe.

Dzieci w klasie wybuchają śmiechem.

– Proszę się uspokoić! – krzyczy nauczycielka. – Co to jest? Boisko?

Dzieci w klasie uciszają się.

– Borys, ja cię pytam o książki – mówi nauczycielka – a nie o gazety. To dobrze, że czytasz gazety, ale ja chcę wiedzieć, czy przeczytałeś ostatnio jakąś książkę?

– Nie – mówię. Bo myślę, że jak powiem, że przeczytałem jakąś książkę, to nauczycielka pewnie będzie chciała, żebym jej ją opowiedział, a mi się nie chce jej o tym opowiadać, gdyż czytam dla siebie, a nie po to, żeby jej opowiadać.

– Oj, Borys, Borys – wzdycha nauczycielka. – W piątej klasie, o ile się nie mylę, nie przeczytałeś żadnej lektury. W szóstej to samo. Teraz jesteś w siódmej klasie i znowu to samo. Żadnej przeczytanej lektury. Borys, ja cię do tej pory przepuszczałam z klasy do klasy, ale teraz, jak nie zaczniesz czytać lektur, to cię już nie przepuszczę i zostaniesz w siódmej klasie na drugi rok. Inne nauczycielki także na ciebie narzekają i mówią, że nic nie robisz na lekcjach. Borys, przeczytałeś kiedykolwiek jakąś książkę?

– No!

– Jaką?

Drapiąc się po głowie, patrzę na nauczycielkę.

– Nie przeczytałem żadnej książki – mówię po chwili. Bo myślę, że po co mam jej mówić, że przeczytałem już dużo książek. Przeczytałem je dla siebie, a nie dla niej.

– Siadaj i weź się za lektury. Ocena niedostateczna. – Nauczycielka wpisuje ocenę do dziennika. – To twoja siódma ocena niedostateczna w tym półroczu.

Siadam w ławce.

Nauczycielka wyczytuje z dziennika dziewczynę i mówi do niej, żeby opowiedziała treść lektury. Dziewczyna zaczyna mówić o lekturze, ale ja już jej nie słucham, gdyż zamazuję kratki w brudnopisie. Kratka za kratką. I za kratką – kratka. I tak dalej.

Tahaloa

– Borys, podejdź do mapy i pokaż, gdzie leży Belgia – mówi do mnie nauczycielka geografii.

– Koło Francji, Holandii i Luksemburga – mówię, nie wstając z ławki. – I nad Morzem Północnym – dodaję.

– Podejdź i pokaż na mapie – nalega nauczycielka.

Wstaję z ławki. Podchodzę do mapy i palcem pokazuję Belgię.

– Dobrze – mówi nauczycielka. – A jakie miasto jest stolicą Belgii i jakie większe miasta są w tym państwie?

– Stolica: Bruksela – mówię. – większe miasta to: Liège, Brugia, Antwerpia, Genk.

– Dobrze. Opowiedz mi jeszcze o jakimś państwie. Wybierz sobie sam jakieś państwo i opowiedz, co o nim wiesz?

– Tahaloa – wypalam.

– Nie słyszałam o takim państwie?... – mówi nauczycielka. – To koło Australii? Tak? Bo tam jest pełno takich malutkich państewek. Tak?

– Tak – mówię. Ale kłamię, bo Tahaloa nie leży koło Australii, tylko na kontynencie Etoplaptyka. Mapa tego państwa jest narysowana w moim brudnopisie.

– Wybierz sobie państwo z Europy – mówi nauczycielka.

– A nie może być Tahaloa?... – nalegam.

– No, dobrze. Niech ci będzie. Mów!

– Stolicą Tahaloi jest Agula – zaczynam. – Agula liczy sto tysięcy mieszkańców. Większe miasta to: Etupik, Santala, Quele i Barr Fing. Najdłuższą rzeką Tahaloi jest Zinga. Mount Bant to najwyższy szczyt, który ma 198 metrów wysokości. Tahaloa liczy cztery miliony mieszkańców. Surowce...

– Borys, co za bzdury opowiadasz? – przerywa mi nauczycielka. – Koło Australii nie ma malutkich państw, które liczą cztery miliony mieszkańców. No, oczywiście poza Nową Zelandią, ale to jest duże państwo.

– Pokażę pani – mówię, po czym idę do ławki. Biorę brudnopis i znajduję mapę Tahaloi. Wracam do nauczycielki i pokazuję jej tę narysowaną mapę.

Nauczycielka patrzy się na mnie i zaczyna się śmiać. Klasa także zaczyna się śmiać. Również i ja nie wytrzymuję i wybucham śmiechem.

– Masz szczęście, że cię lubię – mówi nauczycielka, pokazując mi, żebym się puknął w czoło. – Wracaj do ławki. Masz czwórkę za Belgię.

Wracam do ławki i siadam.

Nauczycielka od geografii lubi mnie i nie mówi do mnie, że jestem debil, kretyn, idiota i imbecyl, jak mówią inne nauczycielki. Ja także lubię nauczycielkę geografii – jest wychowawczynią klasy, do której chodzi mój brat Tytus, i czasem zabiera go do siebie do domu, a ostatnio przysłała mu widokówkę z Hiszpanii, kiedy była tam na wycieczce. Zabrałem te widokówkę Tytusowi, bo mi się podobał widok nocnego Madrytu, który był na widokówce, i ten widok sobie przerysowałem.

Bójka

Idę korytarzem szkolnym. Mija mnie Janek Lis, popycha mnie i się śmieje. Wkurzam się, rzucam plecak na podłogę i kopię Janka w dupę. Więc on także kopie mnie w dupę a ja mu wtedy strzała w pysk. I Jankowi leci krew z nosa, więc rzuca plecak na podłogę i w nogi. Ja za nim. Janek wbiega na schody i przyjmuje pozycję obronną. Obok nas zbiera się zbiegowisko. Stoję przed schodami i zastanawiam się, jak mam go trafić. Chłopaki krzyczą do

Janka, żeby złaził ze schodów, bo walka będzie nierówna. Lecz on nie chce zejść ze schodów.

Wskakuję szybko na kilka stopni schodów i kopię Janka w jaja, ale on w tym samym czasie także kopie mnie w jaja. I oboje, trzymając się za jaja, siadamy na schodach, bo nie możemy złapać tchu. Patrzymy się na siebie. Jankowi dalej leci krew z nosa.

Zwariuję! Jaja! Moje jaja. Co za ból...

– Co się tutaj dzieje? – mówi nauczycielka, która pojawia się nagle, jakby wyszła spod ziemi.

Łapię oddech.

– Psze pani, oni się bili – mówi mała dziewczynka pokazując na nas ręką.

Nauczycielka podnosi nas za bety ze schodów. Wstajemy, trzymając się za jaja.

– Idziemy do dyrektora – mówi nauczycielka. – Cholery, bić wam się zachciało.

Z rękoma na jajkach idziemy do dyrektora. Nauczycielka idzie za nami. Mijane dzieci patrzą się na Janka i mnie.

Wchodzimy do gabinetu dyrektora.

– Panie dyrektorze – mówi nauczycielka – pobili się.

Dyrektor, siedząc za biurkiem, patrzy na Janka i mnie.

– Pani Ingo – mówi dyrektor – proszę, niech pani zaprowadzi... Jak masz na imię? – pyta się Janka.

– Janek – odpowiada Janek, trzymając się jedną ręką za jaja, a drugą za nos.

– Proszę, niech pani zaprowadzi Janka do pielęgniarki – mówi dyrektor – żeby mu opatrzyła nos.

Nauczycielka z Jankiem wychodzą z gabinetu.

– Ty jesteś z domu dziecka? – pyta się mnie dyrektor, kiedy nauczycielka zamyka za sobą drzwi.

– No – odpowiadam, trzymając się za jaja.

– Dlaczego się pobiliście?

– Janek mnie zaczepiał.

– Wy, łobuzy z domu dziecka, zawsze tak mówicie, że ktoś was zaczepia, a to pewnie wy zaczepiacie dzieci z normalnych domów i je bijecie. Jutro masz przyjść do mnie ze swoim wychowawcą! Uciekaj na lekcje!

Wychodzę z gabinetu od dyrektora; myślę, że jest głupim fletem, bo ja przecież nie zaczynałem.

Cholera, gdy jest jakaś bójka w szkole, w której bierze udział chłopak z bidula, wtedy dyrektor zawsze mówi, że prowodyrem był chłopak z bidula, choć nie zawsze zaczynają chłopaki z bidula. Potem dyrektor mówi, że ten chłopak ma przyjść do niego następnego dnia ze swoim wychowawcą z bidula. Oczywiście, że chłopaki nie przychodzą następnego dnia ze swoim wychowawcą. Dyrektor po prostu o tym zapomina.

Ja też nie przyjdę jutro ze swoim wychowawcą.

List do Pana Nikt

Dzisiaj po raz pierwszy biłem się w szkole. Janek już od dawna mnie zaczepiał. Śmiał się ze mnie i mówił że jestem cienias i biedak z domu dziecka i że śmierdzi ode mnie. I dziś się wpieniłem, bo tego było już za wiele. No i nauczycielka zaprowadziła nas do dyrektora.

Na następnych przerwach Janek już mnie nie wyzywał i już się nie biliśmy bo on mówił że już nie chce się bić. Ja również nie chciałem się już bić.

W bidulu nie biłem się jeszcze z żadnym chłopakiem bo ja nie lubię się bić i pewnie bym dostał od nich wpierdol. Chłopaki z bidula biją się bardzo dobrze. Widziałem ich wielokrotnie w akcji jak się bili w szkole z chłopakami ze swoich klas albo między sobą w bidulu. Chłopaki w bidulu biją się do upadłego i nie zważają uwagi na krew która się z nich leje. Bijąc się, często wpadają w furię że trudno ich rozłączyć. A ja jeszcze nigdy nie wpadłem w furię.

Do bidula parę miesięcy temu przyszła nowa dziewczyna Kinga która mi się od razu spodobała i się w niej zakochałem. Byłem z nią już parę razy na lodach ale nie wiedziałem jak jej powiedzieć że mi się podoba i że jestem w niej zakochany. No i powiedziałem Patrykowi że ona mi się podoba a on na to odparł żebym jej to powiedział albo jakoś inaczej ją zbajerzył. Lecz ja wstydziłem się jej to powiedzieć i Patryk któregoś dnia napisał list i dał jej ten list że to niby ode mnie. Kinga przeczytała list i się zaśmiała. Powiedziała że nic z tego nie będzie. Parę dni później zaczęła chodzić z innym chłopakiem z bidula bo on jej kupował dużo prezentów bo miał na to kasę bo kroił ludzi na mieście. Ja też bym chciał jej kupować jakieś prezenty ale nie mam na to pieniędzy. Mam tylko na lody i to tylko czasem jak tato przyjedzie do nas i da mi parę złotych to już nie kupuję sobie znaczków bo wolę jej kupić lody. Po dwóch tygodniach Kinga z tamtym chłopakiem zerwała i zaczęła chodzić z innym chłopakiem też z bidula. Ale ja mam nadzieję że kiedyś będę z nią chodził.

W szkole kiedy na lekcje nie przyjdzie jakiś nauczyciel to chłopaki z dziewczynami grają w butelkę na całowanie. Ja nigdy nie gram z nimi bo nie chcę się całować z żadna inną dziewczyną tylko z Kingą. Jeszcze nigdy nie całowałem się z żadną dziewczyną ale chciałbym to zrobić z Kingą. Pewnie jakbym się z nią pierwszy raz całował to byłbym bardzo stremowany. Zawsze jak chłopaki i dziewczyny grają w butelkę to ja się im przyglądam. Chłopaki kiedy się całują z dziewczynami to często niby że to przypadkiem łapią dziewczyny za pierś. Potem opowiadają jakie która dziewczyna ma piersi a ja tego słucham i myślę sobie że chciałbym zobaczyć jakie piersi ma Kinga. Przez bluzkę widać że małe. Ale co tam bluzka. Ja chciałbym zobaczyć je gołe i dotknąć ich.

Z chłopakami z bidula zacząłem chodzić na wagary. Jak pójdę z nimi na wagary to łazimy sobie po mieście. Czasem ze sklepów samoobsługowych kradniemy jajka którymi potem na mieście rzucamy w ludzi. Chowamy się i rzucamy w ludzi jajkami a ludzie nie wiedzą skąd te jajka lecą. Albo jak ulicą przejeżdża samochód ciężarowy to my nad nim rzucamy jajkami na chodnik po drugiej stronie ulicy i jajka czasem trafiają w ludzi a my jak gdyby nigdy nic idziemy sobie przed siebie. Jest niezła zabawa. Czasem jak nie idziemy do szkoły na lekcje to siedzimy przed szkołą w krzakach koło boiska i palimy papierosy bo papierosy też już od dwóch miesięcy palę z chłopakami z bidula. Cześć!

List do Pana Nikt

Chciałem już więcej nie pisać przed wakacjami, ale zdarzyło się coś takiego, że muszę napisać.

Nie zdałem do ósmej klasy! Trudno! Chodziłem na wagary i nic się nie uczyłem to nie zdałem. A gdy byłem na lekcjach, to kiedy nauczycielki czasem pytały się mnie o coś, to ja odpowiadałem im, że nic nie wiem i dalej sobie mazałem w brudnopisie albo siedziałem zamyślony. Bo z matematyki to ja umiem tylko tabliczkę mnożenia. Z fizyki nie znam żadnej definicji Newtona i jakiś innych pierdół z ciążeniami czy czymś tam i sam nie wiem o co tam chodzi, bo po prostu nie nauczyłem się żadnej definicji ani żadnego prawa. Z chemii nie znam żadnego symbolu pierwiastka. No dobra, znam może ze trzy albo cztery. Z polskiego nie przeczytałem żadnej lektury a poza tym jeszcze przez cały rok szkolny na wypracowaniach klasowych prowadziłem bojkot „rz", „ch" i „ó" i wszystko pisałem przez „ż", „h" i „u". Na przykład jak było w wypracowaniu słowo „choinka", to ja pisałem „hoinka", jak było słowo „rzeka" – pisałem „żeka", jak było słowo „który" – pisałem „ktury" bo uważałem że „rz", „ch" i „ó" są niepotrzebne i zastanawiałem się co za kretyn to wszystko wymyślił skoro w wymowie to nie ma znaczenia a tylko w pisowni. I po cholerę się tego wszystkiego uczyć? Nie można by było uprościć polskiego alfabetu i wyrzucić z niego „rz", „ch" i „ó"? Kiedyś spytałem się nauczycielki polskiego po co w polskim alfabecie jest „rz", „ch" i „ó". Klasa zaczęła się śmiać, a nauczycielka odpowiedziała, że tak jest od dawna i takie są zasady poprawnej pisowni i żebym nie gadał takich głupot i nauczył się poprawnie pisać. Ale ja wiem w zdecydowanej większości, kiedy trzeba pisać „rz", „ch" i „ó" a kiedy „ż", „h" i „u", ale zawsze na wypracowaniach klasowych pisałem „ż", „h" i „u", bo sobie upraszczałem alfabet, gdyż wydawało mi się, że tak powinno być. Również rzadko kiedy wstawiam przecinki, choć często wiem, gdzie powinno się je wstawiać. Ale w przyszłym roku szkolnym już nie będę prowadził bojkotu „rz", „ch" i „ó" i będę już pisał poprawnie, żeby nie mieć problemów z nauczycielką. Trzeba by także zacząć wstawiać przecinki.

Od dwóch dni są wakacje i dziś tato zabrał do domu na wakacje Kubę i Nadię, a Dawid i Tytus pojechali na kolonię. Ja nie pojechałem do domu, gdyż za parę dni jadę na miesiąc na kolonię do Francji. Będziemy mieszkać we francuskim domu dziecka.

Zimą do bidula przyjechał mer pewnego francuskiego miasta i powiedział nam, że chciałby nas zabrać w wakacje na kolonię do Francji. Mer bardzo dobrze mówił po polsku. Pochwalił się nam, że jego rodzice pochodzą z Polski, ale on już urodził się we Francji. Wszyscy byliśmy podekscytowani i każdy chciał jechać na tą kolonię. Na wiosnę już było pewne, że pojedziemy do Francji i wychowawcy wybrali swoich ulubionych wychowanków, którzy mieli jechać do Francji, ale mnie nie wybrali. Ale kiedy tylko pani Ania wróciła z urlopu chorobowego i gdy się o tym dowiedziała, wtedy powiedziała, że zrobi następną rewolucję francuską i ja także pojadę na kolonię do Francji. Ja jej o nic nie prosiłem, bo sądziłem, że to i tak nic nie da. Ale pani Ania jednak zrobiła rewolucję i ja zostałem wpisany na listę, choć inni wychowawcy się sprzeciwiali i mówili, że gdzie takiego durnia wysyłać na kolonię, skoro on nie chodzi do szkoły i pewnie nie zda. Poza tym nikogo nie słucha i żyje w swoim świecie. Pani Ania jednak twardo postawiła na swoim i powiedziała, że kiedyś się zacznę uczyć, bo we mnie wierzy, gdyż jestem jej pupilkiem. I udało jej się i jadę na kolonię do Francji. Do Francji poza mną jedzie dziesięcioro dzieci, które tak jak ja także nie zdały do następnej klasy, ale co do nich to wychowawcy się nie sprzeciwiali, bo ich lubią.

A tak na marginesie, to w tym roku nie zdało prawie pół bidula. Do Francji jedzie też kilkoro dzieci wychowawców, ale nie wiem z jakiej racji skoro to miała być kolonia dla dzieci z bidula, a nie dla dzieci wychowawców. Chłopaki i dziewczyny w bidulu się burzyli, ale i tak to nic nie dało, bo jak jakiś gnój ma władzę, to sobie może robić co mu się podoba. A władzę mają przecież wychowawcy, więc wysyłają swe dzieci za prawie darmochę do Francji. Do Francji nie jedzie na przykład kilkoro dzieci, które się dobrze uczyły, ale są ciche i nie umieją wchodzić w dupę wychowawcom i oni jadą na kolonię w Polsce. A do Francji jedzie najwięcej tych, co umieją wchodzić w dupę wychowawcom. Wazelina górą!

Parking

Jedziemy do Francji. Autokar pędzi niemiecką autostradą. Dziewczyny śpiewają, chłopaki grają w karty, wychowawcy rozmawiają, a ja siedzę wtulony w szybę i podziwiam niemieckie krajobrazy.

Autokar zjeżdża na parking.

– Postój! – krzyczy pan Michał.

Wysiadamy z autokaru. Dziewczyny idą do WC, które jest na parkingu, a chłopaki biegną wysikać się do lasu.

Wchodzę z chłopakami do lasu za parkingiem i oddajemy mocz pod drzewa, po czym z kilkoma chłopakami biegam po lesie.

Wybiegamy z lasu i przeszukujemy kosze na śmieci obok lokalu gastronomicznego przy parkingu.

Nagle Ernest w koszu na śmieci znajduje zegarek Citizen i mówi, że jest dobry, więc rzucamy się na pozostałe kosze na śmieci i także je przeszukujemy. Przepychamy się i walczymy o dostęp do kosza na śmieci, gdyż każdy ma nadzieję, że coś tam znajdzie.

No i z jednego kosza wyciągamy dużo gazet z gołymi babkami i zaczynamy je przeglądać.

– Ale ta ma cyce!

– A ta bierze dwa fiuty do buzi! Jak jej się zmieściły?

– Patrzcie! Tą dojeżdżają na dwa kutasy: jeden w dupę, a drugi w cipę.

– O w morde! Dwa pedały jadą się w dupę!

– Wyrzuć to! Pedałów nie oglądamy.

– Patrzcie! Lesbijki liżą sobie cipki.

– Lesbijki są dobre.

– Stoi wam?

– A co? Tobie stoi?

– Ta jest niezła.

– Wsiadać! – krzyczy pan Michał w oddali. – Wsiadać! Odjeżdżamy!

Wsuwamy gazety za spodnie, po czym przykrywamy je koszulkami i biegniemy do autokaru.

Wbiegamy do autokaru i siadamy na swoich miejscach, pośrodku autokaru. Pan Michał sprawdza, czy wszyscy są obecni i po chwili wychodzi na to, że wszyscy są obecni, więc autokar rusza, po czym wjeżdża na autostradę i jedziemy dalej.

Wyciągamy gazety zza spodni i zaczynamy je oglądać. Oglądając gazety, klniemy i się śmiejemy, a jeden pyta się drugiego, czy mu już stoi. Po chwili zauważają u nas te gazety starsze chłopaki z końca autokaru i kilka gazet nam zabierają. Pan Michał z panem Heniem, którzy siedzą na początku autokaru, co chwilę się oglądają za siebie i mówią, żebyśmy przestali tak kląć. Ale my nie zwracamy na to uwagi i dalej, oglądając gazety, klniemy.

Nagle pan Michał staje nad nami.

– Co macie? – pyta.

Ale wpadka... Nikt nie zauważył, jak pan Michał się do nas zbliżał, gdyż każdy był zajęty oglądaniem fotosów.

Szybko zamykam gazetę i kładę ją okładką na kolanach, a tu na tylnej okładce ukazuje się naga kobieta z rozłożonym nogami.

Patrzę się na pana Michała, przewracam oczkami i się uśmiecham. Chłopaki także zamykają swoje gazety i także się uśmiechają.

– Skąd to macie? – pyta się pan Michał.

Nie odpowiadamy, a tylko się uśmiechamy.

– Dawać mi to szybko! – mówi pan Michał.

Oddajemy panu Michałowi gazety, które trzymamy w rękach, a także te, które leżą obok nas.

– Heniu, chodź tutaj i zobacz, co oni tutaj mają! – woła pan Michał pana Henia, który siedzi w pierwszym rzędzie.

Pan Henio podchodzi do nas i pan Michał pokazuje mu gazety.

– Fiu, fiu! – mówi pan Henio, patrząc na gazety.

Uśmiechamy się.

Pan Michał bierze pod pachę wszystkie gazety, po czym odchodzi z panem Heniem. Siadają na swoich miejscach, na początku autokaru, obok pani Joli i pani Eli, i pan Michał mówi do nich, żeby zobaczyły, co my mieliśmy. My się im przyglądamy i się pokładamy ze śmiechu, bo pani Jola z panią Elą nie chcą na to patrzeć i mówią, żeby pan Michał zabierał to od nich, ale on dalej im podsuwa gazetki i nalega, żeby zobaczyły, bo to jest ciekawe.

Kierowca spogląda, co tam pan Michał tak podsuwa pani Joli i pani Eli.

– Ty to lepiej kieruj! – mówi pan Michał do kierowcy. – Potem sobie obejrzysz.

Tłumacz siedzący za panem Michałem i dotąd czytający książkę, teraz przerywa czytanie i patrzy panu Michałowi przez ramię, żeby zobaczyć, co on tam ma. Po chwili macha ręką i powraca do czytania książki.

Starsze chłopaki śmieją się i mówią, że teraz to pan Michał tak się napali, że jeszcze bardziej zacznie podrywać panią Jolę, bo jak dotąd, to mu to słabo wychodziło. Ale po chwili starsi chłopcy dodają, że pani Jola jest zajęta i nie dla pana Michała, i teraz to on pewnie będzie się brandzlował w parkingowym szalecie na następnym postoju. Po chwili Wasyl z Hansem zaczynają się rozwodzić, czy pan Michał się trzepie, czy nie? Wasyl mówi, że na pewno pan Michał się trzepie, bo nie ma żony ani narzeczonej i nikt go jeszcze nie widział z żadną kobietą. Natomiast Hans mówi, że może pan Michał nie wali gruchy, bo jest impotentem. Wasyl proponuje Hansowi zakład o flaszkę. My, młode chłopaki, siedzimy, przysłuchujemy się im, jak sobie tak gadają, i pokładamy się ze śmiechu.

– A jak mi udowodnisz, że on się trzepie? – pyta się Hans Wasyla. – Pójdziesz za nim do kibla? Za sedesem się schowasz? Pstrykniesz zdjęcie? Pstrykniesz mu zdjęcie, jak trzyma w garści swojego lilipuciego zaganiacza?

– A co was to obchodzi, czy pan Michał się brandzluje, czy nie? – wtrąca się Bolek, rozdając karty. – Jak się trzepie, to jego sprawa. Przecież mu wolno. Jego kutas, więc może go tarmosić. Bierzcie karty i grajcie.

Chłopaki biorą karty i porzucają pomysł o zakładzie.

Grają więc w karty, oglądają gazety z babkami i komentują akcje na obrazkach, gdyż u nich pan Michał nie zauważył gazet. A gdyby nawet i zauważył, to starsi chłopcy i tak by mu ich nie oddali.

Przyklejam się do szyby i znowu zaczynam oglądać mijany niemiecki krajobraz.

List do „Trybuny Ludu"

Korespondencja z Francji. Nadaje prawie czternastoletni Borys Mleczko, a raczej zaczyna pisać notatkę w zeszycie. Tak, tak. Dziewczyny, ściągać majtki, bo pisze Borys Mleczko!

We Francji jest zarąbiście. Mieszkamy na wsi we francuskim domu dziecka razem z francuskimi dziećmi. Prawie codziennie jeździmy na wycieczki. Byliśmy już nad kanałem La Manche i się w nim kąpaliśmy. Byliśmy też w Dunkierce i innych miastach, oglądaliśmy zamki, czasem jeździmy na basen. Byliśmy też w innych francuskich bidulach i oglądaliśmy, jak oni tam mieszkają. Byliśmy też w Paryżu. Po prostu byliśmy już w wielu miejscach i jest wyrąbiście.

Kiedy byliśmy w Paryżu, wtedy weszliśmy na wieżę Eiffla. Z wieży oglądaliśmy Paryż. Potem siedzieliśmy na trawie koło wieży Eiffla i zrobiliśmy sobie piknik. Obok nas siedziało mnóstwo ludzi o różnych kolorach skóry i słyszałem różne języki, w jakich ci ludzie rozmawiali.

U mnie w kraju, w moim mieście, nie ma tylu ludzi o różnych kolorach skóry. Można w moim mieście spotkać czasem tylko Arabów i Azjatów. Murzyna jeszcze u mnie w mieście nie widziałem. Chłopaki mówią, że to asfalty i czarnuchy. Słyszałem, że jak gdzieś w moim mieście pojawił się Murzyn, to młodzi ludzie na niego pluli, a stare babki się żegnały i mówiły, że to diabeł. Ja chciałbym, żeby u mnie w mieście byli Murzyni, bo ich lubię i nic do nich nie mam.

No i właśnie jak tutaj we Francji widziałem po raz pierwszy Murzynów, wtedy im się przyglądałem, bo nigdy z bliska ich nie widziałem. A najchętniej to się przyglądam Murzynkom, bo mi się podobają i niektóre są piękne, przepiękne, prześliczne, przecudowne. Szkoda, że u mnie w kraju nie ma takich pięknych Murzynek jak tutaj we Francji. No, może i są u mnie w kraju piękne Murzynki, tylko ja ich nie widziałem, bo mieszkam w małym mieście, a gdybym mieszkał w Warszawie albo innym wielkim mieście, to może bym i widział piękne Murzynki.

Potem, po pikniku, płynęliśmy statkiem po Sekwanie. Mieliśmy jeszcze jechać do Luwru, ale nie pojechaliśmy, bo pan Michał powiedział, że nie ma na to czasu. Ja wtedy byłem zły, bo bardzo chciałem iść do Luwru, żeby pooglądać sobie obrazy. No i Luwr widziałem tylko z okna autokaru, kiedy obok niego przejeżdżaliśmy. Kiedy przejeżdżaliśmy koło Luwru, wtedy pan Michał podszedł do mnie i powiedział, że to jest Luwr. Ale ja już wtedy wiedziałem, że to jest Luwr, bo przecież wiem jak wygląda, gdyż widziałem go na obrazkach w albumach.

Prawie każdy chłopak od nas powyżej trzynastego roku życia ma dziewczynę Francuzkę z francuskiego bidula, ale ja nie mam takowej dziewczyny Francuzki.

Chłopaki codziennie wieczorem spotykają się ze swoimi dziewczynami Francuzkami w wielkim ogrodzie za francuskim bidulem. Potem chłopaki się chwalą, że się nieźle Francuzki całują albo że mają niezłe cycki, albo że mu wzięła do buzi, albo że ją wyruchał już. A ze mnie się zbijają i mówią, że sobie konia chyba walę, bo się nie biorę za żadną Francuzkę, mówią, że jestem głupi, że nie poszedłem z Sophie. Mówią, że jestem głupi, bo one same włażą na kutasa, a ja z tego nie korzystam i nawet za cycka sobie nie złapię i będę ciągle się brandzlował. Mówią, że mam prawie czternaście lat, a jeszcze nie miałem żadnej dziewczyny i nie wiem, jak wygląda cycek. Śmieją się ze mnie i pytają, czy już chociaż całowałem się z jakąś laską, a ja im nic na to nie odpowiadam i mam to w dupie, że się ze mnie tak zbijają. Zbijają się ze mnie i mówią, że gdybym wtedy poszedł z Sophie, to przynajmniej potrzymałbym sobie za cycka.

Sophie podeszła kiedyś do mnie, kiedy sam siedziałem pod drzewem. Uśmiechając się, siadła obok mnie. Po chwili powiedziała do mnie Żetem, po czym położyła swoją rękę na moim ramieniu. Zaczerwieniłem się i nie wiedziałem, co mam zrobić. Przez chwilę szurałem butem po ziemi, po czym wstałem i sobie poszedłem.

Gdy odchodziłem to słyszałem, jak Sophie powiedziała

coś po francusku, ale jej nie rozumiałem, po czym zaczęła płakać. A ja odchodziłem i zastanawiałem się, co mam zrobić, żeby się odwrócić i do niej wrócić. Ale oddalałem się i nie wiedziałem, jak mam się zebrać w sobie, żeby do niej powrócić. Cholernie się wtedy wstydziłem.

Potem już więcej Sophie nie widziałem, bo chyba gdzieś pojechała. Do teraz nie wiem, dlaczego tak zrobiłem i od niej odszedłem. Przecież już nie jestem tak zakochany w Kindze jak byłem wcześniej. Teraz powoli mi Kinga już przechodzi. Wcześniej myślałem, że Kinga będzie moją dziewczyną, ale ona zmieniała chłopaków co dwa tygodnie albo i częściej, a ze mną nie chciała chodzić. Kinga jest także tutaj we Francji, ale na razie nie ma chłopaka, ale ja i tak już do niej nie chodzę. No i właśnie nie wiem, dlaczego tak odszedłem od Sophie. Przecież Sophie była nawet ładna i niczego sobie. Może odszedłem, bo była tylko niczego sobie i nic więcej. Nie wiem.

Francuzi mają dobre wino i piją je zawsze do obiadu z naszymi wychowawcami. Ja z kilkoma chłopakami czasem chodzę pod kuchnię, gdzie stoją kontenery z butelkami po winach. Przetrząsamy te kontenery i w co którejś butelce znajdujemy dość pokaźne resztki i je wypijamy. Potem dość przyjemnie się czuję i jest odlotowo.

Papierosy chłopaki biorą od swoich dziewczyn Francuzek, a jak Francuzki nie mają, to chłopaki zbierają pety spod schodów, gdzie Francuzi zawsze palą i wyrzucają nawet po pół papierosa. Ja też czasem zbieram te pety i je wypalam. Ale od Francuzów nie biorę papierosów.

W Polsce dzieją się teraz wielkie rzeczy. Jak wyjeżdżaliśmy do Francji to też się działy wielkie rzeczy. Generał-spawacz w czarnych okularach chyba będzie musiał oddać władzę i przejmie ją ten elektryk, który przeskoczył prawie dziesięć lat temu przez płot. Elektryk za ten skok przez płot dostał kilka lat temu Nagrodę Nobla w dziedzinie pokoju. Naczelny Elektryk kraju ma przypięty na piersi znaczek Matki

Boskiej. Nawet tutaj we Francji elektryk jest często pokazywany w telewizji i Francuzi, kiedy go widzą, wtedy patrzą się na nas i podnoszą kciuk do góry i pokazują, że on jest okej. We francuskich kolorowych gazetach kiedy je sobie oglądałem, także często natykałem się na zdjęcia Naszego Naczelnego Elektryka Kraju. Kiedy byłem w kraju to czytałem w gazetach o zmianach i o zmianach też słyszałem od wychowawców i z chłopakami też o zmianach rozmawialiśmy, bo wszyscy mówią, że teraz Polska nie będzie już komunistyczna tylko demokratyczna. Wychowawcy mówią, że po zmianach będzie w naszym kraju wszystkiego pod dostatkiem i na zachód Europy będzie można jeździć, kiedy będzie się chciało. Standard życia w Polsce się poprawi. Po prostu w Polsce będzie tak jak na zachodzie Europy. Dorośli są tym wszystkim podekscytowani i ja też jestem tym podekscytowany, bo lubię elektryka. Wszyscy mówią, że elektryk niedługo zostanie prezydentem Polski demokratycznej. Wychowawcy też mówią, że elektryk mówił, że wie, gdzie jest zwarcie w systemie i wie, jak to wszystko naprawić, żeby zawsze dla ludzi świeciło pomyślne światło i żeby ludzie nie siedzieli w ciemnocie.

Wystarczy.

Gwiazdy

Siedzę sam na schodach, bo kilka minut temu odszedłem od ogniska, które nam Francuzi zrobili na pożegnanie, gdyż jutro wracamy do Polski.

Przy ognisku zostali wychowawcy polscy i francuscy, a także trochę dzieci polskich i francuskich. Chłopaków od nas nie ma przy ognisku; gdzieś poznikali ze swoimi Francuzkami.

Podnoszę peta spod schodów i czyszczę go, gdyż jest trochę brudny. Wyczyszczonego peta wkładam do ust, po czym wyjmuję z kieszeni zapałki i sobie go przypalam. Zaciągam się i wypuszczam dym. Patrzę na peta, jakiej jest marki.

Marlboro.

I dalej palę peta i patrzę się w gwiaździste niebo. Po kilku pociągnięciach wyrzucam peta, gdyż żar dochodzi do ustnika, a przecież ustnika nie będę palił.

Wstaję ze schodów i idę na trawnik. Kładę się na trawniku i patrzę się w gwiaździste niebo. Po kilku minutach zaczynam liczyć gwiazdy.

Ciekawe, ile jest gwiazd na niebie? I gdzie to niebo się kończy?...

List do Kogoś,
kto mi da na bilet

Dziś wróciłem do bidula z kolonii we Francji, a jutro pojadę sam do domu. Ojciec nie będzie po mnie przyjeżdżał, bo tak się umówiliśmy przed moim wyjazdem do Francji. A poza tym, co to ja dziecko jestem, żeby ojciec po mnie przyjeżdżał? Przecież mam prawie czternaście lat, to już nie jestem szczylem!

Do domu pojadę za darmo, bo nie mam pieniędzy na bilet, a nie chcę od nikogo pożyczać. Ciekawe, jak się jeździ na gapę? Jutro się tego dowiem.

Gdy wracaliśmy z Francji, to w Dreźnie, w Niemczech, pan Michał rozdał nam po sto marek i poszliśmy na zakupy. Ja poszedłem z Patrykiem i Kingą, gdyż ona się do nas dowaliła i chciała z nami iść, więc ją wzięliśmy. Chodziliśmy po sklepach, a Kinga pokazywała mi, co jej się podoba i co chciałaby mieć, i pytała się mnie, czy jej coś kupię. Przez chwilę zastanawiałem się, czy jej czegoś nie kupić, ale szybko podjąłem decyzję, że nie. Bo gdyby to było jeszcze wtedy, kiedy mi się bardzo podobała, to bym jej natychmiast kupił to, co by chciała, ale teraz jej nie kupię, bo mi się już nie podoba. Odkochałem się w niej. Już prawie nic do niej nie czuję. Niech spada do tych chłopaków, z którymi była.

Patryk szedł obok nas i się śmiał z tego, jak Kinga próbuje mnie na coś naciągnąć. Po pewnym czasie spotkaliśmy w supermarkecie Marcelinę i Kinga z nią poszła. Gdy tylko Kinga poszła, wtedy z Patrykiem kupiliśmy sobie po kilka piw, po kilka paczek papierosów, kilka czekolad, ciasto i jeszcze trochę pierdół. Patryk kupił jeszcze mały prezencik dla swojej dziewczyny – Izy. Potem, gdy przekraczaliśmy granicę niemiecko-polską, każdy srał w portki, żeby celnicy czasem nie sprawdzili nam autokaru, bo gdyby sprawdzili, wtedy znaleźliby arsenały piw i papierosów, bo każdy to kupował, a wychowawcy nie sprawdzali, co kupowaliśmy. Ale celnicy jednak nam nie sprawdzili autokaru i spokojnie wjechaliśmy do kraju.

Ściemniało się już, kiedy wjeżdżaliśmy, a kierowca miał za sobą dużo godzin za kierownicą, bo non stop jechał z Francji z małymi przerwami na parkingach na odpoczynek, a do naszego miasta jeszcze było od cholery godzin jazdy i bylibyśmy tam dopiero nad ranem, więc jak tylko wjechaliśmy do Zgorzelca, to podjechaliśmy pod hotel, który i tak był już wcześniej dla nas zarezerwowany. Pan Michał rozdał nam klucze od pokoi, po czym pobiegliśmy do swoich pokoi.

Ja wziąłem pokój z Patrykiem. W pokoju urządziliśmy sobie popijawę. Był Patryk, jego dziewczyna Iza i ja, a trochę później przyszła do nas Kinga i powiedziała, żebyśmy jej dali piwo, więc jej daliśmy. I dalej siedzieliśmy, rozmawialiśmy i piliśmy piwo, a także paliliśmy papierosy i oglądaliśmy telewizję. Czasem ktoś do nas zajrzał i opowiadał jakie są popijawy w innych pokojach, ale po chwili wychodził, a my nie szliśmy zobaczyć, jak balangują w tych innych pokojach. Wychowawcy w ogóle do nas nie zaglądali, bo też mieli swoją imprezę. Po pewnym czasie Patryk zabrał dwa piwa i papierosy i poszedł z Izą do łazienki, a ja zostałem w pokoju sam na sam z Kingą. Siedziałem i patrzyłem się w telewizor, a także piłem piwo i paliłem papierosy, i mi nieźle szumiało w głowie. Kinga też piła piwo i paliła papierosy, bo sępiła od nas. Po pewnym czasie Kinga przysiadła się bliżej mnie. Po chwili przytuliła się do mnie, a ja wtedy pomyślałem, że może by i ją pocałować i wreszcie zobaczyłbym jak to jest, jak się całuje z dziewczyną, bo jeszcze nigdy tego nie robiłem. No i przy okazji sprawdziłbym, jakie Kinga ma cycki i może włożyłbym jej rękę w majtki. Jednak szybko porzuciłem ten pomysł, bo nie umiem pocałować dziewczyny, do której nic nie czuję, a do Kingi już prawie nic nie czułem i teraz wydawała mi się brzydka i pokrzywiona.

No i odsunąłem się od niej. Wtedy ona spytała, dlaczego się od niej odsuwam, a ja nic nie odpowiedziałem i dałem jej papierosa, bo tego co paliła to jej się kończył. Podpaliłem jej papierosa i powiedziałem, że fajny film leci w telewizji i żebyśmy oglądali.

No i dalej oglądaliśmy film, piliśmy piwo, paliliśmy papierosy i od czasu do czasu coś tam bąknęliśmy do siebie. Po ponad godzinie Patryk z Izą wrócili z łazienki i usiedli w pokoju. Więc dalej rozmawialiśmy, piliśmy piwo, paliliśmy papierosy i patrzyliśmy się w telewizor, bo coś tam leciało. Po pewnym czasie Iza powiedziała, że idzie do swojego pokoju, bo jej nieźle już w głowie szumi i chce jej się spać. Po chwili Kinga również powiedziała, że jej też chce się spać. Wyszły. Jak tylko zostałem sam na sam z Patrykiem, wtedy on spytał mnie, jak było z Kingą. Ja odpowiedziałem: że co? Patryk znowu się spytał: jak było z Kingą? Ja powiedziałem, że nieźle. Patryk się spytał: jak nieźle? Ja powiedziałem znowu, że nieźle, a on się znowu pyta, że jak nieźle. Uśmiechnęliśmy się i on się znowu spytał: jak było z Kingą? Ja powiedziałem, że zrobiła mi laskę, a on się spytał: co, laskę? Laskę mi zrobiła – powtórzyłem. Patryk wtedy z niedowierzaniem spojrzał na mnie, a ja się uśmiechałem. Po chwili powiedział, że mi nie wierzy. Ja na to, że jak chce, to niech nie wierzy, ale ja swoje wiem. Kiedy to powiedziałem, Patryk spytał się mnie, czy ja aby nie kręcę. Ja zapewniłem go, że nie i dodałem, że Kinga nieźle robi laskę. Patryk pokręcił głową i powiedział, że mi zazdrości, bo Iza nie chce mu zrobić laski, bo mówi, że ona fiuta nie weźmie do buzi i że ona może tylko z nim uprawiać normalny seks. Wtedy ja się spytałem Patryka, jak było z Izą w łazience, a on powiedział, że się trochę poseksili, i dodał, że mi zazdrości, że Kinga mi zrobiła laskę. No i ja w końcu powiedziałem, że żartowałem i że Kinga wcale mi nie robiła laski i cały czas siedziałem z nią spokojnie. Patryk na to powiedział, że mi nie wierzy, bo pewnie teraz nie chcę się przyznać. Ja zacząłem go zapewniać, że naprawdę mi nie zrobiła laski, lecz Patryk na to odparł, że teraz to nie wie, w co ma mi wierzyć. Ja powiedziałem znowu, że tylko żartowałem sobie, i dodałem, że idę spać, bo mi nieźle w główce szumi. Patryk na to odparł, że z tą laską to nie wie, czy ma mi wierzyć czy nie, po czym powiedział, że idzie jeszcze zobaczyć, jakie są imprezy w innych pokojach. Ja na to, że idę spać. Zacząłem się rozbierać, a gdy się rozebrałem, położyłem się dó łóżka. Wtedy Patryk wyszedł z pokoju.

Gdy leżałem w łóżku, to czułem, jakbym latał, bo tak mi się kręciło w głowie, gdyż nieźle byłem wcięty. Trzeba przyznać, że było to nawet, nawet przyjemne. Lecz nie latałem długo, bo szybko zasnąłem.

Rankiem wstaliśmy, zjedliśmy śniadanie, po czym wsiedliśmy do autokaru i pojechaliśmy do naszego miasta.

I po ponad dziewięciu godzinach jazdy byliśmy u siebie, czyli wróciliśmy do bidula.

List do Nikogo

Jedziemy! Dziewczyny, ściągać majtki!

Od kilku miesięcy chodzę do nowej klasy. Z aklimatyzacją w nowej klasie nie miałem problemów, bo większość dzieci z tej klasy znałem. Jedni mnie lubią, a drudzy nie, ale to normalne. Zdarza się. Ja też nie wszystkich lubię. Poza tym do tej mojej nowej klasy chodzi trójka dzieci z bidula. Do szkoły raz chodzę raz nie. Jak się zdarzy.

Od kilku miesięcy, to znaczy od początku roku szkolnego, nie mieszkam już w pokoju razem z Patrykiem. Teraz mieszkam w pokoju z moimi braćmi, Dawidem i Kubą, a Tytus dalej mieszka w pokoju razem z tymi samymi chłopakami, z którymi mieszkał.

Kuba od tego roku szkolnego zaczął chodzić do pierwszej klasy i przestał mieszkać z przedszkolakami. Ja powiedziałem wychowawcom, że chciałbym mieszkać z Kubą w pokoju, bo mu to obiecałem, jak tylko zacznie chodzić do pierwszej klasy. Wychowawcy nie mieli nic przeciwko temu i zrobili roszadę. Kilku chłopaków zmieniło pokoje i zrobił się jeden wolny, w którym ja zamieszkałem z Kubą i Dawidem.

Gdy mieszkałem w pokoju razem z Patrykiem, wtedy często się kłóciliśmy, ponieważ Patryk chciał zrobić ze mnie frajera – kręcił tak, żebym tylko ja sprzątał w pokoju. Poza tym wieczorem przychodzili do niego starsi chłopcy i grali w karty do późnej nocy, a mnie, gdy zasypiałem albo jak już spałem, ściągali z łóżka kołdrę i śmiali się ze mnie, dmuchali we mnie dymem z papierosów i mówili, że jestem przymulony i przybity. Ja co jakiś czas wkurzałem się i wyprowadzałem się z pokoju od Patryka. Szedłem spać tam, gdzie było wolne miejsce. Po tygodniu lub po dwóch przychodził do mnie Patryk i prosił mnie, żebym wrócił do niego do pokoju, gdyż wychowawcy dawali mu do pokoju jakiegoś młodego nowego chłopaka, no i Patryk nie chciał mieszkać z żadnym nowym chłopakiem i przychodził do mnie i truł mi i truł, żebym się do niego przeprowadził, więc po jakimś czasie dawałem się namówić i przeprowadzałem się z powrotem do niego do pokoju. Po kilku tygodniach znów się wkurwiałem i znowu się przeprowadzałem tam, gdzie było wolne miejsce. I tak wędrowałem sobie po różnych pokojach przez cztery lata.

Kiedy byliśmy w szkole, wtedy starsi chłopcy wyrywali nam zamek w drzwiach i Patrykowi ginęły papierosy, pieniądze, czasem jakiś ciuch albo inne pierdoły. Ale Patryk i tak z nimi dalej kumplował. Mnie nic nie ginęło, bo nic nie miałem i nie mam. Miałem tylko znaczki, ale już ich nie mam, bo mi je ktoś przed wakacjami ukradł. Cztery klasery miałem pełne znaczków. Wsiąkły gdzieś.

Kiedy komuś coś zginie, to wychowawcy wtedy mówią, że

nic na to nie poradzą i że powinniśmy się sami nawzajem pilnować, bo nas jest w bidulu prawie sto osób, a ich na dyżurze tylko kilkoro, a mają do upilnowania parter i piętro. Chłopaki i dziewczyny, bo dziewczyny też sobie nawzajem kradną, mówią wtedy, że co oni mają sobie rzeczy chować w majtki albo w skarpetki, kiedy wychodzą z bidula? Mówią, że jakby wychowawcy non stop nie siedzieli u siebie w pokoju wychowawców i nie pili herbaty lub kawy i non stop tam nie rozmawiali, a tylko od czasu do czasu ruszyliby swoje wielkie zasrane dupska i przeszli się po bidulu, to nikt by nie wyrywał zamków w drzwiach i nikomu by nic nie ginęło. Wychowawcy, kiedy coś takiego usłyszą, mówią, że nie są tutaj od pilnowania, bo i tak zarabiają marne grosze. No i nikt nic nie widzi i nikt nic nie słyszy, a amba wszystko pożera. I coś było i już tego nie ma, gdyż gdzieś wsiąkło albo się zdematerializowało. A może wyfrunęło? Czary-mary.

Odkąd zamieszkałem w pokoju z moimi braćmi, jeszcze nie miałem w pokoju wyrwanego zamka. A jak starsze chłopaki chcą wejść do mojego pokoju, wtedy ja udaję, że mnie nie ma i nikomu nie otwieram, i sobie spokojnie coś czytam. Ale rzadko siedzę w pokoju, bo częściej siedzę w bibliotece u pani Anety i tam czytam prasę.

List do Poradni Psychologicznej

No i stało się.

W tym roku znowu nie zdam, bo to już jest przesądzone. Przebimbałem sobie. Stopnie już są wstawione. Z matematyki dalej umiem tylko tabliczkę mnożenia. Z fizyki nie umiem dalej żadnej definicji. Z chemii dalej znam tylko kilka pierwiastków. A z polskiego dalej nie przeczytałem żadnej lektury, ale za to nie bojkotowałem już „rz", „ch" i „ó" i jak trzeba było coś napisać na lekcjach, to pisałem już poprawnie i nauczycielka nawet powiedziała, że chociaż nauczyłem się poprawnie pisać.

Gdy nauczycielki brały mnie do odpowiedzi, wtedy ja mówiłem, że nic nie umiem i żeby wstawiły mi pałę, więc one mi wstawiały, a ja dalej sobie mazałem w zeszytach. No i mam prawie piętnaście lat i po raz trzeci będę chodził do siódmej klasy.

Dyrektor szkoły podstawowej powiedział wychowawcom z bidula, że nie widzi już dla mnie miejsca w tej szkole i żeby mi poszukali innej szkoły i dziś byłem z panią Moniką u psychologa, ale o tym napiszę trochę dalej, bo przecież nie pali się jeszcze. Proszę Straży Pożarnej nie wzywać!

Przez cały rok szkolny nic się nie uczyłem i często chodziłem na wagary z chłopakami z bidula albo siedzieliśmy przed szkołą i nie szliśmy na lekcje.

Gdy tak siedziałem z chłopakami przed szkołą, wtedy oni rozmawiali, grali w karty i się śmiali, a ja siedziałem obok nich i często nie wiedziałem, o czym oni rozmawiają. Kiedy się mnie pytali, o czym tak myślę, wtedy się budziłem z mojego błogiego zamyślenia i spostrzegałem, że siedzę obok nich. Odpowiadałem, że o niczym nie myślę. Bo co im miałem powiedzieć? Że zapatruję się w jakiś punkt i patrzę się i patrzę w niego, a po chwili zapominam o tym punkcie i nie myślę o niczym, i nic nie widzę. Jestem wtedy nieobecny. Czuję się świetnie i czuję, jakby mnie nie było. Czuję, jakbym nie miał ciała i jakbym był wtedy zawieszony w powietrzu, i się błogo unosił. Bo ja po prostu jestem i nagle mnie nie ma. Odlatuję. Odlatuję i zostawiam moje ciało, które siedzi obok moich kolegów.

I gdy tak koledzy budzili mnie z tego błogiego zamyślenia, wtedy robili sobie ze mnie żarty, ale ja to miałem gdzieś.

Po obiedzie odłączałem się od kolegów z bidula i nie szedłem z nimi do pokoi, by pogadać głupot i się pośmiać, a tylko szedłem do biblioteki, do pani Anety, i tam sobie czytałem, co mi się podobało, czyli sport, geografia, gazety codzienne i albumy o malarstwie. A książki czytałem w pokoju przed snem. Z chłopakami z bidula siedziałem i nawijałem głupoty tylko wtedy, kiedy biblioteka była zamknięta. A jeśli na dworze było ciepło, wtedy grałem z chłopakami w piłkę, aż do późnego wieczora, bo cholernie przepadam za grą w piłkę nożną.

Okej, teraz napiszę, jak dziś byłem z panią Moniką u psychologa w Poradni Psychologicznej. Konkretnie była to pani psycholog. Fajna nawet. Polubiłem ją.

A więc pani Monika zaprowadziła mnie rano do pani psycholog i sobie poszła, bo powiedziała, że nie będzie czekać na mnie, gdyż ja sobie trochę czasu tutaj posiedzę.

Gdy pani Monika już poszła, wtedy ta pani psycholog trochę ze mną porozmawiała, po czym dała mi różne testy do rozwiązywania. Były tam prostokąty, kwadraty i trójkąty, które trzeba było poukładać zgodnie z poleceniem. Poza tym były tam jeszcze inne zadania. Miałem też napisać, czym się interesuję i czego nie lubię. Na każde zadanie był określony limit czasu i gdy czas mijał, wtedy musiałem skończyć. Czasem rozwiązywałem zadania przed czasem, niekiedy o czasie, a czasem nie zdążyłem rozwiązać zadania i psycholog zabierała mi nieskończone zadanie. Kiedy nie udało mi się skończyć zadania o czasie, wtedy się denerwowałem, bo pani Monika mówiła, że jak badania u psychologa źle mi wypadną, to wyślą mnie do szkoły specjalnej albo do szkoły przysposabiającej do zawodu lub nie wiadomo gdzie. Ale wiem, że pani Monika mnie tylko tak straszy, że mnie wyślą do szkoły specjalnej, gdyż ja wiem, że do szkoły specjalnej się nie nadaję, ponieważ w bidulu jest trochę dzieci, które chodzą do szkoły specjalnej i one nawet czytać nie umieją.

Gdy oddawałem psycholog ostatnie zadanie, wtedy ona spytała, jak się czuję. Odparłem, że dobrze, ale kłamałem, bo byłem nieźle zdenerwowany, gdyż bałem się, że testy źle mi wyszły. Następnie psycholog spytała, czy jestem rozluźniony, a ja odparłem, że tak, i znowu kłamałem, bo nie byłem rozluźniony, tylko potwornie spięty, ponieważ nie wiedziałem, jakie zadania szykuje jeszcze dla mnie. I psycholog siadła obok mnie i spytała, jak się czuję w bidulu, więc odpowiedziałem, że raz dobrze, a raz źle, bo różnie to bywa. Dalej psycholog spytała się, czym się interesuję i co lubię robić w wolnym czasie. Ja popatrzyłem się na nią i pomyślałem sobie, że przecież już jej to pisałem, co lubię, a czego nie lubię. No ale jak prosiła, to jej opowiedziałem o gazetach, książkach, sporcie, geografii, malarstwie, a także o tym, że cholernie nie lubię matematyki, fizyki i chemii. Gdy jej to skończyłem opowiadać, wtedy spytała, kim chciałbym być w przyszłości, a ja odparłem, że jeszcze nie wiem. Następnie spytała, jakie mam marzenia, a ja sobie pomyślałem, że ją chyba pojebało, jak myśli, że ja jej będę opowiadał o swoich marzeniach i powiedziałem, że nie mam żadnych marzeń, bo nie chciałem jej o nich opowiadać. Potem psycholog położyła przede mną książkę i powiedziała, żebym zaczął głośno czytać tekst, więc zacząłem czytać i się potwornie jąkałem, bo byłem zdenerwowany. Psycholog powiedziała, żebym się rozluźnił i się nie denerwował, więc się rozluźniłem, złapałem kilka głębokich wdechów i wydechów, i zacząłem czytać z szybkością karabinu maszynowego. Psycholog położyła swoją dłoń na tekście i spytała się mnie, dokąd tak się śpieszę i żebym czytał wolno i zatrzymywał się na kropkach i przecinkach, po czym zdjęła dłoń z tekstu. Ja znowu wziąłem kilka głębokich wdechów i wydechów, i zacząłem czytać powoli i zatrzymywałem się na kropkach i przecinkach. I czytałem i czytałem. Odwróciłem kartkę na następną stronę i czytałem dalej, a psycholog słuchała i słuchała, aż w końcu pomyślałem sobie, że ile ja mam czytać. Przerwałem czytanie i spytałem się pani psycholog, czy długo mam jeszcze czytać, a ona odparła, że już wystarczy.

Gdy skończyłem czytać, pani psycholog dalej ze mną rozmawiała o szkole, o zainteresowaniach i tak dalej. W końcu przyszła pani Monika. Wtedy psycholog powiedziała do mnie, że już na dzisiaj wystarczy, po czym poprosiła panią Monikę na rozmowę, a mnie poleciła poczekać w poczekalni.

Kiedy pani Monika wyszła od pani psycholog, to powiedziała, że badania wyszły mi nawet dobrze. Odetchnąłem z ulgą. Po drodze, kiedy wracaliśmy do bidula, powiedziałem pani Monice, żeby mi załatwili inną podstawówkę, do której nie chodzą żadne dzieci z bidula, to wtedy ja pewnie będę częściej chodził do szkoły, bo nie będzie miał kto wyciągać mnie na wagary i nie będę miał brać z kogo przykładu, a samemu nie będzie mi się chciało iść na wagary. Pani Monika odpowiadała mi na wszystko, że zobaczymy, co się da zrobić. Ale ja coś czuję, że po wakacjach nie będę chodził do normalnej podstawówki, a tylko do szkoły przysposabiającej do zawodu.

Na wakacje jadę do domu na wieś. Na całe wakacje!

Żono, zdejmij majtki

Wchodzę do domu. Nadia z Kubą siedzą przy stole. Patrzą się na mnie i się śmieją. W rękach trzymają kieliszki. Na stole stoi butelka z wódką.

– Skąd macie wódkę? – pytam się. – Zabraliście tacie?

Nadia z Kubą zaczynają się śmiać jeszcze głośniej, a ja podchodzę do stołu. Biorę ze stołu butelkę z wódką, po czym przystawiam szyjkę butelki do nosa i wącham, ale jakoś nie wyczuwam wódki. Odstawiam butelkę z powrotem na stół.

– Co wy pijecie? – pytam się.

Nie odpowiadają i dalej się śmieją.

– Borys, polać ci? – pyta się mnie Nadia, nie przestając się śmiać.

– Co wy pijecie? – pytam się po raz drugi.

– Nie to nie! – mówi Nadia. Odwraca się do Kuby i mówi do niego: – Zdrowie, Kuba!

– Zdlowie – odpowiada Kuba.

Stukają się kieliszkami i wypijają zawartość, i dalej się śmieją. Ja biorę butelkę ze stołu i znowu wącham, ale wódki znowu nie wyczuwam. Przystawiam butelkę do ust, przechylam i językiem smakuję, co jest w butelce... i wyczuwam wodę.

– Pijecie wodę! – mówię, po czym odstawiam butelkę na stół.

Nadia nie wytrzymuje ze śmiechu i spada z krzesła, i leżąc na podłodze, dalej się śmieje.

Kuba, udając pijanego, spada z krzesła, po czym wstaje i chwiejąc się na nogach, z powrotem upada na podłogę.

– Kulfa, ale się opiłem – mówi Kuba, leżąc na podłodze.

– Ja też się opiłam – wtrąca Nadia, która dalej leży na podłodze i się śmieje.

Kuba przysuwa się do Nadii.

– Telas będziemy się luchać – mówi. – Żono, zdejmij majtki.

– Ła, ła! – krzyczy Nadia i odsuwa się od Kuby. – Mężu, uciekaj! Nie będziemy się ruchać, bo jestem pijana!

Patrzę się na nich i się śmieję.

List do Szkoły dla Debili

Od ponad trzech miesięcy chodzę do szkoły przysposabiającej do zawodu przy Zasadniczej Szkole Zawodowej. Wychowawcy po wakacjach powiedzieli mi, że żaden dyrektor z okolicznych szkół podstawowych nie chciał mnie przyjąć do swojej szkoły, ale ja wiem, że żaden wychowawca nie był w żadnej z okolicznych podstawówek, by się o to spytać. Trudno. Nie będę się o nic ich prosił. Mogę chodzić i do tej szkoły. W bidulu, poza mną, są jeszcze chłopaki, którzy tak jak i ja nie zdali dwa razy w podstawówce, ale nadal chodzą do normalnej podstawówki, a mnie wychowawcy wyrąbali do szkoły przysposabiającej do zawodu, bo powiedzieli, że jestem idiota i że i tak ze mnie nic nie będzie, a tamtych chłopaków nie wyrąbali, gdyż ich lubią. Niech im wisi! Gdyby pani Ania nadal pracowała w bidulu, to by się pewnie za mną wstawiła, a że ona już nie pracuje tu od pół roku, gdyż poszła na emeryturę, to nie miał się kto za mną wstawić. Za panią

Anię pracuje nowa młoda wychowawczyni – pani Justyna. Na razie jeszcze nic konkretnego nie mogę o niej powiedzieć, bo za krótko pracuje. Ale z czasem się okaże, czy jest głupią pińdą czy konkretną babką.

Tak więc chodzę już od ponad trzech miesięcy do szkoły przysposabiającej do zawodu przy ZSZ. W jednym tygodniu mam zajęcia praktyczne na warsztatach przyszkolnych, a w następnym tygodniu zajęcia lekcyjne z programu szkoły podstawowej, i tak w kółko na przemian. Do tej szkoły chodzą takie same dzieci jak ja, czyli takie, które przynajmniej dwa razy nie zdały w podstawówce i zostały z niej wyrzucone. Typy są przezajebiste. Głównie z podmiejskich wiosek od pługa oderwane, z łapami jak bochny chleba. Mistrzowie świata w rzucaniu pługiem. Przewieśniackie typy, które bekają, pierdzą i plują pod ławkę na lekcjach i non stop opowiadają o motorach i o wiejskich dyskotekach. Często w szkole ci troglodyci piorą się po mordach jak na wiejskich zabawach, aż krew im tryska z tych mord i nie ma tygodnia, żeby nie było porządnej bójki. Przezajebista szkoła, gdzie chłopaki chodzą po korytarzach i sobie palą i czasem piją proste wina. Nauczyciele im tylko mówią, żeby się schowali gdzieś za winklem i nie palili i nie pili tak na widoku. Przekabaret.

W tej kabareciarskiej szkole są cztery klasy – dwie pierwsze i dwie drugie – i jak się ukończy pierwszą i drugą ma się świadectwo ukończenia szkoły podstawowej i dodatkowy papier z przyuczenia do zawodu ślusarza lub tokarza. Ja jestem w młodszej klasie – ślusarzy.

Ci z drugiej klasy prawie codziennie tresują tych z pierwszej, ale tylko tych, którzy są ze wsi, a tych z miasta nie ruszają, bo się ich boją, gdyż ci z miasta mogliby przyjść z chłopakami z osiedla na dworzec, kiedy oni wracaliby do siebie na wieś po szkole i by im mordy wtedy obili. Ja już jestem z miasta, więc do mnie żaden wieśniak z drugiej klasy nie skacze.

Na zajęciach praktycznych na początku roku szkolnego instruktor od zajęć praktycznych postawił mnie przy wielkiej wiertarce halowej i pokazał mi, jak się ją obsługuje. Potem kazał mi wiercić otwory w metalowych płytach i sobie poszedł. Tak więc wierciłem te otwory. Przewierciłem jeden otwór i wierciłem następny. Potem następny i tak dalej przez cztery godziny praktyki. Po dwóch dniach dostawałem świra od tych wierconych non stop otworów, bo nie mogłem sobie o niczym spokojnie pomyśleć ani choć na chwilę się wyłączyć z realnego świata, ponieważ trzeba było swoją uwagę non stop koncentrować na wiertarce, żeby czasem nie przewiercić dziury w żeliwnym stole albo nie złamać wiertła. Trzeciego dnia moja koncentracja była tak poirytowana, że pozwoliła sobie na chwilę błogiego zamyślenia, a poza tym byłem dodatkowo jeszcze śpiący, gdyż się nie wyspałem. Oparłem się więc o wajchę od wiertarki i sobie rozmyślałem, oczywiście o niczym, a otwór wiercił się sam. Po pewnym czasie instruktor podbiegł do mnie i odepchnął mnie od wiertarki, po czym wyłączył ją i spytał, czy jestem pierdolnięty czy normalny. Nic nie odpowiadałem i patrzyłem, jak się z wiertarki dymiło a wtedy instruktor zaczął polewać wiertarkę wodą i sprawdzał, czy wszystko w porządku. Wiertarce nic się nie stało, ale od tej przygody instruktor już mnie nie stawia przy wiertarce ani przy żadnej innej maszynie, z czego jestem hepi.

Po przygodzie z wiertarką instruktor zaprowadził mnie na małą halę i dał mi pilnik i od tego czasu non stop na zajęciach praktycznych oczyszczam pilnikiem rdzę ze stali albo robię młotki i czasem śmieję się z siebie, że ja młotek robię młotki.

Kiedy jestem obecny na zajęciach praktycznych, wtedy ciągle szukam sposobu, jak się wymigać od piłowania pilnikiem. Instruktor bardzo często wychodzi z hali i wtedy z chłopakami wyciągam blachy spod stołów i robimy sobie gwiazdki, którymi rzucamy po ścianach. Gdy instruktor wraca, szybko udajemy, że robimy to, co nam zlecił.

Po wakacjach w bidulu zmieniła się dyrekcja. Poprzednia dyrektorka odeszła na emeryturę, a jej zastępczyni została wychowawcą. Odbyły się wybory. Wybory wygrał pan Adam i na swojego zastępcę wybrał sobie pana Michała. Pierwszą rzeczą, jaką zrobili, gdy zasiedli na dyrektorskich stołkach, było wymontowanie zamków z pokoi. Pan Adam powiedział, że w prawdziwych domach nie ma zamków w pokojach i my także powinniśmy się czuć jak w prawdziwym domu, więc zamków w pokojach nie będzie.

Jak to w prawdziwych domach nie ma zamków w pokojach? To oni chyba nic nie wiedzą? A jak u pana Adama w domu nie ma zamków w pokojach i może kontrolować swojego synka, czy się czasem gdzieś rozkosznie nie onanizuje, to niech go sobie dalej kontroluje, ale niech tutaj nie wprowadza tych pierdół, bo pan Michał to mieszka sam w domu i nie ma żony ani narzeczonej, to może się spokojnie brandzlować. Tak mówili chłopaki i dziewczyny, wszyscy oburzeni. Ja też byłem oburzony. Wszyscy mówili, że jak nie będzie zamków w pokojach, to każdy będzie mógł sobie wejść do pokoju, do którego mu się podoba, i weźmie sobie to, co będzie chciał.

Ale pan Adam pozostał nieugięty i zamki z pokoi zostały wymontowane.

I teraz bez przerwy komuś coś ginie, a pan Adam wtedy mówi, że sami sobie jesteśmy winni, bo przecież wychowawcy nam nie kradną. Chłopaki i dziewczyny wkurzają się na pana Adama, bo prawdziwym powodem wymontowania zamków z pokoi było to, żeby wychowawcy mieli łatwy dostęp do pokoi i żeby chłopaki nie zamykali się z dziewczynami i nie robili tam fiku-miku. Ale chłopaki z dziewczynami i tak dalej robią fiku-miku bez zamków w pokojach. Wychowawcy są teraz hepi, bo kiedy chcą, wtedy wchodzą do pokoju, do którego im się podoba, a niektórzy wychowawcy nawet nie zapukają i wchodzą do pokoi jak do obory. Pewnie w swoich domach nie mają drzwi i przytykają je snopkiem słomy.

Tak to jest, kiedy mieszka się w oborze.

Muu!!!

Bee!!!

Mee!!!

Chrum – chrum!!!

Iiihahaaa!!!

List do Północy

Dziś wróciłem z zimowiska w górach. Było zarąbiście. Teraz jest dwunasta w nocy, a ja zabieram się za pisanie tej notatki i zrobię sprawozdanie z tego, co działo się na zimowisku, gdyż jestem kronikarzem swojej przeszłości. No co? Nie wolno mi?

Na zimowisko w góry pojechało nas z bidula około dwudziestu osób. Ja byłem najstarszy z chłopaków z bidula. Mieszkaliśmy w szkole podstawowej razem z harcerzami z różnych miast z kraju, którzy także tam przyjechali na zimowisko. Ale my tam nie pojechaliśmy jako harcerze.

Pierwszego dnia zajrzałem z Maradoną do sali gimnastycznej, gdzie harcerze mieli zbiórkę. Patrzyliśmy i śmialiśmy się z nich, jak stali na baczność. W pewnym momencie moje oczy utkwiły w pewnej czarnowłosej dziewczynie... i nie mogły się od niej oderwać.

Kilka godzin później już ją znałem, gdyż Maradona ją zaczepił, kiedy ona z koleżanką przechodziła obok nas, gdy my na korytarzu graliśmy w ping-ponga. Zapoznaliśmy się. Miała na imię Kaja. Jak się tylko zapoznaliśmy, to wolny czas spędzaliśmy już tylko ze sobą, a gdy jej grupa wychodziła na wycieczkę, to ona mówiła, że się źle czuje, i zostawała w szkole, i rozmawialiśmy.

No ale zimowisko już się skończyło.

Gdy wracaliśmy do bidula, całą drogę myślałem o Kai. Teraz też o niej myślę.

Ciekawe, czy ją jeszcze kiedyś zobaczę?

Było miło

Leżę w łóżku i myślę o Kai, gdyż mi się przed chwilą przypomniała.

Trzy miesiące temu dostałem od niej pierwszy list i natychmiast odpisałem. Dziesięć dni później dostałem następny list i także natychmiast na niego odpisałem. Po kilku dniach zacząłem codziennie chodzić do sekretariatu pytać się, czy jest jakiś list do mnie. Sekretarka za każdym razem odpowiadała, że nic do mnie nie było. Po dwóch tygodniach napisałem do Kai następny list, a po kilku dniach znowu zacząłem chodzić codziennie do sekretariatu pytać, czy był jakiś list do mnie, ale sekretarka znowu odpowiadała, że do mnie nic nie było. Po następnych dwóch tygodniach pomyślałem sobie, że pewnie Kaja ma mnie już w dupie. Chciałem napisać jeszcze jeden list, ale się powstrzymałem, żeby nie być nachalnym. Bo jak nie chce utrzymywać kontaktu, to trudno – jej wybór.

Było miło... Czy ja ją jeszcze kiedyś zobaczę?... A może pomyślała, że jestem totalny kretyn?... Nie napiszę już listu! Jak ona napisze, to ja natychmiast odpiszę. Ale nie będę się narzucał. Nie!

Wkładam dłoń w majtki i zaczynam się bawić penisem. Po chwili penis jest już sztywny.

Nie! Nie będę się onanizował. Koniec! Koniec z tym!

Wyjmuję dłoń z majtek i przekręcam się na bok.

List do Wody Święconej

Dziś był w bidulu ksiądz i poświęcił budynek. Ja go nie widziałem, bo byłem w szkole. Kiedy wróciłem ze szkoły, chłopaki mi o tym powiedzieli. Dowiedziałem się od nich, że ksiądz był gruby i nieźle wypasiony. Z rumieńcami na policzkach. Chłopaki mówili, że pokropił budynek wodą święconą, a potem łaził z panem Adamem i panem Michałem po całym budynku i zaglądał do pokoi. Przed księdzem szedł pan Michał i otwierał mu drzwi do niektórych pokoi i zapraszał go do środka, żeby zobaczył, jak mieszkają wychowankowie bidula.

Pan Adam dreptał obok księdza. Starsi chłopcy śmiali się, że budynek stał tyle lat nieświęcony i się nie zawalił, a jak tylko komuna się skończyła jakiś czas temu, to ksiądz teraz przyszedł i poświęcił budynek.

Tydzień temu pan Adam nam powiedział, że niedługo przyjdzie do bidula ksiądz i poświęci budynek, i dodał, że jak ktoś chce, to może sobie powiesić krzyżyk w pokoju; zaznaczył, że byłoby to nawet wskazane. Pochwalił się, że krzyżyki zostały już zakupione i nikomu ich nie zabraknie. Starsi chłopcy wtedy się zdziwili i mówili: czyżby pan Adam się nawrócił? I dodawali, że pan Adam, to przecież były komuch. A mnie przypomniało się wtedy, jak cztery lata temu pan Adam uderzył Patryka w twarz za to, że powiesił sobie krzyżyk w pokoju i kazał mu natychmiast ten krzyżyk ze ściany zdejmować.

– A ja i tak wierzę w Boga – powiedział wtedy Patryk ze łzami w oczach, kiedy zdjął krzyżyk ze ściany.

– Możesz sobie wierzyć w co chcesz! – odparł na to pan Adam. – To jest placówka państwowa i żadnych krzyżyków na ścianach w niej nie będzie! Ja ciebie, baranie, mam wychować na porządnego obywatela!

No więc każdy może się kiedyś nawrócić i może pan Adam był i wierzący, ale sytuacja polityczna wymagała tego, żeby się z tym nie ujawniać. Św. Piotr czy św. Paweł (któryś z nich w każdym razie) chyba dwa razy się wyparł Jezusa, a został świętym. Może pan Adam także zostanie świętym? Świętym Adamem Grubasem od Spaślaków.

No więc sytuacja polityczna się zmieniła i pan Adam może się i nawrócił, i teraz zaafiszował się ze swoją nową wiarą i zaprosił księdza do bidula. Albo może było tak: biskup zadzwonił do pana Adama i powiedział tak: „Stary, słuchaj! Komuna skończyła się dwa lata temu. Teraz jest demokracja. Rozumiesz? Przy władzy jest elektryk z plakietką Matki Boskiej na piersi. Kumasz? Kraj jest katolicki, więc ja ci przysyłam księdza i on poświęci placówkę, której ty jesteś dyrektorem. Rozumietie tawariszu? Kumaju? Ja wiedziaju, że tawarisz kumaju. Dobry malcik z tiebia”. No i pan Adam w takiej sytuacji nie miał innego wyjścia i oficjalnie zaprosił księdza do bidula, żeby ksiądz oficjalnie poświęcił budynek w imieniu Kościoła katolickiego i katolickiego kraju, którego rząd płaci na domy dziecka z podatków obywateli tego katolickiego kraju, a także obywatele tego kraju rzucają „co łaska" na tacę dla księży. A jak było naprawdę, to wie tylko biskup i pan Adam. Ja jestem zwykłym śmiertelnikiem bez konserwantów i polepszaczy.

Pan Henryk, bidulowa „złota rączka", w każdym pokoju na polecenie pana Adama przybił gwoździk nad drzwiami, aby każdy mógł sobie na nim powiesić krzyżyk. Wychowawcy wzięli krzyżyki od pana Adama i roznosili je po pokojach. Mnie także dali krzyżyk i powiedzieli, żebym powiesił go nad drzwiami. Ale nikt się mnie nie zapytał, czy jestem wierzący czy nie. Wziąłem ten krzyżyk i schowałem go do szafki. Bo to jest moja prywatna sprawa, czy jestem wierzący czy nie, i nie muszę tego pokazywać i wieszać krzyżyk nad drzwiami. Że ktoś jest wierzący, to od razu krzyżyk? Jak będę chciał porozmawiać z Bogiem, nie będzie mi do tego potrzebny krzyżyk. O ile się nie mylę, to Boga nosi się w sercu, a nie na krzyżykach albo na jakichś tam pierdolonych poświęconych medalikach czy innych pierdołach, na których ktoś zarabia, bo je produkuje. Handelek, handelek. Pieniążki, pieniążki! Ludzie, kupujcie! Za pomocą krzyżyka będziecie bliżej Boga. Reklama dźwignią handlu. Fakju!

Także odkąd się zmienił ustrój, orłowi białemu założyli koronę, bo tak było wcześniej. Spoko! Komuniści strącili koronę, a demokraci z powrotem ją założyli. A jak ustrój kraju zmieni się na kościelny, to orłowi białemu założą majtki, żeby ludzi nie gorszył, bo powiedzą, że to ekshibicjonista, ponieważ rozłożył skrzydła i się obnaża jak ekshibicjonista, który chodzi po parku w płaszczu, a pod płaszczem jest goły, i nagle przed kimś rozchyla płaszcz – trach! – i pokazuje swoje klejnoty. Ale ja się nie znam na polityce, bo ja tylko to sobie obserwuję i czytam o tym wszystkim w gazetach. Ja lubię czytać i patrzeć. Miło jest patrzeć i czytać. I będę patrzył i czytał.

Nokaut

Marek uderza Sławka prawym prostym w twarz. Sławek dłońmi zakrywa twarz, a Marek łapie go za włosy i kilka razy uderza kolanem w jego głowę. Sławek oszołomiony pada na ziemię.

– Marek, zostaw go! – krzyczy Nastek.

Marek odchodzi od Sławka i podchodzi do nas. Koledzy Sławka pomagają mu wstać z ziemi. Sławek wstaje, wyciera sobie krew z twarzy i odchodzi ze swoimi kolegami. Patrzymy na nich, jak odchodzą.

– Po cholerę mu wpierdoliłeś? – mówi Nastek do Marka. – Teraz już więcej z nami nie zagrają. A jak ty pojawisz się u nich na wsi, to ty dostaniesz od nich wpierdol.

– To po co nam nastrzelał tyle goli? – odpowiada Marek z uśmiechem na twarzy.

– To trzeba było go dobrze pilnować – wtrącam się – to by nam tyle nie nastrzelał i może byśmy nie przegrali. A ty sobie tylko łaziłeś po boisku i ich faulowałeś.

– To teraz jest jeden do jednego – mówi Marek. – Oni wygrali z nami mecz, a ja po meczu znokautowałem ich najlepszego napastnika.

Kilku chłopaków wybucha śmiechem.

– Trzeba było go, Marek, nie bić – wtrąca się Kamil.

– Co nie bić?! – odpowiada Artek. – Dobrze mu zrobił.

Nastek wyciąga papierosy i częstuje tych, którzy palą. Przypalamy sobie papierosy i siadamy obok boiska.

Cholera! Przegraliśmy mecz z chłopakami z Potoku. I to na własnym boisku. Przed tygodniem też z nimi przegraliśmy, ale na ich boisku. No i robiliśmy sobie nadzieję, że ogramy ich na swoim boisku, ale nic z tego. Kilku chłopaków nie wracało się do obrony, więc przegraliśmy.

List do Słońca,
żeby zawsze świeciło

Od prawie dwóch miesięcy jestem na wakacjach w domu na wsi. Moje rodzeństwo, na zmianę, po kilka tygodni, było na koloniach, ale teraz są także ze mną w domu. Za kilka dni wracamy do bidula.

W tym roku szkolnym zdałem do następnej klasy, bo jak to by było, gdybym nie zdał w tej szkole, do której chodzę. W tej szkole nie ma możliwości, żeby nie zdać, i nawet największe tłumoki przechodzą do następnej klasy.

W wakacje prawie codziennie robiłem z chłopakami wieczorem ogniska. Na ogniska przychodziły także dziewczyny. Dziewczyn i chłopaków jest na wakacjach na wsi dużo, gdyż przyjeżdżają do swoich babć, dziadków, wujków i ciotek.

Od rana do południa prawie codziennie byłem z chłopakami w lesie i zbieraliśmy jagody, które po południu sprzedawaliśmy w skupie runa leśnego. Za zarobione pieniądze kupowaliśmy wina na ognisko. Niektórzy chłopcy szli po południu pomóc coś w polu lub na łące swoim rodzicom, babciom, dziadkom, wujkom i ciotkom. Ja wtedy z resztą chłopaków szedłem kąpać się nad rzekę. Wieczorem wszyscy zbieraliśmy się na boisku i graliśmy w piłkę nożną. Kiedy się ściemniało, wszyscy szliśmy na ognisko. Wtedy do nas przychodziły dziewczyny. Kilku chłopaków robiło wypad na okoliczne pola po ziemniaki, które potem piekliśmy w ognisku.

Gdy ognisko się zaczynało, wtedy wszyscy siedzieliśmy spokojnie i popijaliśmy wina; chłopaki polewali sobie po całej szklance, a dziewczyny chciały tylko po połowie, gdyż mówiły, że więcej im nie wejdzie za jednym razem. A gdy każdy wypił po dwie szklanki wina albo i więcej, wtedy ognisko się rozkręcało i wszyscy zaczynali się śmiać i mówić, co im ślina na język przyniosła. Dziewczyny nie siedziały już wtedy wszystkie razem w kupie, tylko się rozsiadały między chłopakami albo chłopaki dosiadały się do nich. Dalej piliśmy wina i wtedy chłopaki zaczynały się dobierać do dziewczyn. Na początku dziewczyny na nic nie pozwalały, ale po kilku chwilach już pozwalały na małe co nieco. No i po pewnym czasie prawie wszyscy zaczynali się ganiać po lesie. Dziewczyny uciekały, a chłopaki je ganiały. Gdy którąś z ładniejszych doganiali, wtedy kładli się z nią na ziemi, a ich dłonie błądziły po jej ciele. Dziewczyny czasem piszczały, ale nie za głośno. Kiedy się wyrywały chłopakom, to mówiły, że teraz już ich nie złapią i uciekały. Chłopaki po chwili z powrotem je łapały i znowu dłonie błądziły po ich ciałach.

Czasem któryś z chłopaków mówił reszcie chłopaków, żeby mu nie przeszkadzali, bo chce się sam poganiać sam na sam z dziewczyną. Wtedy chłopaki mu nie przeszkadzały i on sam na sam z dziewczyną hasał po lesie. Potem chłopaki się chwaliły, co robiły sam na sam z dziewczynami: opowiadali o ich piersiach i mokrych cipkach. Ale nie wiem ile w tym jest prawdy, gdyż nigdy nie wylądowałem sam na sam z żadną dziewczyną. Bo tylko kilka razy biegałem z chłopakami i dziewczynami po lesie. Kiedy pobiegłem z nimi i dorwaliśmy którąś z dziewczyn, wtedy moje dłonie harcowały pod jej bluzką. Ale nie sprawiało mi to jakiejś szalonej przyjemności. Wtykać tak łapy za bluzkę dziewczyny albo w jej majtki i napotykać tam na łapy innych chłopaków. To nie dla mnie. Wolałbym to robić tylko ja i ona. Poza tym muszę coś do niej czuć. Ale nie będę o tym pisał, bo to jest skomplikowane. Po prostu muszę coś do niej czuć i już! Kropka! Częściej zamiast ganiać za dziewczynami obmacywanymi przez ileś tam łap chłopaków, wolałem siedzieć przy ognisku i pić wino z Marcinem. Marcin nigdy jeszcze nie pobiegł ganiać się z dziewczynami i mówi, że to jest głupota.

Kiedy chłopaki i dziewczyny wracali z biegów po lesie, Marcin i ja byliśmy już tak pijani, że ich nie rozróżnialiśmy. Chłopaki z dziewczynami siadali i dalej popijali wina, a Marcin i ja zasypialiśmy przy ognisku. Jak już zasnęliśmy pijani przy ognisku, to budziliśmy się przetrzeźwiali dopiero nad ranem, a wtedy przy ognisku nie było już nikogo. Wstawaliśmy i szliśmy do swoich domów.

Nieźle było się tak upijać przez dwa miesiące. Zostało jeszcze kilka dni wakacji i przynajmniej jeszcze raz się upiję. No i robimy jeszcze ognisko pożegnalne. Też będzie niezła popijawa. A tych win przez te dwa miesiące to ja nie wiem, ile już wypiłem. Ale za kilka dni picie się skończy, bo wracam do bidula i zero win. Będę czytał książki i gazety, bo przez dwa miesiące czytałem tylko napisy na etykietkach od prostych win.

List do Smaku Prostych Win

Oj, prawie rok nic nie pisałem. Nie czułem jakoś potrzeby, by pisać. I nazbierało się tego trochę.

Jedziemy! Ale po kolei. Najpierw proszę zdjąć majtki. Zaczynamy od pieszczot.

No i ukończyłem szkołę podstawową i zarazem zdobyłem jakieś tam przyuczenie do zawodu ślusarza, ale nic nie umiem, bo przez całe dwa lata uczyłem się na zajęciach praktycznych, jak unikać zajęć praktycznych. Robiłem to w ten sposób, że przynosiłem zwolnienia lekarskie i byłem wolny, i mogłem sobie iść, gdzie mi się podobało. Toteż szedłem, gdzie mi się podobało, czyli do biblioteki.

Chciałem po wakacjach chodzić do szkoły plastycznej, ale już wiem, że tam nie będę chodził. Gdy o tym zakomunikowałem wychowawcom, to oni natychmiast powiedzieli, że nic z tego nie będzie, bo mnie szybko stamtąd wyrzucą za wagarowanie. Tłumaczyłem im, że w tej szkole nie będę wagarował. Nic to jednak nie dało. Pan Adam powiedział, że pójdę do szkoły tam, gdzie on mi wskaże, i dał mi do wyboru trzy zawody: murarza-tynkarza, stolarza i kamieniarza. No i trzeba było coś wybrać, bo inaczej niedługo, jakbym skończył osiemnaście lat, wtedy by mnie wyrzucili z bidula jak starszych chłopaków, którzy nie chcieli chodzić do szkoły. I gdzie bym miał wtedy pójść? Do domu na wieś? Nie, nie! Trzeba było coś wybrać. Wybrałem więc zawód kamieniarza.

Pan Adam powiedział, że to będzie dla mnie dobry zawód i jak nawet nie będę chodził do szkoły, to tak szybko mnie z niej nie wyrzucą, bo po prostu z zawodówek tak szybko nie wyrzucają.

Na wakacje jadę do domu na wieś i będę pił proste wina z chłopakami na ogniskach. Oj, będzie się działo! Prostego wina nie miałem w ustach od poprzednich wakacji.

Ciekawe, czy przez rok zmienił się smak prostych win?

Dzień dobry

Prezes, Docent, Maradona i ja stoimy na korytarzu i rozmawiamy. Mija nas pan Adam.

– Dzień dobry, panie Adamie – mówimy chórem.

Pan Adam jednak nic nam nie odpowiada, mija nas i dumny jak paw, dalej ociężale kroczy korytarzem.

Zatykamy sobie usta dłońmi i chichoczemy.

Z pana Adama to są dopiero niezłe jaja: gdy ktoś w bidulu powie do niego: „Dzień dobry, panie Adamie", to on wtedy udaje, że tego nie słyszy, i dumny jak paw idzie dalej. A gdy się do niego powie: „Dzień dobry, panie dyrektorze", to się uśmiecha i odpowiada: „Dzień dobry", i oczywiście dumny jak paw idzie dalej.

Pan Adam często chodzi taki dumny po bidulu, a prawie wszyscy się z niego zbijają i po kilka lub kilkanaście razy dziennie mówią do niego: „Dzień dobry, panie Adamie", a on wtedy na to nie zwraca uwagi i dalej idzie dumny przed siebie, tym swoim ociężałym krokiem. Niezły świrus. Gdy ktoś przyjdzie do niego z jakąś prośbą lub pytaniem, to on mówi, żeby iść do pana Michała. I jest w ten sposób, że pan Michał zajmuje się tylko sprawami wychowanków, a pan Adam – wychowawców i personelu pomocniczego.

List do Gwiazdy Betlejemskiej

Od kilku dni jestem w górach na świątecznym zlocie biduli z różnych miast z kraju. Na takim zlocie jestem po raz pierwszy, gdyż do tej pory jeździłem na święta do domu lub zostawałem w bidulu. Z mojego bidula na ten zlot, łącznie ze mną, przyjechało dziesięć osób. Codziennie chodzę z Maradoną po górach.

Dziś wieczorem była kolacja wigilijna. Kiedy wszyscy przygotowywali się do kolacji, wyszedłem ze schroniska i włóczyłem się wokół niego, i rzucałem śnieżkami w pnie drzew. Po pewnym czasie wróciłem do schroniska. W schronisku cisza. Poszedłem do pokoju. W pokoju zdjąłem kurtkę i poszedłem na stołówkę. Na stołówce wrzawa.

– Znajdzie się miejsce dla strudzonego wędrowca? – spytałem, kiedy podszedłem do mojej grupy, która siedziała przy długim stole wigilijnym.

Pani Monika, która z nami przyjechała w góry, popatrzyła się na mnie i pokiwała głową, a reszta grupy, patrząc się na mnie, zaczęła się śmiać.

– Ja już nie mam do ciebie sił – westchnęła pani Monika.

– Siadaj – powiedział Maradona, po czym zrobił mi miejsce obok siebie.

Siadłem.

Rozejrzałem się wokół siebie i zauważyłem, że dzieci z innych biduli także patrzą się na mnie, pokazują na mnie palcami i się śmieją. Ale od razu wiedziałem, co we mnie ich tak śmieszyło: byłem ubrany w porwane spodnie dżinsowe i porwany sweter. Na zimę podszyłem sobie łaty pod dziury w spodniach, żeby nie wiało mi po nogach, i czasem w takich spodniach chodzę. Na mieście często zauważam, że starsi i młodzi ludzie zwracają na mnie uwagę, bo dziwią ich moje porwane spodnie. Czasem nawet słyszę, jak niektórzy za mną mówią, że mnie chyba pies pogonił.

Na kolacji wigilijnej wszyscy byli ubrani w białe odprasowane koszule. Nawet Maradona założył białą koszulę.

Bawiło mnie to, kiedy tak wszyscy się na mnie patrzyli.

– Może podzieliłbyś się z nami opłatkiem? – powiedziała poirytowana pani Monika. – My już się podzieliliśmy.

– Sorry – powiedziałem. – Zapomniałem.

Wstałem od stołu. Wziąłem ze stołu opłatek i łamałem się opłatkiem z każdym po kolei i każdemu składałem życzenia wszystkiego najlepszego i wszyscy mnie także składali takie życzenia. W oczach kilka razy stanęła mi łezka, ale wycierałem ją tak, że nikt nic nie zauważył i łamałem się opłatkiem z kolejną osobą. Gdy połamałem się opłatkiem ze wszystkimi, z powrotem siadłem przy stole i zacząłem się objadać. Kiedy się najadłem, wyszedłem ze stołówki. Wszyscy wtedy śpiewali kolędy i inne tego typu piosenki reklamowane w telewizji z okazji świąt. Alleluja.

Chamior jestem? Może... A dlaczego miałem tam zostać, kiedy do dupy się tam czułem? Tak się źle wtedy czułem, że najchętniej, to bym wtedy wlazł do brzucha mojej matki i pomniejszyłbym się tam do rozmiarów plemnika, i zaczekałbym tam, kiedy ojciec w nią wejdzie. I gdyby w nią wszedł, wtedy ja wskoczyłbym do jego penisa i kanałem imienia Cewki Moczowej przebiegłbym szybko do jego jąder, do przyczajonych tam do wytrysku plemników, i gdyby one startowały z jego jąder do macicy mojej matki, to ja bym wtedy czegoś się tam przytrzymał i nie wystartowałbym. I pomyślałbym sobie, że niech się biją, kto pierwszy dotrze do macicy mojej matki. I ja bym już nie chciał wygrać tego wyścigu. A potem bym się zdematerializował.

Ale to było wtedy, czyli parę godzin temu. Teraz już nie chcę się zdematerializować. Już jest ze mną spoko.

– Dlaczego przyszedłeś na wigilię w porwanych spodniach? – spytała mnie pani Monika, kiedy przyszła do mnie do pokoju po wigilii i przerwała mi czytanie książki. – Zlekceważyłeś mnie... Nie umiesz się normalnie ubrać, choć raz do roku?

Patrzyłem się na nią i nie wiedziałem, co mam jej odpowiedzieć. Bo przecież jej nie powiem, że przyszedłem celowo tak ubrany jak na co dzień, tylko dlatego, żeby sprawdzić, jak wszyscy na to zareagują, kiedy zobaczą kogoś inaczej ubranego niż oni. No bo dla kogo mam się ładnie ubierać? Jak będę miał dla kogo, to może pomyślę o ładniejszym ubieraniu się. A poza tym obecny styl mi się podoba.

No co? Muszę się odróżniać.

– Przepraszam, pani Moniko – powiedziałem wreszcie. Bo to było chyba najrozsądniejsze, żeby nie prawiła mi morałów.

– Borys, wszyscy chodzą normalnie ubrani, a ty łazisz jak... jak ostatni łachmaniarz! To już kloszardzi chodzą lepiej ubrani.

– Ale od kloszardów śmierdzi, a ja się codziennie kąpię, więc chyba ode mnie nie śmierdzi? I co za różnica, jak kto jest ubrany? Ja tak, jak chodzę ubrany, czuję się na luzie i świetnie. Kiedy poczuję potrzebę, by się ubrać w normalne ciuchy, wtedy się ubiorę. Czy człowiek inaczej ubrany niż ogół jest gorszy?

Pani Monika machnęła ręką i wyszła z pokoju, a ja powróciłem do czytania książki.

Ale ludzie mają problemy.

W jednej z książek znalazłem kiedyś taką oto przypowieść perską: „Pewnego dnia ojciec z synem wybrali się na targ do miasta. Ojciec wsiadł na osła, a syn szedł obok niego. Szli przez pustynię. Gdy weszli do miasta, słyszeli, jak ludzie mówili: «Patrzcie, jaki ojciec? Syn idzie, a on jedzie sobie na ośle». Ojciec zsiadł z osła i na osła wsiadł syn. I wtedy słyszeli, jak inni ludzie mówili: «Patrzcie, jaki syn? Ojciec idzie, a on jedzie sobie na ośle». Wtedy syn zsiadł z osła i prowadził go za sobą. I zobaczyli to inni ludzie i powiedzieli: «Patrzcie, jacy głupcy? Mają osła i nie jadą na nim, tylko prowadzą go za sobą». Wtedy ojciec z synem wzięli osła i zaczęli go nieść. Zobaczyli to inni ludzie i powiedzieli: «Patrzcie, jacy głupcy? Mają osła i nie jadą na nim, tylko go niosą». Ojciec z synem postawili osła na ziemi, po czym wsiedli na niego razem i ruszyli. Zobaczyli to obrońcy praw zwierząt i powiedzieli: «Co za głupcy? We dwóch jadą na ośle. Zamęczą osła. Trzeba coś zrobić, żeby pomóc temu biednemu zwierzęciu»”.

I gdybym chciał się przypodobać wszystkim ludziom, to bym chyba zwariował.

Okej! Kładę się spać.

Sylwia

Jest czerwcowy wieczór. Siedzę z Sylwią na ławce. Całujemy się.

Teraz zaczynam całować ją po szyi, a ona poddaje się moim pocałunkom. Następnie wkładam swoje dłonie pod jej bluzkę i pieszczę ją po brzuchu, plecach... Szukam zapięcia od stanika. Jest! Rozpinam stanik... i jej piersi są wolne. Dotykam piersi Sylwii i przesuwam po nich delikatnie opuszkami palców; czuję, jak jej sutki robią się większe i twardsze.

Wkładam głowę pod jej bluzkę i zaczynam całować piersi, po czym całuję jej brzuch i na chwilę zajmuję się pępkiem.

Tymczasem Sylwia poddaje się moim pieszczotom. Po chwili podciąga swoją bluzkę pod szyję i mam więcej luzu, i dalej ją pieszczę.

Nagle przestaję całować Sylwię, bo słyszę, że ktoś idzie.

Sylwia podnosi się z ławki, obciąga bluzkę i siada na ławce; śmiejemy się.

Dziadek z babcią trzymający się pod rękę mijają nas i podejrzliwie na nas spoglądają.

Przyglądam się dziadkowi i babci, jak się trzymają pod rękę, bo gdy widzę starsze małżeństwa idące i trzymające się pod rękę, to robi mi się jakoś... lepiej. Myślę wtedy, że tyle już ze sobą przeżyli, a nadal chodzą i trzymają się pod rękę. Zawsze wtedy myślę, że kiedy ja będę dziadkiem – także będę chodził ze swoją babcią, trzymając się pod rękę. Co niektórzy zgrywają się i mówią, że dziadek z babcią chodzą dlatego pod rękę, bo się boją, że upadną. I że oni się w ten sposób wzajemnie podtrzymują.

– O czym myślisz? – pyta mnie Sylwia i wyrywa mnie z zamyślenia.

– A nic... – odpowiadam. – Sorry. Zamyśliłem się. Już jestem obecny.

Dziadek z babcią znikają za rogiem budynku, a ja patrzę na Sylwię i myślę, że ona mogłaby tak kiedyś iść ze mną pod rękę – Sylwia-babcia.

Sylwia uśmiecha się i z powrotem zaczynamy się całować. Po chwili Sylwia znowu kładzie się na ławce, a ja znowu nurkuję pod jej bluzkę i pieszczę ustami jej piersi, brzuch, pępek. Po czym zębami rozpinam jej guzik przy spodniach, rozsuwam suwak; warczę przy tym jak pies. I wsuwam swoją dłoń w jej majtki i czuję, jak tam jest w środku wilgotno. Sylwia obsuwa spodnie i robi mi więcej luzu do operowania palcami.

– Zróbmy to teraz – jęczy Sylwia. – Tutaj... Albo chodźmy gdzieś indziej...

– A tak jak teraz nie możemy się pieścić? – pytam się, trzymając swoją dłoń w jej majtkach. – Zrobię ci to palcami, a ty mi dłonią lub ustami.

– Nie!

– Dlaczego?

Sylwia wstaje z ławki. Opuszcza bluzkę i zapina spodnie. Po czym z powrotem siada na ławce metr ode mnie.

Nie wiem, co mam powiedzieć; siedzimy i milczymy.

Sylwia od dwóch tygodni, odkąd z nią jestem, chce się ze mną kochać; mówi, że chce mi udowodnić, że mnie kocha. Odpowiadam jej, że nie chcę, żeby mi to udowadniała, i co ma się stać, to wcześniej czy później się stanie, jak tylko będziemy ze sobą trochę dłużej. Mówię, że możemy zaliczyć wpadkę i co wtedy będzie? Ja na razie nie chcę zaliczyć wpadki. Proponuję Sylwii pieszczoty, ale ona odpowiada, że nie chce, żebym jej to robił w ten sposób, i mówi, że ona chciałaby się ze mną kochać. Chciałbym jej zrobić minetkę, ale nie wiem, czy dałbym radę, bo kiedy wyjmuję swoją dłoń z jej majtek i ją potem powącham, to moja dłoń potwornie śmierdzi, jakbym dotykał zgniłej konserwy rybnej. I po każdej pieszczocie biegnę do łazienki myć swoje dłonie i mówię sobie, że już ich więcej nie włożę do majtek Sylwii. Ale potem znowu je wkładam, gdyż mam nadzieję, że Sylwia się podmyła. Lecz odkąd z nią jestem, to znaczy od dwóch tygodni, Sylwia tylko raz się podmyła. Nie wiem, czy wszystkich dziewczyn waginy tak śmierdzą, ale wydaje mi się, że nie. Mogę się mylić oczywiście, bo cipka Sylwii jest pierwszą, której dotykałem, ale wydaje mi się to niemożliwe, żeby wszystkie dziewczyny tak śmierdziały. I właśnie bardzo chciałbym zrobić to Sylwii językiem, ale się brzydzę.

Gdy nie chcę się kochać z Sylwią, ona jest na mnie zła. Niczym nie mogę jej rozśmieszyć i nawet nie pozwala, bym ją przytulił. Po prostu nic nie pomaga i Sylwia ciągle powtarza, że jej nie kocham. Mówi, że gdybym ją kochał, to już dawno bym to z nią zrobił.

Sylwia nie jest moją miłością od tak zwanego pierwszego wejrzenia i nawet nie wiem, czy ja do niej coś czuję. Może dlatego nie chcę się z nią kochać, bo ja ją tylko bardzo lubię.

Sylwia ma piętnaście lat i przybyła do bidula z innego bidula miesiąc temu. Po przyjściu do bidula natychmiast chciała chodzić z Fabianem, ale on ją wyśmiał. No i zaczęła latać do mnie. Rozmawialiśmy i się poznawaliśmy. Przychodziła codziennie i za każdym razem zwierzała mi się. Mówiła, że jestem pierwszą osobą, której ona to wszystko opowiada, mówiła, że potrzebuje rozmowy ze mną jak głodny chleba i wody, mówiła, że potwornie czuje się osamotniona, i dodawała, że mi ufa i dlatego mi to wszystko opowiada. Czułem się wyróżniony, ale coś tam mi mówiło, że może jestem już z dziesiątą osobą, której ona o tym mówi.

Sylwia opowiadała mi o poprzednim bidulu; opowiadała, jak prosiła wychowawców, żeby ją stamtąd przenieśli; żeby ją przenieśli byle gdzie, ale żeby to był inny bidul, bo w tamtym bidulu czuła się źle i nie mogła już tam wytrzymać. Mówiła mi także, że nie widziała nigdy swoich rodziców i nawet nie wie, czy żyją, gdyż ona od małego dziecka mieszka w bidulu i dotychczas mieszkała już w kilku bidulach. Potem opowiadała mi o tym, jak brała narkotyki i była na odwyku, ale już nie bierze narkotyków, choć czasem nachodzą ją myśli, żeby przynajmniej zapalić trawkę. Ale postanowiła, że się nie da skusić, gdyż chce o tym wszystkim zapomnieć. Chce także zapomnieć o chłopaku, którego już nie kocha.

I o tym, że była z nim w ciąży, kiedy miała czternaście lat, ale chłopak zaprowadził ją do ginekologa, zapłacił, a ginekolog ciążę usunął. Ten jej były chłopak jest harleyowcem i jeździ sobie po kraju, a ona wtedy jeździła razem z nim. To on nauczył ją brać narkotyki i był starszy od niej o dziesięć lat.

Słuchałem tego wszystkiego, co opowiadała mi Sylwia, i wydawało mi się, że moje problemy są malutkie; słuchając jej, czasem ją przytulałem i mówiłem, że wszystko będzie dobrze, byleby się tylko nie poddawała. O sobie nie mówiłem jej nawet słowa i ona o to nie pytała. A poza tym to nigdy nikomu nic nie mówię o sobie i gdyby się zapytała, pewnie bym jej nic nie powiedział i zmieniłbym temat rozmowy.

Któregoś dnia, czytając książkę, pomyślałem, że fajnie by było, gdyby Sylwia przyszła do mnie. Ale nie szedłem do niej do pokoju i dalej czytałem książkę, i czekałem, aż ona przyjdzie do mnie. No i niebawem przyszła. Rozmawialiśmy. Przytuliłem ją i stało się.

I tak się wszystko zaczęło. Potem moje dłonie powędrowały w jej majtki.

– Co tak będziemy siedzieć? – mówi Sylwia po chwili i przerywa milczenie. – Ja wracam do bidula.

– Która jest godzina?

Sylwia patrzy na zegarek.

– Po dziewiątej piętnaście – odpowiada.

– Chodźmy się przejść – proponuję. Po czym chcę ją przytulić.

– Ja wracam do bidula – Sylwia odsuwa się ode mnie i wstaje z ławki. – Ty jak chcesz, to możesz tu zostać. Ja wracam.

Patrzę na nią; zastanawiam się, po cholerę ja się z nią zadaję. Tyle razy sobie przecież mówiłem, że już nie będę wkładał swoich dłoni w jej majtki, a dalej wkładam.

– Idziesz czy zostajesz? – pyta, stojąc przede mną.

Wstaję z ławki.

I idziemy do bidula, nic się do siebie nie odzywając.

– Sylwia? – przerywam w końcu milczenie. – O co ci chodzi?

– O nic!

– Jak to o nic? Przecież widzę, że jesteś zła.

– Nie kochasz mnie!

– Sylwia?...

– Nie kochasz mnie. Ja wiem o tym. Teraz już jestem tego pewna. Bo gdybyś mnie kochał, to...

– To co? – udaję głupiego.

– A już nic. Nieważne.

– Ważne!

– Wiesz co? Gdybyś mnie kochał, to już dawno byś ze mną to zrobił!

Nic nie odpowiadam, bo nie chce mi się już mówić.

– Nie kochasz mnie i już! – dodaje Sylwia po chwili.

I co ja mam z nią zrobić? Przecież nie zerżnę jej tylko dlatego, że ona tego chce. Przecież nie będę się ślizgał po jej drogach rodnych, bo jeszcze przypadkiem się tam pośliznę i zostawię tam swoją spermę. Trzeba dać sobie z Sylwią spokój, jeśli nie potrafi na nic czekać. No i się nie podmywa. Będę się ślizgał po drogach rodnych kobiety, co do której będę pewny, że ją kocham. No i oczywiście, jak ona mi pozwoli.

Wchodzimy do bidula.

– Cześć! – mówi Sylwia, idąc do swojego pokoju na parterze.

– Cześć!

I biegnę do łazienki na piętro, by umyć swoje dłonie.

List do Jej Wysokości Wstrzemięźliwości

Już nie jestem z Sylwią.

Dwa tygodnie temu Sylwia ni stąd, ni zowąd wyjechała z bidula, nikomu nie mówiąc, gdzie jedzie i po co. Od dziewczyn dowiedziałem się, jak im Sylwia opowiadała, że jestem facet do niczego i nie wiem, po co mam interes w majtkach, i że nie chce już być ze mną.

I to wszystko mówiła im po tym, kiedy ostatnio nie chciałem jej zerżnąć na ławce. No i sobie następnego dnia wyjechała. Przykro mi się zrobiło, że tak mówiła o mnie. Od wychowawców dowiedziałem się, że Sylwia dlatego nie chciała mieszkać w poprzednim bidulu, bo wszyscy mieli ją tam za kurewkę. Po prostu pieprzyła się na potęgę. Dodali także, że kiedyś usunęła ciążę, ale o tym to ja już wiedziałem, gdyż mi o tym mówiła. Głupio mi było ich słuchać, ale pomyślałem, że dobrze, że dałem sobie z nią spokój.

Kwik-kwik

– Borys, a ty nie zerżnąłeś Sylwii? – pyta się mnie Fabian, który właśnie skończył opowiadać, jak ją rżnął dziś w krzakach. Opowiadał, że dziś Sylwia wróciła do bidula i przyszła do jego pokoju. Pogadali sobie trochę i poszli się przejść. Gdy spacerowali po mieście, Sylwia wciągnęła go w krzaki i zdjęła mu spodnie; mówił, że się w ogóle nie opierał, bo on żadnej lasce nie przepuszcza, kiedy taka chce się z nim walić. I Fabian wziął ją od tyłu i mówił, że nieźle kwiczała, że aż myślał, że ktoś może zajrzeć w krzaki i sprawdzić, co się tam dzieje. Fabian zawsze się chwali, kiedy uda mu się zerżnąć którąś z lasek. W bidulu zerżnął już prawie każdą, gdyż w bidulu większość lasek rżnie się na potęgę. I czasem są wpadki, ale to wszędzie się zdarza.

– No, co nic nie mówisz? – mówi Fabian, uśmiechając się. – Posunąłeś ją czy nie?

– Nie – odpowiadam z uśmiechem na ustach.

– Czemu?

– Jakoś nie chciałem...

– E, dziwny jakiś jesteś?... Ja rżnę każdą, która wchodzi mi na fiuta.

Myślę, że jak chce, to niech rżnie każdą. Ja bynajmniej się na to nie piszę. Będę się dopiero pieprzył z kimś, kogo będę kochał. Oj, mam nadzieję, że nieźle się będę rżnął – dwa, trzy razy dziennie albo i więcej, jak będę mógł, no i oczywiście, jak ona tego będzie chciała.

Wychodzę z pokoju od Fabiana i z uśmiechem na ustach idę do pokoju Sylwii. Wchodzę bez pukania. Sylwia siedzi na krześle przy stole i przegląda zdjęcia; mówi mi „cześć", to i ja to samo jej bąkam. I śmiejąc się, siadam na krześle obok niej.

– Co ci jest? – pyta Sylwia. – Z czego się tak śmiejesz?

– Gdzie byłaś? – pytam z czystej ciekawości.

– U koleżanki.

– Dwa tygodnie?

– No! Dziś rano przyjechałam.

– Czemu mi nie powiedziałaś, że wyjeżdżasz i że nie jesteśmy już razem? Czemu musiałem się tego dowiadywać od dziewczyn? Też miałem zamiar ci to powiedzieć, ale wyjechałaś.

– A po co miałam ci to mówić?

– Bo tak byłoby w porządku.

Sylwia nic nie odpowiada. Wstaje z krzesła. Podchodzi do szafki i zaczyna w niej czegoś szukać. Wiem, że nie chce ze mną rozmawiać, ale postanawiam jeszcze przez chwilę ją powkurzać.

– Co robiłaś dzisiaj z Fabianem w krzakach? – wypalam.

Sylwia zdezorientowana patrzy na mnie.

– Fabian ci powiedział? – pyta po chwili.

Uśmiechnięty od ucha do ucha kiwam głową, że tak.

– Wy wszyscy jesteście świnie! – krzyczy. – Faceci to świnie!

– Sylwia, on nie tylko mnie o tym powiedział. Cały bidul już o tym wie. Podobno nieźle kwiczałaś w tych krzakach. Kwik-kwik.

Sylwia wkurzona siada na łóżku, a ja uśmiechnięty wychodzę z jej pokoju.

Nie mam nic przeciwko temu, że Sylwia lubi się rżnąć. Jeśli lubi się pieprzyć, to niech się pieprzy, z kim chce. Jej cipa. Ja w jej oczach nie sprawdziłem się jako facet, bo nie chciałem jej przelecieć, więc się rozstaliśmy.

Wychodzę z bidula. Siadam na ławce za bidulem. Przypalam papierosa. Zaciągam się.

Fak! W telewizji powinni reklamować masturbację. Bo reklama, to przecież dźwignia handlu. Ale nie, nie! Masturbacji chyba nie da się sprzedać, bo nikt by pewnie na tym nie zarobił. No, chyba, żeby rząd płacił za reklamy i uświadamiał naród, że nie należy wkładać kutasa do cipy, kiedy się nie ma jakichś perspektyw na życie i na zabezpieczenie bezpieczeństwa, wychowania, jedzenia, miłości i dachu nad głową swojemu potomstwu. No i właśnie gdyby rząd płacił telewizji za reklamy edukacyjne i prorodzinne wychwalające masturbację jako doskonały sposób na rozładowywanie swoich popędów seksualnych, kiedy się nie ma perspektyw, żeby w razie wpadki można było wychowywać swoje potomstwo, wtedy prosty, niewykształcony lud może i by uwierzył w doskonałą moc zbawczą masturbacji.

I gdyby w telewizji non stop pojawiały się reklamy edukacyjne na temat masturbacji i gdyby mówiły, że masturbacja jest the best, to naród może by i uwierzył. Bo kłamstwo powiedziane ileś tam razy staje się w końcu prawdą. I w końcu ludzie non stop by się masturbowali. Albo spoko! Można by i może zrobić na tym interes: na przykład produkować non stop mechaniczne masturbatory. Na baterie. Baterie paluszki, półtorej volt. Produkować na przykład: łechotacz jajek albo waginy z automatycznym wtryskiem coca-coli do kakalnika i z hamburgerem i frytkami gratis; łechotacz kakalnika, także z frytkami i hamburgerem gratis, ale bez coca-coli; ustnik na żołędzia z coca-colą gratis, ale bez frytek i hamburgera; wyszukiwacz łechtaczki z automatycznym psim węchem i frytkami gratis, ale bez hamburgera i coca-coli, a dodatkowo dołączony dożywotni darmowy abonament telewizji publicznej. I tak dalej. I to wszystko wszędzie dostępne, a nie tak jak dotychczas – tylko w sex shopach. I ciągle reklamować nowości i napis na opakowaniu: NEW. Ludzie lecą na nowości, bo myślą, że to jest lepsze od tego, czego dotychczas używali.

Gdyby rząd przeprowadził właśnie taką akcję na szeroką skalę i udałoby mu się przekonać prostych, niezaradnych ludzi do masturbacji, to może nie musiałby płacić na domy dziecka i na płace dla wychowawców, którzy biorą te pieniądze w zasadzie za siedzenie i picie kawy lub herbaty w pracy, palenie papierosów i rozmawianie, a dzieci i tak robią to, co im się podoba i same się wychowują. Tak czy siak, to i tak ich ulica wychowuje. I Sodoma, i Gomora w państwie Wielkiego Masturbatora.

Okej! Koniec utopii. Niech każdy się wali, ile mu się podoba. Jak ktoś nie będzie miał środków na wychowanie swoich dzieci, to te dzieci wtedy wychowa państwo, bo to byłoby niehumanitarne, gdyby w obecnych czasach rząd europejskiego państwa nie zajął się sierotami. Panie i Panowie, to nie czasy przed drugą wojną światową i wcześniej, gdzie osierocone dzieci włóczyły się głodne po ulicach i umierały z głodu. Teraz mamy przełom XX i XXI wieku i te dzieci karmi państwo. I niech będzie jak jest, bo nikt tego nie zmieni. Bo każdy chce się pieprzyć, a niechcianych dzieci przybywa. A co roku telewizja publiczna z okazji Świąt Bożonarodzeniowych ogłosi zbiórkę pieniędzy na domy dziecka i poda numer konta. Ludzie w poczuciu obywatelskiego obowiązku będą przesyłać pieniądze na podany numer konta, a ich sumienia będą czyste i nieskazitelne i będą się chełpić, że pomogli biednym sierotom. I żeby to wszystko lepiej działało na ludzi, to telewizja wybierze najbardziej pokrzywdzone dzieci z domu dziecka i pokaże je w święta w telewizji. Te dzieci będą opowiadać o braku miłości i bezpieczeństwa, i będą mówić, że tatuś i mamusia ich skrzywdzili, bo ich oddali do domu dziecka. Ludzie przed telewizorem powiedzą: biedne dzieci. Jak mi ich szkoda.

Antykoncepcja, proszę Państwa! To jest teraz w modzie! Co, telewizji nie oglądacie?

(Reklama).

Śmieci

Wchodzę do pokoju... i staję jak wryty: na środku pokoju mam ogromną stertę śmieci. Chłopaki chyba opróżniły w bidulu wszystkie kosze na śmieci. Na stole, na papierach leżą kupy. W kupy są powkładane karteczki, a na nich jest napisane: „hiacynt", „ stokrotka", „kaktus", „nasturcja"...

W morde! Debile nie chodzą do szkoły i robią mi różne kawały, a kiedy ja wracam ze szkoły, przychodzą do mnie i pytają się mnie, kto mi taki bajzel zrobił w pokoju. Czasem wyniosą mi z pokoju łóżko, dywan, krzesła, stół i postawią to wszystko na korytarzu albo czasem schowają meble gdzieś na bidulu. A czasem zerwą zasłony i firanki. Ja to potem wnoszę, układam, przywieszam...

Ale dziś to przesada. Gówna na stole?!

Gdzie są wychowawcy, że nigdy nic nie widzą? Pewnie żłopią w pokoju wychowawców kawę lub herbatę i rozmawiają. Diabeł ich trącał! To państwo im płaci pensje. Z podatków podatników. I podatnicy utrzymują rzesze takich wychowawców żłopaczy kawy i herbaty.

Kopię śmieci, bo jestem nieźle wkurzony. Rzucam plecak pod stół i siadam na łóżku.

Wtem do pokoju wchodzą chłopaki.

– Ja pierdolę! – mówi Olo. – Kto ci tak rozjebał pokój?

Chłopaki parskają śmiechem.

– Spierdalajcie – mówię.

– Stary, to nie my – mówią chłopaki chórem.

– Spierdalajcie – powtarzam.

– Stary, to nie my – mówią chłopaki znowu chórem. – Nas nie było w bidulu. Dopiero wróciliśmy...

– Debile! – krzyczy Pele na korytarzu.

Chłopaki parskają śmiechem. Patrzę się na nich... i do pokoju wchodzi Pele. Patrzy się na śmieci na środku pokoju.

– Tobie te debile też rozpierdoliły pokój – mówi.

Chłopaki znowu wybuchają śmiechem, po czym wychodzą z pokoju.

– Ale debile – mówi Pele. – Chodź, to zobaczysz, jaki burdel zrobili u mnie w pokoju.

Wstaję z łóżka i wychodzę z Pelem z pokoju. Pele otwiera drzwi od swojego pokoju.

– Zobacz – mówi.

Patrzę: na środku pokoju stoją łóżka jedno na drugim. Na łóżkach stoi stół. Na stole krzesło przykryte zasłonami zerwanymi z okna, a na nich leży gówno na papierku.

Pele trzaska drzwiami.

– Pele, chodź na obiad – mówię.

List do Wyobraźni

Wczoraj odebrałem świadectwo ze szkoły. Zdałem i po wakacjach będę w drugiej klasie.

Przez dwa pierwsze miesiące roku szkolnego prawie w ogóle nie chodziłem do szkoły, bo byłem zły, że wychowawcy w bidulu nie pozwolili mi, bym się uczył w szkole plastycznej. No i w końcu zaczęło mi grozić, że mnie z budy wyrzucą, więc zacząłem chodzić na zajęcia tak, żeby mnie nie wyrzucili. Bo gdyby mnie wyrzucili ze szkoły, to zostałbym także wyrzucony z bidula, gdyż za kilka miesięcy skończę osiemnaście lat. Gdzie bym wtedy poszedł? Do domu na wieś? I co bym tam robił? Tak więc zacząłem chodzić do szkoły.

Przez trzy dni w tygodniu miałem zajęcia lekcyjne, a przez pozostałe dwa dni – zajęcia praktyczne.

Zajęcia praktyczne odbywałem w prywatnym zakładzie kamieniarskim, który specjalizował się wyłącznie w produkcji i montowaniu nagrobków na cmentarzach. Uczniowie, którzy byli przydzieleni przez szkołę do odbywania praktyki w tym zakładzie, byli przez właściciela zakładu często wysyłani z pracownikami na cmentarz i mieli im pomagać przy montażu nagrobków. Ja, kiedy zostałem wysłany na cmentarz, starałem się jak mogłem i unikałem pracy. Poza tym często chodziłem do sklepu po wina dla pracowników, gdyż na tym cmentarzu to oni ciągle chlali. Ale bardzo rzadko chodziłem na cmentarz, bo udawało mi się od tego wymigiwać w ten sposób, że po prostu spóźniałem się na zajęcia praktyczne. Kiedy przychodziłem na praktykę, właściciel zakładu zwykle już zdążył wysłać kilku chłopaków na cmentarz z pracownikami. Ja wtedy zostawałem z innymi chłopakami w zakładzie i właściciel zakładu najczęściej kazał nam coś układać, sprzątać lub przerzucać gruz. Kiedy właściciel znikał z naszych oczu, wtedy się gdzieś kładliśmy w trawie i nic nie robiliśmy. A gdy było na dworze zimno, wtedy szliśmy do szatni i tam siedzieliśmy w cieple i rozmawialiśmy.

W przyszłym roku szkolnym nie będę już miał zajęć praktycznych w tym zakładzie. Mam nadzieję, że w następnym zakładzie będę mógł dostać kamień i popróbować sobie coś porzeźbić, bo w tym zakładzie nie było takiej możliwości, gdyż właściciel zakładu nie chciał dawać uczniom kamienia do nauki, bo po prostu było mu go szkoda, gdyż jest zgredem.

Na pierwszy miesiąc wakacji pojadę w góry na zlot biduli. Pojadę tam z jednym wychowawcą z bidula i kilkunastoma innymi wychowankami. W drugim miesiącu wakacji będę pracował w zakładzie kamieniarskim, w którym miałem praktykę. Właściciel zakładu przed końcem roku szkolnego zapytał się nas, uczniów, czy ktoś nie chciałby przyjść do niego do pracy w wakacje. Zgłosiłem się ja i jeszcze jeden chłopak. Mamy pracować po dziesięć godzin dziennie od poniedziałku do piątku, a w soboty – osiem. Będziemy pomagać pracownikom i będziemy zarabiać trochę mniej od nich.

A czym przez cały rok zajmował się Borys po szkole?

Borys po szkole przez cały rok zajmował się niczym szczególnym: siedział w pokoju i czytał książki, rysował albo malował. I poza tym nic więcej nie robił. Borys bardzo chciałby z kimś porozmawiać, ale wszyscy wokół wydają mu się banalni i nieciekawi.

Rysunki, które Borys zaczął robić na dużych kartonach (najczęściej były to kopie znanych dzieł lub abstrakcje jego autorstwa), potem wieszał na ścianach w swoim pokoju. Wychowawcy, widząc, co Borys robi, mówili, że całkiem nieźle mu to wychodzi, ale on słowa większości z nich miał w dupie, gdyż co takie palanty, w zdecydowanej większości po pedagogice, mogą znać się na sztuce. Poza tym Borys wie, że dużo a dużo musi się jeszcze uczyć i żadne poklepywanie po plecach jest mu niepotrzebne.

Wychowawcy zaczęli przynosić Borysowi zdjęcia swoich dzieci i prosili go, żeby im narysował portret ze zdjęcia, więc Borys rysował.

Czasem nocą, leżąc już w łóżku, z zamkniętymi oczami, Borys dalej miał przypływ pomysłów i jego wyobraźnia dalej pracowała. Brał wtedy szkicownik, który leżał przy łóżku, tak na wszelki wypadek, i notował pomysły w ciemnościach, po czym opisywał je krótkim komentarzem, tak aby nie zapomnieć. Najczęstszymi zapiskami w szkicowniku Borysa były abstrakcyjne układy barw, które on widział, gdy tylko zamknął oczy, a zapisywał je dlatego, bo mu się szalenie podobały i mówił sobie, że je kiedyś namaluje. Była to swoista orgia barw, dzikie pędzące watahy barw; niektóre barwy brutalnie wchodziły w inne i je gwałciły lub pożerały, a znowu inne – subtelnie się ze sobą pieściły. Wszystko to idealnie współgrało ze sobą.

Borys lubił te swoje erekcje wyobraźni i jego wewnętrzne oczy ciągle chciały patrzyć się, jak rozkosznie barwy się ze sobą bawią i pieprzą. I patrząc się na to wszystko, Borys w końcu zasypiał.

Nie, nie! Borys nie był naćpany – on jeszcze nigdy nie brał żadnych narkotyków. Borys czytał, że w podobne stany wpadają aborygeńscy szamani podczas transu i oni także widzą feerie barw, gdzie wszystko rozkosznie się pieprzy bez ustanku i gdzie wszystkie barwy świata mają wieczny orgazm. Ale podobno ci aborygeńscy szamani często przed tym transem coś zażywają. Borys również często myśli, żeby coś sobie przypalić. Może niebawem się na to zdecyduje.

Dolina Królów

Jestem w pracy. Rozbijam z pracownikami wielki i stary betonowy grobowiec, bo właściciele tegoż grobowca zażyczyli sobie, żeby go rozbić i na jego miejscu postawić nowy granitowy grobowiec z najdroższego czarnego szwedzkiego granitu. Ten granit jest tak drogi, że spokojnie za jego cenę można by sobie kupić całkiem dobry używany samochód. Ale ludzie, jak mają za dużo kasy, to stawiają sobie potężne grobowce.

Kurcze, na cmentarzu istna Dolina Królów. Grobowiec przy grobowcu. Tyle kasy na takie pierdoły.

Tłuczemy wielkimi młotkami w stary grobowiec, lecz grobowiec nie daje się rozwalić. Pracownicy śmieją się, że grobowiec wygląda jak bunkier, tylko brakuje mu otworów strzelniczych; przeklinają i mówią, że co za baran postawił sobie taki wielki betonowy i zbrojony grobowiec, mówią, że co mu to dało, skoro i tak leży w ziemi i pewnie robaki i tak już go dawno zeżarły. Bał się, że go ktoś ukradnie? A może do grobu zabrał skarby?

– E, ty! – mówi jeden pracownik do drugiego. – Może to faraon?

– Piramidę mógł sobie postawić – dodaje inny pracownik. – Tute... No! Tote... Totte... No, jak mu tam? No! Ten, no faraon taki... Tutencham. No!

– Tutenchamon – mówię.

Pracownik patrzy się na mnie, jakbym zrobił coś złego.

– E, młody, ty się nie przemądrzaj, tylko machaj młotkiem – mówi.

Pracownicy wybuchają śmiechem. Nie odzywam się i dalej tłukę młotkiem w grobowiec.

Nagle jeden pracownik wybija w grobowcu dziurę – ściana grobowca pęka nie w tym miejscu, w którym powinna pęknąć. Z grobowca wydostaje się okropny fetor. Pracownicy przeklinają. I z rękoma przy nosach odchodzimy od grobowca. Zbiera mi się na wymioty. Zygmuś, który najwięcej wypił wina, zostaje przy grobowcu i śmieje się z nas, że uciekliśmy.

– Co wy!? – mówi. – Smrodu się boicie?

– Zygmuś, jak masz nos jak mucha i lubisz smród, to se tam stój – odpiera jeden pracownik.

Pracownicy wybuchają śmiechem. Tymczasem Zygmuś zagląda do dziury wybitej w grobowcu. Po chwili odwraca się do nas.

– Chodźta! – krzyczy, kiwając do nas ręką. – Truposz pływa! Co za debile robiły ten grobowiec wcześniej?! Zrobiły chujowe odwodnienie i woda dostała się do środka grobowca. Trupa z katakumby wymyło. Ale jaja! Chodźta! Zobaczyta, jak trup pływa na plecach!

Pracownicy, z rękami przy nosach, podchodzą do grobowca i kolejno zaglądają do wybitej w nim dziury. Ja zostaję z dala od grobowca i im się przyglądam.

– Młody, chodź! – krzyczy do mnie Stefan. – Zobaczysz pływającego trupa.

– Nie pochodzę, dopóki smród nie ustanie – odpowiadam. – Nie podchodzę, bo nie chcę puścić pawia.

Pracownicy zatykają dziurę kamieniem i powracają do rozbijania grobowca. Patrzę na nich. Po dziesięciu minutach fetor słabnie, więc podchodzę do grobowca. Pracownicy idą siąść w trawie, żeby wypić wino. Ja zostaję przy grobowcu. Kręcę się wokół niego i korci mnie, by zajrzeć do dziury i zobaczyć pływającego trupa. I po kilku minutach odsuwam kamień zakrywający dziurę i zaglądam do środka: trup leży na plecach w wodzie, jakby wypoczywał i się relaksował. Widok jest okropny, ale nie przestaję się patrzeć. Po kształtach ciała można poznać, że to kiedyś był człowiek – jego ciało jest całkowicie zgniłe. Muchy zaczynają wlatywać do środka grobowca, gdyż wyczuły swój żywioł, czyli smród.

Zatykam dziurę kamieniem.

List do Zarobionych Pieniędzy,

żeby mi się w kieszeni rozmnożyły

Dziś byłem po raz ostatni w pracy. W zakładzie kamieniarskim przepracowałem cały sierpień. Pracowałem od poniedziałku do piątku po dziesięć godzin dziennie, a w soboty – osiem. Po pracy szybko szedłem spać, bo byłem zmęczony i na nic więcej nie miałem już ochoty.

W pracy najczęściej jeździłem z pracownikami na cmentarz i pomagałem im montować nagrobki i już nie szukałem sposobu, aby unikać pracy, tak jak na praktykach, a tylko robiłem to, co mi kazali, bo gdybym tego nie robił, wtedy właściciel zakładu szybko by mnie zwolnił.

Na cmentarzu najczęściej rozrabiałem zaprawę, podawałem pracownikom to, co chcieli, lub demontowałem stare nagrobki, które miały być do wymiany, a także chodziłem do sklepu po wina dla pracowników.

Zawsze, kiedy przyjeżdżałem z pracownikami na cmentarz, szybko montowaliśmy nagrobek lub grobowiec z gotowych elementów. Potem pracownicy siedzieli na cmentarzu i pili wina, a ja łaziłem. Czasem kładłem się gdzieś na trawie obok cmentarza i leżałem. Kiedy pracownicy sobie popili, wracaliśmy do zakładu.

I tak minął mi drugi miesiąc wakacji przepracowany w zakładzie kamieniarskim. Zarobione pieniądze wydam... A zobaczymy, na co wydam. Może kupię sobie lepsze farby?

Natomiast w pierwszy miesiąc wakacji byłem w górach.

Codziennie łaziłem po górskich szlakach albo kąpałem się w basenie.

W domu na wsi byłem tylko raz. Pojechałem w sobotę. Chłopaki narzekały, że nie przyjeżdżam już na wieś, a ja odpowiadałem, że tak bywa. Pogadaliśmy trochę, a wieczorem poszliśmy na wiejską dyskotekę. Szybko się schlałem winami, a potem spałem na łące w stogu siana. Rankiem się obudziłem i poszedłem do domu. Zjadłem coś i poszedłem na pociąg. W południe, w niedzielę, byłem już w bidulu, ponieważ rankiem, w poniedziałek, trzeba było iść do pracy.

I to był jedyny raz, kiedy schlałem się w te wakacje. I jakoś mnie nie ciągnęło, żeby więcej razy się schlać.

Osiemnastka

Wchodzę do bidula. Przy schodach na piętro stoi Pele z Maradoną; uśmiechają się na mój widok. Podchodzę do nich.

– Gdzie byłeś? – pyta się mnie Pele. – Szukaliśmy cię cały dzień.

– A tu i tam – odpowiadam. Bo przecież nie będę im mówił, że całe popołudnie włóczyłem się po mieście.

Pele i Maradona zaczynają mnie obwąchiwać.

– Nic nie piłeś? – pyta się mnie Pele.

– Nie – odpowiadam.

– To co ty? – dziwi się Pele. – Dzisiaj twoja osiemnastka, a ty jeszcze jesteś trzeźwy?

Uśmiecham się; miło mi, że mnie szukali. I miło mi, że o mnie pamiętają.

– E, tak to nie może być – mówi Pele. Po czym zwraca się do Maradony: – Maradona, idziemy na górę po kurtki i idziemy z Borysem na flaszkę.

– E, nie... – protestuję bez przekonania. – Może nie...

– Co nie! – mówi Pele. – Idziemy na flaszkę i nie ma

gadania. Przecież dzisiaj twoja osiemnastka, to trzeba to oblać.

I Pele z Maradoną wbiegają po schodach na piętro, do swoich pokoi po kurtki, a ja zostaję przy schodach; myślę, że im nie będę odmawiał, bo to przecież moi najlepsi kumple, a dziś moja osiemnastka, to można się w sumie upić.

Siedzę z Pelem i Maradoną na ławce obok boiska przy szkole podstawowej i pijemy wódkę. Maradona polewa Pelemu, a on wypija swoją kolejkę z plastikowego kubka.

– Ale ty masz przełyk – mówi Maradona do Pelego, widząc, że on się nie nawet nie skrzywia po wypiciu wódki bez przepitki.

– Lata praktyki – odpowiada zadowolony Pele.

Maradona polewa kolejkę dla mnie.

– Borys, ty z przepitką? – pyta się.

– Pewnie że z przepitką! – odpowiadam.

– To idziemy po następną flaszkę – mówi Pele, kiedy wódka jest już wypita.

– Idziemy! – odpowiadam ochoczo, bo mi trochę szumi w głowie.

– Pewnie że idziemy! – dodaje Maradona. – Dziś Borysa osiemnacha, to chlamy!

Wchodzę z Pelem i Maradoną do bidula; śmiejemy się. W głowie nieźle mi szumi. Pani Ula podchodzi do nas.

– Oj, oczka wam się jakoś świecą... – mówi. Po czym obwąchuje nas. – Ile wypiliście?

– Oj, pani Ulu... – zaczyna Pele. – Borys ma dziś osiemnastkę i po piwku tylko było.

– Oj, Pele, Pele – wzdycha pani Ula. – Ty zawsze pijesz jedno piwo, a chodzisz jakbyś wypił antałek.

– Naprawdę, pani Ulu, jedno piwo! – obrusza się Pele.

Pani Ula robi nam kazanie, że nie wolno pić alkoholu,

bo to szkodzi i tak dalej. I dodaje, że po Pele to można się tego było spodziewać, bo on co kilka dni przychodzi do bidula pijany, ale po Maradonie i po mnie, to by się tego nie spodziewała, bo przecież nas jeszcze nigdy nie widziała pijanych. Ja przez zamglone oczy patrzę na nią i myślę, że gdyby wiedziała, ile ja już w siebie wlałem na wsi, w wakacje, prostych win i ile razy spałem już przy ognisku lub pod płotem, to by tak nie mówiła.

I pani Ula mówi, żebyśmy szli na piętro do swoich pokoi i się położyli. Więc z uśmiechem na ustach idziemy na piętro.

– Ja to se jeszcze idę przyruchać na dół do dziewczyn – mówi Pele, otwierając drzwi do swojego pokoju. – A wy idziecie przykutasić?

– E, ja to idę spać – odpowiada Maradona. – Mnie pała po pijaku nie staje, to i tak se nie przydupczę.

– A ty Borys? – Pele uśmiecha się do mnie.

– Idę spać – odpowiadam.

– Jak chcecie – mówi Pele. – Ja to zaraz idę na dół do cipek, tylko się przebiorę.

Odchodzę z Maradoną od Pelego. Pele zamyka za sobą drzwi. Otwieram drzwi od swojego pokoju, a Maradona idzie dalej, do swojego pokoju. Wchodzę do pokoju.

– He, he – chichocze Kuba, patrząc się na mnie. – Ile jaboli wypiłeś?

– Cicho, Kuba – mówię. – Nic nie widzisz. Mnie tutaj nie ma.

Kuba, chichocząc, wychodzi z pokoju, a ja zdejmuję kurtkę i buty, po czym kładę się na łóżku. Zamykam oczy i płynę...

List do Pełnoletności

Wczoraj skończyłem osiemnaście lat.

Rankiem, kiedy się dzisiaj obudziłem, lekko mi jeszcze szumiało w głowie, więc poszedłem do łazienki. Odkręciłem kurek i włożyłem głowę pod strumień zimnej wody. I szybko zrobiło mi się lepiej.

Kiedy wczoraj wyszedłem ze szkoły, to nie wróciłem jak zawsze do bidula, tylko całe popołudnie włóczyłem się po mieście. Włóczyłem się po mieście: wstąpiłem do galerii i kilku księgarń; oglądałem wszystko, co napotykały moje oczy, żeby nie myśleć o tym, że tego dnia kończę osiemnaście lat i że od tego dnia staję się dorosłym człowiekiem. Ale oglądanie tego wszystkiego i tak nie pozwalało mi zapomnieć o moim stawaniu się dorosłym człowiekiem. Zastanawiałem się, czy coś się zmieni w moim życiu, czy tylko dostanę (za ileś tam dni) dowód osobisty i będę we wszystkich księgach urzędowych figurował jako dorosły człowiek; jako człowiek, który od tego dnia sam odpowiada za swoje czyny i decyzje. Dodawałem sobie otuchy tym, że dobrze, że jeszcze nie muszę opuszczać bidula, ponieważ się uczę i w bidulu mogę mieszkać dotąd, dokąd będę się uczył. Chłopaki i dziewczyny, którzy nie chcieli się uczyć, musieli opuścić bidul, gdy tylko skończyli osiemnaście lat, i wracali do swoich rodzinnych domów albo do swoich dziadków, babć, ciotek, wujków lub na ulicę, jeśli nikogo nie mieli. Nieliczni natomiast mieli szczęście i dostawali samodzielne mieszkanie.

Z moich rówieśników w bidulu zostali jeszcze tylko Pele i Daniel. A Maradona, z którym również kumpluję, jest ode mnie młodszy o rok.

Daniel i Pele niedługo także opuszczą bidul. Daniel – za kilka dni, bo kończy osiemnaście lat i nie chodzi do szkoły. Pele natomiast skończył już zawodówkę przed wakacjami, a urodziny ma w czasie wakacji, ale może jeszcze mieszkać w bidulu, bo robi kurs spawacza, który skończy za miesiąc, i wtedy opuści bidul.

Ja obecnie chodzę do szkoły przynajmniej trzy dni w tygodniu i ni stąd, ni zowąd stałem się najlepszym uczniem w klasie. Nauczycielka polskiego kiedyś się mnie spytała, co ja robię w tej szkole i dlaczego nie chodzę do normalnego liceum. Nic jej nie odpowiedziałem i wzruszyłem ramionami. Bo co niby miałem odpowiedzieć? A może dlatego ja jestem taki dobry, bo to jest szkoła zawodowa, a w liceum byłbym zero? Mówiłem nawet kiedyś wychowawcom, że chciałbym iść do liceum wieczorowego, ale się na to nie zgodzili; powiedzieli, żebym skończył tę szkołę, to będę miał konkretny zawód, bo jak przekombinuję, to mnie wyrzucą z bidula. I nie było gadania.

Zajęć praktycznych już nie odbywam w poprzednim zakładzie, który produkował tylko nagrobki. Teraz jestem w porządnym, wielkim zakładzie kamieniarskim, który ma ogromny asortyment świadczonych usług. Kierownik zakładu dał nam, uczniom, dłuta do kamienia i pozwolił nam brać sobie piaskowiec ze składowiska odpadów kamiennych, żebyśmy popróbowali coś rzeźbić.

Pele z Maradoną już od ponad tygodnia przypominali mi, że niedługo mam osiemnastkę i że musimy ją razem oblać. Proponowali mi nawet, żebym zrobił jakąś imprezkę, ale ja nie miałem takiego zamiaru. A nawet gdyby, to kogo miałbym zaprosić? Pele, Maradona i Daniel (choć wątpię, czy bym zaprosił Daniela). I koniec. Z innymi chłopakami z bidula się nie kumpluję, a z tymi, z którymi co nieco się kumplowałem, to już ich w bidulu nie ma. Natomiast Marcin jest daleko na wsi. Chłopaki, które przyjeżdżają na wieś na wakacje – także są gdzieś daleko w swoich miastach. Z chłopakami z klasy mój kontakt ogranicza się do mówienia sobie „cześć", kiedy się widzimy w szkole. Dziewczyny? Znam ich trochę, ale mój kontakt z nimi również ogranicza się do mówienia sobie „cześć", kiedy gdzieś przypadkiem się spotkamy. No, może czasem zamienimy parę słów i ja znikam, bo nie mam o czym z nimi rozmawiać. Pewnie one również nie mają o czym ze mną gadać.

Z pieniędzmi na imprezę nie byłoby problemu. Pieniądze mam. Co jakiś czas dostajemy z bidula pieniądze na ubrania. Ja ubrań sobie nie kupuję. Mówię którejś dziewczynie w bidulu, żeby mi załatwiła rachunki na taką i taką sumę i ona chodzi po sklepach i prosi sprzedawców, żeby jej wypisali rachunek bez kupowania rzeczy. I w którymś sklepie w końcu jej wypiszą. Dostaje ode mnie dziesięć procent od sumy, na którą mi załatwiła rachunki, a reszta pieniędzy ląduje u mnie w kieszeni. Potem rachunek oddaję wychowawcy i sprawa załatwiona. Wychowawcy nie chcą, żeby im pokazywać, co się kupiło, gdyż wiedzą, że ja nic nie kupuję. Inni też czasem tak robią, ale bardzo rzadko, bo oni lubią sobie kupować nowe, markowe ciuchy. Ja jedyne rzeczy, jakie sobie kupuję, to slipy, skarpetki i koszulki. A ubrania do chodzenia często znajduję w darach, które przychodzą do bidula z Holandii. Zawsze wynajdę tam jakieś dobre spodnie, bluzkę i buty. We wranglerach, które kiedyś znalazłem w darach, chodzę już ponad dwa lata. Są już nieźle porwane, ale dalej w nich chodzę, ponieważ jestem do nich przywiązany. Dziura na dziurze, a ja dalej w nich chodzę.

A teraz coś o tych darach z Holandii: jakieś dwa lata temu starsi chłopcy zobaczyli, jak o trzeciej w nocy dwóch wychowawców przetrząsało ciuchy, które zostały tego dnia przywiezione z Holandii i leżały zmagazynowane na świetlicy. Każdy wiedział, że niektórzy wychowawcy nas okradają z lepszych ciuchów, zanim nas do nich dopuszczą. I nadal tak robią. Ale wtedy starsi chłopcy wkurzyli się i wywalili korki, i na całym bidulu zgasło światło. Tych dwoje wychowawców z ciuchami w rękach spieprzało po ciemku do pokoju wychowawców. Potem chłopaki włączyły korki.

Stare babki

Daniel przed chwilą pochwalił się Pelemu i mnie, co zamierza robić po wyjściu z bidula.

– A nie będziesz się brzydził ruchać takich starych babek? – pyta się Pele Daniela.

– Jakie stare?! – oburza się Daniel. – Około pięćdziesiątki... Góra sześćdziesiątki! Wiesz, jakie są niektóre zadbane? I niektóre mają ciałko jak dwudziestolatki. Kutas by ci natychmiast stawał, gdybyś je zobaczył. I wiesz, jaka jest z tego kasa?

– A idź w pizdu z taką kasą! – Pele macha ręką i zaczyna się śmiać. – Czterdziestek albo pięćdziesiątek to ty na pewno nie będziesz posuwał. Pewnie będziesz posuwał sześćdziesiątki albo siedemdziesiątki.

– No i co z tego? – mówi Daniel. – Płacą, to się posuwa.

– Stare babki... – Pele nie przestaje się śmiać; patrzy na mnie. – Borys, wyruchałbyś starą babkę za kasę? – pyta się mnie.

– Nie wiem – odpowiadam z uśmiechem na ustach. – Chyba nie... Pewnie nawet by mi nie stanął.

Daniel patrzy się na nas, jak się śmiejemy, i kręci głową, jakby patrzył na świrów.

– Głupi jesteście! – mówi. – Co, może do roboty pójdę?

Nic nie odpowiadamy i dalej się śmiejemy; Daniel, kręcąc głową, dalej patrzy się na nas.

– Wolałbym kopać rowy niż posuwać stare babki – mówi po chwili Pele.

– Pele, to se kop rowy! – odgryza się Daniel.

– A minetę też strzelisz takiej starej babce? – pyta się Pele Daniela.

Pele i ja wybuchamy śmiechem.

– I po cholerę ja wam mówię o czymś takim, jak wy nic nie rozumiecie? – Daniel podsumowuje nasz wybuch śmiechu.

– No, Daniel, strzelisz minetkę takiej starej babce? – pyta Pele po raz drugi.

Daniel nie odpowiada; kręci głową i patrzy się na nas, jak się śmiejemy. Po chwili wyjmuje papierosa z paczki i sobie go przypala.

– Co nie częstujesz? – pyta się Pele Daniela.

Daniel częstuje go, Pele przypala sobie papierosa, zaciąga się i wypuszcza dym.

– No to jak? Strzelisz minetę takiej babce? – pyta się Pele Daniela po raz trzeci. Klepie mnie po ramieniu i znowu wybuchamy śmiechem.

– Ale jesteście głupi... – mówi Daniel. – Z babką przecież ustalasz sobie, co robisz, a czego nie robisz. Albo po prostu możesz być do wszystkiego i wtedy jest z tego większa kasa.

– A minetę strzeliłeś już takiej babce? – Pele nie daje za wygraną.

– Gówno cię to obchodzi! – odpowiada Daniel i mówi do mnie:

– Borys, nie posunąłbyś takiej babki, jakby ci zaproponowała dobrą kasę?

– Nie – odpowiadam. – Nigdy nie myślałem o posuwaniu starych babek.

– Głupi jesteś, tak samo jak Pele. Kiedy niedługo zobaczycie, jak będę się woził sportową furą, to wam gule będą skakać i sami będziecie chcieli, żebym wam nagrał babki do posuwania...

– A ile będziesz musiał wylizać starych babek – wtrąca się Pele – żeby zarobić na taką furę?

– Gówno cię obchodzi, ile! – wkurza się Daniel. – Ty będziesz doły kopał, a ja się będę woził sportową furą. Gul ci będzie skakał, kiedy będziesz mnie widział, jak sobie jadę. Podkręcę muzykę na full i ci pomacham ręką!

– Za nic bym nie rżnął starych babek – ripostuje Pele.

– Bo by cię nie chciały – dogryza Daniel Pelemu. – Nie chciałyby cię, bo jesteś szpetny i zarośnięty. Ogoliłbyś się.

– A ty jesteś piękny?... – odgryza się Pele.

– A co, nie? Podobam się laskom. Wiem to! – Daniel wstaje z krzesła. Podchodzi do lustra i się w nim przegląda, masując dłonią podbródek. – Stary, to się czuje! – dodaje, po czym siada z powrotem na krześle.

– Borys, gramy w szachy? – pyta się mnie Pele, gasząc papierosa w popielniczce.

– Pewnie! – odpowiadam.

Pele i ja wstajemy z łóżka.

– Pele, co? – mówi Daniel. – Zgasiłem cię, to już idziesz?

Pele uśmiecha się.

I wychodzimy z pokoju od Daniela. Śmiejąc się, idziemy korytarzem do pokoju Pelego, aby zagrać partyjkę szachów.

Daniel jutro wychodzi z bidula, ponieważ skończył osiemnaście lat i nie chodzi do żadnej szkoły. Mówi, że do pracy nie pójdzie; że wyjedzie z tej dziury i pojedzie do stolicy. Mówi też, że już kilka razy był u starych babek i one mówiły, że jest przystojny i dobry w łóżku, i że chcą, żeby do nich przyjeżdżał; mówi, że jest z tego bardzo dobra kasa, że niedługo będzie miał same oryginalne rzeczy: dresy, bluzy, adidasy, skarpetki, slipy, dezodoranty, pianki, żele do włosów i tak dalej. I będzie życie jak w Madrycie.

Życzę mu powodzenia.

List do Spokoju

Od wczoraj mam wakacje. Po wakacjach będę chodził do trzeciej klasy.

Na zajęciach praktycznych non stop rzeźbiłem w kamieniu zwierzęta (oczywiście, kiedy byłem na zajęciach, ponieważ chodziłem na nie w kratkę). Nauczyciel od zajęć praktycznych mówił, że wychodzi mi to całkiem nieźle, a kierownik zakładu powiedział, że jak dalej będę robił takie postępy, to za rok, kiedy skończę szkołę, może mnie zatrudnić w zakładzie, jak tylko tego będę chciał.

W bidulu od ponad pół roku jestem najstarszym chłopakiem, gdyż Pelego i Daniela od ponad pół roku nie ma w bidulu. Lecz najstarszym wychowankiem w bidulu nie jestem, gdyż są jeszcze dwie starsze ode mnie dziewczyny.

Odkąd moi rówieśnicy w zeszłym i w tym roku poopuszczali bidul, nie miałem jeszcze ani razu rozwalonego pokoju, kiedy wracałem ze szkoły. I wszystko leży tam gdzie leżało. A na rysunkach, które wiszą na ścianach, nie ma już dorysowanych przez nich cip i kutasów.

Z moimi rówieśnikami, którzy w tamtym i w tym roku powychodzili z bidula, jakoś się teraz nie spotykam. Nie tęsknię za nimi.

Za to Pelego czasem spotykam. Mieszka na wsi, ale codziennie jest w mieście, ponieważ pracuje w zakładzie remontowo-budowlanym. Zwykle jest podpity i ciągnie mnie na piwo, a ja zawsze umiejętnie się wykręcam, że nie mogę. Pogadamy trochę i znikam. Ale kiedyś skoczę z nim na piwo, kiedy będę miał czas. Wtedy pogadamy o starych dobrych czasach.

Nożem w ciało

Jest ranek. Idę korytarzem na śniadanie. Z pokoju przedszkolaków wygląda mała dziewczynka, którą widzę po raz pierwszy.

– Gdzie jest moja mama? – pyta się, kiedy ją mijam.

– Nie wiem – odpowiadam, zatrzymując się. Puszczam do niej oczko. I patrząc się na nią, myślę, że może jej mama śpi gdzieś pijana albo cholera wie, gdzie jest.

– Przyjdzie do ciebie później – mówię. – Wejdź do pokoju i połóż się do łóżka, bo przyjdzie pani przedszkolanka i nakrzyczy na ciebie, że nie leżysz w łóżku.

Powiedziałem tak do niej, ponieważ niektóre przedszkolanki wydzierają się na przedszkolaków, kiedy ich zobaczą, że stoją w drzwiach, zamiast leżeć w łóżkach. Te przedszkolanki wydzierają się na przedszkolaków i mówią, że cholery nie leżą w łóżkach, a tylko wyłażą z pokoju i stoją w drzwiach, jakby czekały na zbawienie, mówią, że uwiązać to wszystko to mało. I ciągną przedszkolaków za piżamy, wydzierają się na nich i wganiają ich do pokoju jak bydło do obory.

Dziewczynka jednak nie chce wejść do pokoju.

– A kiedy później? – pyta się, patrząc na mnie.

– Może dzisiaj – odpowiadam. Po czym klaskam w dłonie. – No, uciekaj do pokoju, bo przyjdzie pani i cię okrzyczy.

Dziewczynka dalej nie wchodzi do pokoju; patrzy na mnie i się uśmiecha.

– A moja mama dzisiaj psyjdzie? – mówi z uśmiechem na ustach. – Dzisiaj?

– Przyjdzie – odpowiadam, choć nie mam zielonego pojęcia czy przyjdzie.

I z pokoju wybiega następna dziewczynka, Anielka.

– A moja mama tes dzisiaj psyjdzie? – pyta się.

– Przyjdzie – odpowiadam. I natychmiast robi mi się żal Anielki, gdyż wiem, że jej mama na pewno nie przyjdzie.

Dwa dni temu dowiedziałem się od pewnej dziewczyny z bidula, że mamę Anielki zadźgał nożem jej kochanek. Kiedy ona mi to powiedziała – zamarłem. Natychmiast przed oczyma ukazał mi się obraz mamy Anielki: przypomniało mi się, kiedy ją widywałem, jak prawie codziennie przychodziła do niej. Czasem, widząc ją, podśmiewałem się z niej z chłopakami, bo wyglądała na skacowaną: oczy podkrążone, brudna, rozczochrana, często podrapana na twarzy. Chłopaki mówili, że ona chyba z kotami śpi.

I wtedy, kiedy ta dziewczyna powiedziała mi, że mamę Anielki zabił kochanek, natychmiast zacząłem żałować, że kiedykolwiek się z niej śmiałem.

– No, uciekajcie do pokoju! – mówię do dziewczynek, klaszcząc w dłonie.

Ale one jednak nie wchodzą do pokoju i dalej uśmiechają się do mnie.

I z pokoju wybiega reszta przedszkolaków. Patrzą się na mnie i także się uśmiechają.

Wtem zza moich pleców wychodzi przedszkolanka.

– Co, Borys? – mówi, uśmiechając się. – Dopadli cię.

Uśmiecham się, a przedszkolaki przyglądają się przedszkolance i mnie. Przedszkolanka zaczyna głaskać jedną dziewczynkę po głowie, gdyż ona nie jest z tych przedszkolanek, które ciągną przedszkolaków za piżamy i się na nich wydzierają. Gdyby to była któraś z tych przedszkolanek z wielką japą, wtedy przedszkolaki na jej widok natychmiast wbiegłyby spłoszone do pokoju. (Drapieżnik! Uciekać!).

– Ano, tak to jest z maluchami – wzdycha przedszkolanka, głaszcząc jedną dziewczynkę po głowie. – Wszystko chcą zobaczyć i wszystko ich interesuje. Będziesz miał swoje, to zobaczysz.

List do Nieśmiałości

Dziś byłem na basenie.

Darmową godzinę pływania na krytym basenie mają wychowankowie bidula w niedzielę i ja co tydzień wykorzystuję tę godzinę.

A co dziś moje oczy zobaczyły na basenie? Ho, ho! Cudo!

Gdy wszedłem na basen i stanąłem przed szatnią, moje oczy zwróciły się ku schodom: na schodach siedziała ona; rozmawiała z koleżanką. Widziałem ją po raz pierwszy. Pytałem się chłopaków, kto to jest, ale oni odpowiadali, że nie wiedzą.

Tak więc dalej stałem przy schodach oparty o barierkę i co

chwilę spoglądałem w jej stronę, ale ona ani razu nie spojrzała się na mnie. Po kilku minutach przyszedł pan Michał i podszedł do niej. Ona zwróciła się do niego per „wujku". Wtedy pomyślałem, że pewnie pan Michał nawet nie pozwoli mi się do niej zbliżyć. Po chwili szatniarka otworzyła szatnię i gęsiego weszliśmy do szatni.

Gdy pływałem na basenie, robiłem sobie plany, jak by tu do niej podpłynąć i nawiązać znajomość. Ale nie mogłem się zdobyć na odwagę, gdyż jeszcze nigdy w ten sposób nie poznawałem żadnej dziewczyny.

Nagle ktoś wpłynął na mnie, kiedy płynąłem kraulem. Odwróciłem się i to była ona.

– Przepraszam – powiedziała, uśmiechając się.

– Nic się nie stało – odpowiedziałem i też się uśmiechnąłem. I nie wiedziałem, co mam powiedzieć... i odpłynąłem. A odpływając, byłem zły na siebie, że jestem taki patałach i nie umiem zagadać do dziewczyny.

Pływałem dalej i dalej snułem plany, jakby do niej podpłynąć i nawiązać kontakt.

Nagle, po iluś tam minutach, ktoś znowu wpłynął na mnie (na basenie często ktoś wpływa na kogoś). Odwróciłem się i to znowu była ona.

– Przepraszam – powiedziała, uśmiechając się. – Znów wpłynęłam na ciebie. Przepraszam.

– Nic się nie stało – odpowiedziałem. Uśmiechnąłem się i chciałem coś powiedzieć, ale dech mi zaparło i znowu nie wiedziałem, co mam powiedzieć. Przez chwilę, uśmiechając się, patrzyliśmy się na siebie... i odpłynąłem. A odpływając, znowu byłem zły na siebie, że jestem taki patałach i nie wiem, jak do niej zagadać.

I więcej już na mnie nie wpłynęła, a ja nie umiałem podpłynąć do niej i nie wiedziałem, jak mam nawiązać z nią kontakt.

Ale jestem fujara! Dwie stuprocentowe okazje miałem, żeby do niej zagadać, a ja nic.

Ciekawe, czy przyjdzie za tydzień na basen?

Dżizys krajst – istne cudo! Nie pamiętam, żeby kiedykolwiek dotąd ktoś aż tak mi się spodobał.

Szybciej niż Ben Johnson

Leżę na łóżku i czytam książkę. Ktoś puka do drzwi, ale nim zdążam powiedzieć „proszę", drzwi do pokoju otwierają się i w drzwiach staje mała dziewczynka.

– Pan Michał kazał ci, żebyś do niego przyszedł do gabinetu – mówi.

– Co chce ode mnie? – pytam się. Ale nie dostaję odpowiedzi. Dziewczynka zamyka za sobą drzwi i znika.

Wstaję z łóżka i wychodzę z pokoju.

Idąc do gabinetu, do pana Michała, zastanawiam się, co on może chcieć ode mnie. Myślę, że może jest w gabinecie razem z panem Adamem i pan Adam będzie znowu chciał, żebym coś narysował, bo pewnie znowu ma jakąś uroczystość i chce podarować coś od wychowanków bidula; myślę: takiego wała! Dopiero co dwa tygodnie temu narysowałem kopię jednego obrazu Salvadora Dali i on ten rysunek podarował zakonnicom, kiedy miał z nimi spotkanie. Co jakaś uroczystość, to on chce, żebym coś narysował na prezent, a ja mam z tego tylko „dziękuję". O, takiego wała! A do tego prawie co tydzień wychowawcy przynoszą zdjęcia swoich dzieci i chcą, żeby im zrobić portrety ze zdjęć; mówią, że zapłacą albo przyniosą czekoladę. Ja, frajer, rysuję, a oni potem mówią, że ładnie, i dziękują; zabierają portret i tyle mam z tego. Zapłaciła mi tylko jedna wychowawczyni. A reszta? Gówno! Nic! Wychowawcom, których lubię, mogę rysować za darmo. Ale ja nawet rysuję dla tych, których nie lubię. Fak, frajer jestem i już!

Pukam do gabinetu pana Michała.

– Proszę! – odzywa się głos w gabinecie.

Otwieram drzwi do gabinetu... i staję w progu jak wryty: obok pana Michała siedzi ona, a obok nich dwie dziewczyny z grupy, w której czasem ma dyżur pan Michał (te dwie dziewczyny bardzo często siedzą u niego w gabinecie i donoszą mu, co się dzieje w bidulu).

Pan Michał śmieje się na mój widok.

– Borys, co cię tak zamurowało? – pyta się.

– Nic – wyduszam z siebie, uśmiechając się.

– Cześć – mówi ona do mnie z uśmiechem na ustach.

– Cześć – odpowiadam rozpromieniony.

– Nina chciała zobaczyć twoje rysunki – mówi pan Michał. – Pokażesz jej?

– Tak! – odpowiadam. I myślę: skąd ona wie, że ja rysuję? Albo jej pan Michał powiedział, albo ona sama go o coś spytała?

– Nina, idź do niego do pokoju – zwraca się pan Michał do Niny. – Ja tam zaraz przyjdę.

Nina wstaje i wychodzimy z gabinetu. Zamykam drzwi.

– Borys – przedstawiam się.

– Nina.

Podajemy sobie dłonie. Serce zaczyna mi bić szybciej.

– Chodź do mnie do pokoju – mówię, uwalniając jej dłoń.

Idziemy. Serce mi tak zapiernicza niczym Ben Johnson w Seulu albo i szybciej. Nie mogę uwierzyć, że przed chwilą przez moment dotykałem jej dłoni. A jeszcze parę minut temu zastanawiałem się, czy ona przyjdzie w niedzielę na basen, ba! całe trzy dni już się nad tym zastanawiam. Jestem zdezorientowany i nie mogę uwierzyć, że ona idzie obok mnie.

– Co ci Michał... hm, to znaczy pan Michał naopowiadał o mnie? – pytam po chwili.

– A nic... Mój wujek jest dziwny i śmieszny.

– Wiem.

Weszliśmy do mojego pokoju. Nina oglądała rysunki, a ja nic się nie odzywałem, bo nie wiedziałem, co mam powiedzieć.

List do Jutra

Oj, oj! Dzieje się...

Dziś Nina była u mnie. Oglądała rysunki. No i oczywiście pogadaliśmy sobie.

Potem przyszedł pan Michał i powiedział, żeby Nina się zbierała, bo on zaraz jedzie do domu i może ją podrzucić do jej domu. Głupio uśmiechając się, popatrzył na mnie i wyszedł. Nina powiedziała, że jutro przyjdzie do bidula o piętnastej. Weźmie od wujka klucze do ciemni, która jest w bidulu i tam będzie wywoływała zdjęcia. (W bidulu jest ciemnia, którą zajmuje się pan Piotrek, który prowadzi również kółko fotograficzne). Nina spytała, czy mogę do niej przyjść, do ciemni, o piętnastej. Odparłem, że tak.

I sprowadziłem Ninę na parter i ona wyszła z bidula z panem Michałem.

Nieźle... Oj, dzieje się.

Zdjęcia

Nina siedzi na moich kolanach. Oglądamy zdjęcia, które wywołaliśmy; nasze głowy co chwilę się stykają i kiedy się delikatnie zetkniemy głowami, wtedy wzajemnie się przepraszamy. Serducho moje, oczywiście, znowu zapiernicza niczym Ben Johnson w Seulu.

– A zobacz to? – Nina podaje mi kolejne zdjęcie.

Oglądam zdjęcie i odkładam na stół.

Nina podsuwa mi kolejne zdjęcie. Nasze głowy kolejny raz się stykają. Przez chwilę milczymy, nie odrywając naszych głów od siebie... i nasze usta się łączą. Zdjęcia z rąk Niny lecą na podłogę. Po chwili przestajemy się całować. Uśmiechając się do siebie, głęboko patrzymy sobie w oczy.

– Stało się... – mówi Nina.

– To, co miało się stać – odpowiadam.

– Stało się, stało się – mówimy razem słowa pewnej piosenki, która aktualnie jest na topie. – To co miało się stać. I dopiero w jej mieszkaniu... noż, kurwa mać!...

– Piwo ze szklanki polało się na buty – mówię już sam.

– Chyba pokićkały nam się słowa – mówi Nina.

Uśmiechamy się. Po czym znowu całujemy się. Moje dłonie błądzą po jej pośladkach, biodrach, plecach, ramionach...

Nagle ktoś puka do drzwi ciemni. Przestajemy się całować. Nina wstaje z moich kolan, ja wstaję z krzesła i otwieram drzwi. Do ciemni wchodzi nie kto inny, jak pan Michał (patafian! Co pół godziny tak zagląda). Patrząc na mnie, uśmiecha się głupkowato.

– Nina, jak zdjęcia? – mówi. – Wywołałaś już?

– Tak – odpowiada Nina. – Już wywołane. Chce wujek zobaczyć? Uśmiechamy się z Niną do siebie i zaczynamy zbierać zdjęcia z podłogi.

List do Błogości

Hura!!! Mam ją!

Jeszcze nigdy nie byłem taki hepi. Nie wiem, jak mam reagować na taki błogi stan mojej duszy, gdyż jeszcze nigdy nie czułem takiej błogości. Zawsze dotąd byłem wyłączony czy też gdzieś tam zawieszony we własnym świecie i nic mnie nie obchodziło.

Życie chyba jednak jest piękne... Można zejść na ziemię...

No i może niedługo zdejmę Ninie majtki...

List do Pana Faka

I porąbało się! Fakju!

Oczywiście porąbał się mój związek z Niną. Fak! Telenowela brazylijska. Nic nie wiem. Fak! Kobieta, na której mi zależało (i nadal zależy, ale cicho sza!) nie miała dla mnie czasu, bo włóczyła się po imprezach, jarała tam trawkę i wciągała amfę i nigdy nie chciała, żebym tam z nią szedł. Przychodziła do mnie, kiedy jej się podobało, a gdy ja chciałem iść do niej, to najczęściej nie miała czasu. Fak! No i siedziałem i brandzlowalem się intelektualnie, czytając książki albo coś gryzmoląc. Na kartonach. Ołówkiem albo farbami. A jak przyszła do mnie, to jej wujek – pan Michał – zaraz leciał do mojego pokoju i sprawdzał, czy jej nie wkładam ręki w majtki. Fak! No i wyszpiegował, że do mnie w nocy lata Kamila. Powiedział o tym Ninie. Kiedy Nina spytała się mnie, gdy byłem u niej w chacie, czy to prawda, odparłem, że nie. Fak! A z Kamilą skumałem się niedawno, kiedy ona przyszła do mojego bidula z innego bidula. No i Kamila powiedziała mi, że widziała Ninę na mieście, jak się lizała z jakimś chłopakiem. Wkurzyłem się. I zabrałem się za Kamilę. No i Kamila przychodziła do mnie nocą, kiedy dyżur nocny miał pan Stefan lub pan Krzysiek; oni, kiedy mieli dyżur, to po godzinie dziesiątej szli spać, a chłopaki latali do dziewczyn na parter lub dziewczyny biegały do chłopaków na piętro. Gdy Kamila przychodziła do mnie w dzień, wtedy natychmiast się jej pozbywałem; mówiłem, że muszę czytać lub malować – i nie kłamałem, bo tylko to robiłem. A nocą, kiedy spałem, Kamila budziła mnie całusem, wślizgiwała się pod moją kołdrę i mnie pieściła, a ja prawie nigdy nie wiedziałem, czy to jest sen czy jawa. Często przerywała mnie pieścić i prosiła, żebym przestał spotykać się z Niną. Odpowiadałem, że jutro, żeby tylko nie przerywała mnie pieścić. Również chciała, żebym się z nią kochał, ale mnie wystarczało, jak mnie pieściła dłonią lub ustami. No i pewnego dnia – dwa tygodnie temu – kiedy u mnie była Nina, do pokoju weszła Kamila. Poprosiła mnie na korytarz. Wyszedłem. Wtedy zaczęła krzyczeć, że obiecałem jej, że zerwę z Niną. Uciszyłem ją i się jej pozbyłem. Kiedy wszedłem z powrotem do pokoju, Nina zakładała już kurtkę. Chciałem ją zatrzymać, ale wkurzona wyszła z pokoju. Nie wiedziałem, czy mam za nią biec, czy nie. Podszedłem do okna i patrzyłem, jak Nina szybkim krokiem kroczy chodnikiem. Łzy stanęły mi w oczach. I Nina zniknęła za rogiem budynku. Walnąłem się na łóżko i nie chciałem o niczym myśleć, a myślałem o Ninie.

Ależ to jest porąbane... Czemu to tak wyszło?

I kto tu jest winny – mój fiut czy jej brak czasu dla mnie?

Fak! Lajf is brutal! Faklajf!

List do Fartu

No i skończyłem zawodówkę. Po wakacjach będę chodził do liceum wieczorowego. Idę tam między innymi dlatego, gdyż nie chcę jeszcze wychodzić z bidula. Ale niedługo wyjdę z bidula, jak tylko podejmę decyzję, gdzie chcę iść po wyjściu z niego. Najchętniej wyniósłbym się z tego dwustutysięcznego nudnego miasta i pojechałbym do stolicy. Tam poszukałbym fartu. Kto wie – może tak niedługo zrobię? Poza tym matura mi potrzebna, bo zamierzam iść na studia! Trochę sobie zrąbałem, że wcześniej nie poszedłem do liceum wieczorowego. Teraz najlepszym wyjściem dla mnie byłoby, gdybym zrobił maturę eksternistycznie, gdyż w tym systemie można ją zrobić szybciej, ale to kosztuje, a ja nie mam na to kasy.

Na wakacje wyjeżdżam na trzy tygodnie w góry, gdyż jest wyjazd z bidula i ja się na ten wyjazd załapałem. Będę się włóczył po górach, i to za darmochę. Może to będzie ostatni raz, kiedy na taki wypad jadę za darmochę, bo jak może niedługo wyjdę z bidula, to już za wszystko będę musiał płacić sam. A kiedy wrócę z gór, na resztę wakacji pojadę do domu na wieś.

Nie, nie! O Ninie nie zapomniałem. Nadal myślę o niej.

Czapy

Siedzę na ławce na sali gimnastycznej i odpoczywam; przyglądam się, jak chłopaki z panem Michałem i panem Piotrkiem grają w koszykówkę. Piłkę ma pan Michał i chce oddać rzut do kosza. Maradona udaje, że chce zablokować jego rzut, i celowo, z łokcia, uderza pana Michała w czoło. Chłopaki szelmowsko uśmiechają się.

– Co, kurwa, grać nie umiesz!? – krzyczy pan Michał do Maradony, rzucając piłkę na parkiet. Łapie się za czoło.

– Przepraszam – odpowiada Maradona z uśmiechem na ustach. – Nie chciałem.

Pan Michał podnosi piłkę i idzie z nią do drabinek. Staje przy drabinkach i podaniem piłki do Ślepego wznawia grę.

Co tydzień, w sobotę, z chłopakami z bidula chodzę na salę gimnastyczną do szkoły podstawowej koło bidula, by pograć sobie w koszykówkę. Z nami na salę chodzi pan Michał i pan Piotrek. Nikt nie lubi pana Michała i gdy gramy w koszykówkę, bardzo często go faulujemy: wkładamy mu palce pod żebra lub czasem w kilku, kiedy pan Michał ma piłkę, przypieramy go do drabinek, i tam, niby że to przypadkiem, okładamy go gdzie popadnie: po głowie, rękach, plecach i tak dalej. Ulubioną naszą zabawą jest zakładanie tak zwanych czap panu Michałowi, gdyż on ma góra sto pięćdziesiąt centymetrów wzrostu. Nikt nie chce grać w drużynie pana Michała i każdy chce grać przeciwko niemu, by móc mu założyć czapę lub mu przywalić, niby że to przypadkiem (oj, czasem tam jest istna masakra, gdy tyle łap chłopaków zaczyna go okładać, kiedy piłka jest w jego rękach). Kiedy któryś chłopak mu przypierdzieli, wtedy przeprasza pana Michała. Pan Michał często się wkurza i krzyczy: „Co, kurwa, grać nie umiesz!?". Ale nic nikomu nie robi, bo to wszystko dzieje się podczas gry, a podczas gry wszystko może się wydarzyć.

Na pana Michała mówimy: „Mini-Jordan", „Magic" albo „Scootie". On, oczywiście, nic nie wie o tym, że my tak na niego mówimy.

Pana Piotrka nikt nie fauluje celowo, gdyż jest ogólnie lubiany przez wszystkich.

Za to mamy ochotę przypierdzielić jeszcze paru innym wychowawcom, ale oni w ogóle nie chodzą z nami na salę gimnastyczną, więc nie mamy ku temu okazji.

Pan Piotrek podchodzi do mnie.

– Borys, wchodź! – mówi, siadając obok mnie. – Teraz ja sobie trochę odpocznę.

Wstaję z ławki.

– Oj, te papierochy... – wzdycha za mną pan Piotrek. – Płuc nie czuję.

List do Miejsca,
którego jeszcze nie znalazłem

Mam już dość tego miasta i bidula. Od nowego roku już mnie tutaj nie będzie. Ale jeszcze na święta pojadę na zlot biduli z całego kraju. Jutro wyjeżdżam. Będę łaził po górach. Kiedy stamtąd wrócę, powiem wychowawcom, że chcę się usamodzielnić i wychodzę z bidula. I wyjeżdżam z tego miasta. Rzucam szkołę.

Wczoraj byłem w szkole po raz ostatni. Niedługo ruszam gdzieś przed siebie, czyli nie wiadomo gdzie. Od nowego roku szkolnego, kiedy się zdążę gdzieś zainstalować – zacznę robić eksternistycznie maturę i potem pójdę na studia. Taki mam plan. Muszę jeszcze tylko coś wykombinować, żeby mnie nie zabrano do wojska, gdyż szkoła ma obowiązek powiadomić w ciągu dwóch tygodni WKU, kiedy uczeń zrezygnuje ze szkoły lub zostanie z niej wyrzucony. Trzeba działać szybko, bo armia może mnie zgarnąć.

Przez ostatnie dwa miesiące robiłem wywiad wśród znajomych, jak tu się wykręcić od wojska. No, oczywiście, najlepszym sposobem jest po prostu chodzić do szkoły i wtedy armię można mieć gdzieś. Ale ja przez pewien czas – dokąd nie uda mi się gdzieś zainstalować – nie będę chodził do szkoły, a poza tym nauka w systemie eksternistycznym nie zwalnia od wojska.

I po rozpatrzeniu wszystkich „za" i „przeciw" wyszło, że najlepiej jest zrobić z siebie głupa, narkomana czy też osobnika, który próbował popełnić samobójstwo; oczywiście trzeba mieć na to stosowne zaświadczenie. No bo ze stanem fizycznym mojego zdrowia nie można nic zrobić, jestem po prostu zdrów jak ryba. Wychodzi na to, że trzeba przyrżnąć głupa. A plan mam taki, że połknę ileś tam tabletek i muszę trafić do szpitala, a tam będę udawał kogoś, kto chciał popełnić samobójstwo, czyli po prostu osobnika zawiedzionego przez życie i tak dalej. Mam znajomego, który połknął pięćdziesiąt tabletek amizepinu i przez trzy dni leżał w szpitalu w śpiączce. Wziąłem od niego trochę tych tabletek i połknę ich około dwudziestu, a lekarzom powiem, że połknąłem pięćdziesiąt, i będę rżnął osobnika zawiedzionego życiem. Mam nadzieję, że psychiatra postawi mi odpowiednią diagnozę i armia może mnie pocałować w mój bielutki tyłeczek. Do realizacji tego planu potrzebuję jeszcze kogoś zaufanego, kto mnie zaprowadzi do szpitala i powie, że mnie nakrył, kiedy łykałem tabletki, no i tak dalej.

OK. Plan, Borys, masz. Teraz go zrealizuj. A to nie będzie takie łatwe. Odważysz się na coś takiego?...

Kurwa mać! Fakju! Fak! Lajf is brutal! Dżizys Krajst!

Rozbroić wszystkie armie!

List do... Trzech Kropek

Do szkoły już nie chodzę.

Kiedy po powrocie z gór powiedziałem wychowawcom, że rezygnuję ze szkoły i wychodzę z bidula, zdziwili się, a potem powiedzieli, że to mój wybór. Dorosły jestem – dodali. Pani Justyna próbowała mi to jakoś wyperswadować i pytała się, dokąd ja pójdę i jak sobie poradzę w życiu, ale jej argumenty nie trafiały do mnie, bo podjąłem już ostateczną decyzję.

Pan Michał nawet był chyba zadowolony, bo kiedy mu o tym powiedziałem, natychmiast podsunął mi papier i długopis, po czym podyktował mi treść podania o usamodzielnienie. Podanie szybko napisałem. Pan Michał wtedy powiedział, że na najbliższej radzie wychowawców zostanę usamodzielniony. Najbliższa rada będzie pod koniec stycznia. Potem dostanę wyprawkę, czyli pieniądze, które się należą każdemu pełnoletniemu wychowankowi, który opuszcza bidul, i adijos gonzalez.

Teraz, kiedy nie chodzę już do szkoły, od rana do nocy non stop czytam książki albo czasem coś porysuję.

Kiedy byłem w górach na świątecznym zlocie biduli, poznałem tam kogoś. Tym kimś jest Sandra. Poznaliśmy się drugiego dnia i potem już przez kolejne dziewięć dni przebywaliśmy tylko we dwoje. Było bardzo, bardzo miło. Przegadaliśmy i przepieściliśmy się całe dziewięć dni. Sandra ma dziewiętnaście lat i w tym roku pisze maturę.

Teraz, kiedy wychodzę z bidula i mogę jechać wszędzie w poszukiwaniu miejsca do życia, mogę więc jechać i tam, gdzie mieszka Sandra. Zawsze to raźniej. Co mi szkodzi? Zobaczę, co z tego będzie. W pobliżu miejsca, gdzie ona mieszka, jest prawie milionowe miasto, więc bez problemu mogę się tam zainstalować. Za kilka dni jadę do niej, gdyż zaprosiła mnie na swoje dziewiętnaste urodziny. Sandra mieszka w internacie, przy szkole, do której chodzi.

I ni stąd, ni zowąd wylądowałem w kolejnym związku. A chciałem tylko połazić po górach...

Ale porównując Ninę z Sandrą, Sandra jest daleko w tyle. Zobaczę, co z tego będzie.

List do Klapek na Oczach

Ups! I pomyłka, tak mi się wydaje.

Ale po kolei.

Pojechałem do Sandry dzień przed jej dziewiętnastymi urodzinami i kiedy wszedłem do jej pokoju, to jak to bywa zawsze, kiedy ludzie, którzy tęsknią za sobą, a jakiś czas się nie widzą – rzuciliśmy się na siebie.

Potem Sandra powiedziała mi, że okłamała mnie w górach i że nie jest w klasie maturalnej, tylko w trzeciej klasie zawodówki. Poczułem się, jakby uchodziło ze mnie powietrze.

– To pewnie nie masz też dziewiętnaście lat? – zapytałem.

– Mam – odparła. – Raz w zawodówce nie zdałam, bo nie chodziłam do szkoły.

Milczałem i nie wiedziałem, co mam powiedzieć. Byłem na nią zły, że mnie okłamała, i zastanawiałem się, czy skłamała też w innych sprawach.

– Przepraszam – powiedziała po chwili. – Okłamałam cię, bo myślałam, że jak ci powiem, że chodzę do zawodówki, to nie będziesz chciał ze mną rozmawiać. No bo ty chodzisz do liceum...

– Sandra, szkoła nie ma żadnego znaczenia – odparłem wkurzony. – Okłamałaś mnie. A poza tym – ja teraz nie chodzę do żadnej szkoły. Mam chwilową przerwę.

– Przepraszam.

Przytuliłem ją i pomyślałem, że może mi przejdzie ta złość na nią. I zaczęliśmy się całować i pieścić.

Potem poznałem jej koleżanki z pokoju.

Lecz myśl o tym, że Sandra mnie okłamała, tkwiła mi w głowie przez cały czas, chociaż tłumaczyłem sobie, że mi to przejdzie. Wieczorem koleżanki Sandry, z którymi mieszkała w pokoju, postanowiły zanocować w pokojach swoich chłopaków i z Sandrą mieliśmy pokój tylko dla siebie. Popieściliśmy się i poszliśmy spać.

Następnego dnia, wieczorem Sandra zrobiła w pokoju imprezę urodzinową. Przyszło trochę jej znajomych – zwykłych ludzi z zawodówek. Gdy siedziałem między nimi, zastanawiałem się, gdzie ja trafiłem: chłopaki przypakowani, z tonami żelu we włosach, a dziewczyny beznadziejnie wymalowane, utlenione, wypindrzone; chłopaki rozmawiali o odżywkach dla kulturystów, dyskotekach i chwalili się swymi bicepsami, a dziewczyny rozmawiały o kosmetykach, serialach telewizyjnych i dyskotekach. Kompletnie nie wiedziałem, co mam do nich mówić. Paranoja.

Tak więc siedziałem między nimi i się do nich uśmiechałem, i udawałem, że się świetnie bawię, a kiedy mi podawali alkohol – piłem i chciałem jeszcze więcej, bo myślałem, że może po alkoholu naprawdę będę się dobrze między nimi bawił. Ale nie – nic mi się lepiej nie robiło. Sandra bawiła się świetnie, a kiedy pytała mnie, czy i ja świetnie się bawię, odpowiadałem, że tak, bo nie chciałem mówić jej prawdy, żeby nie popsuć jej szampańskiego nastroju i imprezy urodzinowej. I uśmiechałem się jak mogłem, a w głębi siebie chciałem, żeby to się jak najszybciej skończyło. Zastanawiałem się nawet, czy nie zabrać się i nie iść z tej imprezy, ale coś mnie powstrzymywało; tłumaczyłem sobie, że może to ze mną chwilowo jest coś nie tak i nie potrafię się bawić między tymi ludźmi.

Wreszcie około północy prawie całe towarzystwo poszło, bo wychowawca w internacie zgodził się na imprezę tylko do tej godziny. Ja mogłem zostać u Sandry na noc, gdyż wychowawca wyraził na to zgodę. Na imprezie zostali jeszcze ci, którzy mieszkali w internacie. Posiedzieli trochę i poszli do siebie; wtedy w pokoju zostały już tylko współlokatorki Sandry, które spały pijane. Sandra zamknęła drzwi i siadła mi na kolanach. Zaczęliśmy się całować. Całowaliśmy się i powoli zrzucaliśmy z siebie ubrania, po czym nadzy wylądowaliśmy w łóżku. Kiedy baraszkowaliśmy w łóżku, Sandra powiedziała:

– Zrób to.

Wszedłem więc w nią. Pijany ruszałem tyłkiem wte i nazad i myślałem tylko o jednym: żeby wyjść z niej przed wytryskiem. I kiedy moje ciało zaczynała ogarniać rozkosz, wyszedłem z niej i wytrysnąłem na jej brzuch. Wtedy Sandra wyjęła pościel z łóżka i je posłała, położyliśmy się, po czym się objęliśmy i szybko zasnęliśmy.

Rankiem obudził mnie pocałunek Sandry. Rozejrzałem się po pokoju, lecz jej koleżanek nie było. Powiedziała, że poszły do szkoły. Zaczęliśmy się pieścić i znowu w nią wszedłem. Potem, kiedy leżeliśmy objęci na łóżku, zacząłem się zastanawiać, że ja to wszystko robię bez gumki i że możemy wpaść. I zadałem sobie pytanie: czy ja chcę wpaść z Sandrą? Coś we mnie odpowiedziało: nie, a coś innego dodało: jest przyjemnie. Seks jest dobry. Borys, już nie jesteś prawiczkiem. Po czym znowu coś innego we mnie zapytało: Borys, czy ty ją kochasz? Nie wiem – odpowiedziało znowu coś innego we mnie. Ale ona jest ładna, ma piękne ciało, jest dobra w łóżku... – powiedziało znowu coś innego, a coś innego odpowiedziało: ale to, że jest ładna, ma piękne ciało i jest miła w łóżku, to nie wszystko; potrzebne jest jeszcze coś więcej, coś, czego nie sposób nazwać lub określić, i to się tylko czuje, a ty, Borys, mówisz, że nie wiesz, czy coś takiego czujesz.

– Używasz jakiegoś zabezpieczenia? – zapytałem po chwili.

– Nie – odpowiedziała Sandra. – Po co? Przecież cię kocham.

Nic nie powiedziałem. Przytuliłem mocniej Sandrę i pomyślałem, że trzeba zapierniczać po prezerwatywy.

Kiedy dalej rozmawialiśmy sobie, Sandra powiedziała, że nie chce jej się chodzić do szkoły i mogłaby już nawet zaliczyć wpadkę, i że chciałaby już założyć rodzinę i mieć dziecko. Tłumaczyłem jej, żeby dalej chodziła do szkoły i skończyła tę pieprzoną zawodówkę, poszła do liceum lub technikum, a potem na studia. Na zakładanie rodziny przyjdzie czas. Lecz Sandra na to odpowiadała, że jej się już nie chce chodzić do szkoły, bo szkoła nic nie daje, i chciałaby założyć rodzinę. Wtedy już wiedziałem, że to nie jest ta Sandra, którą poznałem w górach. Tamta chodziła do liceum i nie opowiadała żadnych bzdur o zakładaniu rodziny. Tamtej Sandry już nie ma. I wtedy także zdałem sobie sprawę, że ja dlatego nie zorientowałem się wtedy, w górach, kim jest Sandra, bo to ja non stop opowiadałem o sobie i różnych innych rzeczach, a ona tylko słuchała. I tak opowiadałem jej różne historie przez dziewięć dni, a ona słuchała i słuchała, a ja widziałem w niej tylko to, że jest bardzo ładna i ma śliczne ciałko. A mnie potrzeba czegoś więcej i chcę jeszcze z kimś przeżywać przygody intelektualne i tak dalej. Chcę się związać i kochać się z kimś, kto jest inteligentny i ma to coś w sobie, czego nie da się określić. (Właśnie Nina miała w sobie to coś i z nią przeżywałem intelektualne przygody i tak dalej, ale wyszło, jak wyszło). Wtedy także pomyślałem, że po wyjściu z bidula nie będę się instalował w pobliżu Sandry i wracam do mojego pierwotnego planu, czyli że spróbuję zainstalować się w stolicy.

I coś we mnie powiedziało: z Sandrą chwilowo można się jeszcze popieprzyć. Ale mnie się wydaje, że to się odezwał mój penis.

I pobiegłem do kiosku po prezerwatywy.

I zapomniałem o tym, że jeszcze niedawno mówiłem, że będę się z kimś kochał tylko z miłości.

Lajf is brutal.

I zostałem u Sandry jeszcze jeden dzień. Przedwczoraj wróciłem i myślę, że jeszcze do niej pojadę, choć nie za bardzo uśmiecha mi się pieprzenie bez miłości...

Fakju! Lajf is brutal.

List do Przedstawienia,

które się zacznie

Byłem dwa dni u Sandry. Wróciłem dzisiaj.

Już nie jestem na liście wychowanków bidula, gdyż pod koniec stycznia zostałem usamodzielniony i skreślony z listy, tak jak chciałem. Ale mogę jeszcze mieszkać w bidulu do czasu, gdy dostanę pieniądze na wyprawkę. Mam nadzieję, że to nastąpi niedługo.

Codziennie od rana do nocy czytam książki.

I jeszcze nic nie wykombinowałem z wojskiem, ponieważ nie mogę się odważyć na to, co wymyśliłem, a tabletki w plecaku czekają, żeby je połknąć, i przedstawienie się zacznie.

Borys, zdecyduj się!

Nazywam się Borys Mleczko

Otwieram oczy i spostrzegam, że leżę na łóżku; w głowie mi się potwornie kręci i wszystko wokół mnie wiruje.

Rozglądam się po pomieszczeniu, w którym jestem: na krześle przy stoliku siedzi kobieta w białym fartuchu i coś pisze. Na stoliku stoi zapalona lampka. Za oknem mrok.

Gdzie ja jestem?... Czy to jest niebo?

Moje spojrzenie koncentruje się na zapalonej lampce na stole, gdyż przed chwilą, kiedy podniosłem powieki, przyśniło mi się światło, które raziło mnie w oczy, i już tak potwornie mnie raziło, że w końcu się obudziłem. A śniło mi się, że leżałem na łóżku, na środku stadionu. Trybuny były wypełnione ludźmi. Ludzie siedzieli cicho. Nagle ruszyłem rękami i nogami i ludzie zaczęli krzyczeć: „Jest! Wstawaj, wstawaj!". Wtedy potężny reflektor nad stadionem zaczął mnie razić w oczy i je zamknąłem. Ludzie na trybunach dalej krzyczeli: „Wstawaj, wstawaj!", a światło coraz mocniej mnie raziło, że już nie mogłem go znieść nawet z zamkniętymi oczami, aż w końcu zobaczyłem, że dalej leżę na łóżku, ale już w innym miejscu, czyli tutaj.

To ta lampka pewnie mnie tak raziła i dlatego się obudziłem... Nie, nie! To nie jest niebo... I ta kobieta w białym fartuchu nie jest aniołem, bo nie ma skrzydeł... Ale co ja pieprzę?!... I co ja tutaj robię?... Kim ja jestem?... Jak ja się nazywam?... Borys?... Tak, Borys! Borys! Borys Mleczko! Nazywam się Borys Mleczko!

Kobieta w białym fartuchu wstaje od stołu i podchodzi do mnie.

– Obudziłeś się wreszcie – mówi, kładąc swoją dłoń na moim czole. – To dobrze, że już się obudziłeś.

– Gdzie ja jestem? – pytam się.

– W szpitalu.

W szpitalu?

I patrzę się na kobietę, która mnie odkrywa, i zauważam, że do klatki piersiowej mam przyczepione kabelki, które odchodzą do aparatury, która stoi na półce, nad moim łóżkiem; na monitorze latają jakieś strzałki.

Kobieta poprawia kabelki na mojej klatce piersiowej, po czym odkrywa mnie dalej i zauważam, że w prawą rękę, na zgięciu łokciowym, mam wbite jakieś nieduże urządzenie, a od tego odchodzi wężyk ku górze do woreczka, który jest zawieszony na stojaku obok mego łóżka. Zauważam także, że przeguby dłoni mam obwiązane sznurkiem i jestem przywiązany do łóżka.

Kobieta wyjmuje igłę z żyły na moim zgięciu łokciowym, po czym wyciąga z igły wężyk. Następnie wbija inną igłę w to samo miejsce, po czym przykleja ją plastrem i z powrotem do igły mocuje wężyk, i mnie z powrotem przykrywa.

Próbuję się ruszyć na łóżku, ale nagle zaczyna mi się potwornie kręcić w głowie.

– Staraj się nie ruszać – mówi kobieta. – Twój organizm jest bardzo osłabiony i gdy będziesz się ruszał, będzie ci się kręcić w głowie.

– Dlaczego jestem przywiązany do łóżka? – pytam się.

– Potem cię odwiążemy. Teraz śpij.

– Jaki jest dzisiaj dzień?

– Czwartek. Spałeś od wtorkowego wieczoru. Teraz jest czwartek. Godzina czwarta rano. Spałeś półtorej doby.

Zaraz, zaraz... Pamiętam wtorek... Czwartek?... Pamiętam wtorek... wieczór... tabletki... Już wszystko wiem! Połknąłem tabletki. Zrobiłem tak, jak chciałem zrobić. No to teraz trzeba rżnąć głupa!

Ktoś za mną zaczyna jęczeć.

Kobieta w białym fartuchu odchodzi ode mnie i podchodzi do tego kogoś jęczącego za mną, a mnie powoli oczy same się zamykają.

Otwieram oczy. Za oknem dzień. Po sali krzątają się pielęgniarki. Ktoś za mną, za parawanem, rozmawia z kimś.

Próbuję poprawić się na łóżku, ale natychmiast zaczyna mi się kręcić w głowie.

Jedna z pielęgniarek podchodzi do mnie.

– O, obudziłeś się! – mówi. – Zaraz przyjdzie do ciebie lekarz.

We wtorek po południu przyjechałem do Sandry... Tak, tak! Dobrze jednak pamiętam. Trochę porozmawialiśmy i Sandra, widząc, że jestem jakiś „nie w sosie" i nie ulegam jej pieszczotom, powiedziała, że idzie do koleżanki do innego pokoju i wyszła. Nie miałem nic przeciwko temu. Zostałem w pokoju sam i dalej myślałem, że dziś muszę wziąć tabletki i znaleźć się w szpitalu. Że to musi być dziś! Sandrze nie mówiłem, co mi chodzi po głowie, ale mówiłem jej o tym kilka razy, kiedy byłem u niej ostatnio, i pytałem się jej, czy zaprowadzi mnie do szpitala, jak połknę tabletki. Sandra puknęła się w czoło i powiedziała, że chyba jestem walnięty, że chcę coś takiego zrobić. I dodała, że przecież mogę nie przeżyć, ale jakbym tak zrobił, to ona nie będzie miała wyjścia i mnie zaprowadzi do szpitala. Wtedy pomyślałem, że mogę na nią liczyć. Nie chciałem robić tego u siebie w mieście, żeby nie dowiedziało się moje rodzeństwo i wychowawcy w bidulu. Bo po co ktoś miałby o tym wiedzieć?

Wziąłem tabletki z plecaka i poszedłem do palarni. Tam siadłem pod kaloryferem, paliłem papierosa za papierosem i czekałem na moment, kiedy się zdecyduję łyknąć tabletki. Nikt do palarni nie wchodził, gdyż i tak wszyscy palili u siebie w pokoju. Tylko co jakiś czas przychodziła Sandra, całowała mnie, ale widząc, że nadal jestem jakiś „nie w sosie" i nie odwzajemniam jej pieszczot, wkurzona wychodziła. I gdzieś po dwóch godzinach siedzenia w tej palarni połknąłem pierwszą tabletkę. Była potwornie niedobra, więc odchrząknąłem i wyplułem ją na podłogę. Po chwili wysypałem do garści około dwudziestu tabletek, włożyłem do ust, szybko pogryzłem i nieznaczną ilość udało mi się połknąć, a resztę wyplułem, po czym wysypałem na dłoń kolejne dwadzieścia tabletek, włożyłem do ust, szybko pogryzłem, pewną ilość udało mi się połknąć, a to, czego nie połknąłem – wyplułem na podłogę. Resztę tabletek wyrzuciłem przez okno, a pustą fiolkę położyłem obok siebie. Wyjąłem papierosa i zapaliłem. Paliłem papierosa i czekałem, co się będzie ze mną dziać. Szybko zaczęło mi się robić cieplej w żołądku i myślałem, że dobrze byłoby, gdyby Sandra zaraz przyszła, bo zbliżają się efekty specjalne i trzeba będzie iść do szpitala. Gdzieś po dwudziestu minutach wreszcie zajrzała i stojąc w drzwiach, powiedziała: „Co z tobą?! Co ty? Kontemplować przyjechałeś? Kontemplować? Klasztor nie jest pod tym adresem! Jak masz tak siedzieć, to lepiej już jedź do siebie!". Ja na to: „ Sandra, możesz mnie zaprowadzić do szpitala?". Wtedy ona podeszła do mnie, podniosła pustą fiolkę i powiedziała: „Zrobiłeś to?". Pokiwałem głową, że tak, a ona na to: „Ty debilu! Trzeba szybko iść do szpitala!". I wyszła z palarni. Po chwili wróciła ubrana i przyniosła moją kurtkę. Wstałem i się ubrałem. W głowie zaczynało mi się kręcić i powiedziałem: „Sandra, powiedz w szpitalu, że mnie nakryłaś, jak łykałem tabletki. Proszę cię. Weź fiolkę po tabletkach i im daj, i powiedz, że połknąłem wszystkie tabletki. Dalej już sobie poradzę; będę rżnął głupa". Sandra zabrała pustą fiolkę i wyszliśmy z internatu.

Gdy po dziesięciu minutach doszliśmy do szpitala, w mojej głowie już tak się kręciło, że powoli przestawałem odróżniać to, co mnie otaczało. Po wejściu do szpitala Sandra powiedziała do napotkanej pielęgniarki to, o co ją prosiłem. Pielęgniarka natychmiast zaprowadziła mnie na Izbę Przyjęć. W Izbie Przyjęć posadzono mnie na krześle. Sandra pokazała pustą fiolkę po tabletkach i powiedziała, że połknąłem wszystkie, i dalej opowiedziała, jak mnie nakryła, kiedy łykałem tabletki. Lekarz zadał jej jeszcze kilka pytań, po czym wyprosił ją z pokoju. Wtedy zacząłem w kółko powtarzać, że mam lęk wysokości i nie chcę iść do nieba. Lekarz z pielęgniarką zaczęli wlewać we mnie kubkami jakiś płyn, który oczywiście piłem, bo przecież oni ratowali moje życie, ale starałem się udawać, że nie chcę pić tego płynu. Gdy wypiłem już cały dzbanek, lekarz włożył mi do gardła rurę, a ja do miedniczki zwróciłem to, co wypiłem, po czym lekarz to obejrzał. I wlali w ten sposób we mnie ileś tam dzbanków, po każdej porcji wkładając mi rurę do gardła, a wtedy ja wszystko zwracałem i lekarz za każdym razem oglądał te moje wymiociny w miedniczce. Potem wyprowadzono mnie z pokoju i wsadzono do karetki, żeby mnie przewieźć do innego szpitala. Gdy karetka ruszyła, wtedy już nic nie widziałem i czułem, że tracę przytomność. No i obudziłem się po półtorej doby, na łóżku, na którym właśnie teraz leżę.

Chyba trochę przesadziłem i wziąłem za dużo tabletek?... Ale więcej niż dwadzieścia na pewno nie połknąłem; przynajmniej połowę z tych czterdziestu, które włożyłem do ust, wyplułem. Żyję! Udało się! Wszystko pamiętam. Mam nadzieję, że żadnych komplikacji po tym nie będzie i niedługo stąd wyjdę...

– Dzień dobry – mówi starszy facet w białym kitlu i wyrywa mnie z zamyślenia. Obok niego stoi drugi facet, również w białym kitlu, ale młodszy.

Starszy odkrywa mnie i zaczyna mnie oglądać i badać. Po chwili mówi coś medycznymi terminami, a ten młodszy to wszystko zapisuje; ja z tych medycznych terminów nic nie rozumiem. Następnie ten starszy lekarz odpina z mojej klatki piersiowej kabelki, czy jak to się tam nazywa, i mówi, że to już nie będzie mi potrzebne, i wyłącza monitor, który stoi na półce nad moim łóżkiem.

– Czy wiesz, jak się nazywasz? – pyta się mnie starszy lekarz, przykrywając mnie z powrotem kołdrą.

Powiedzieć czy nie powiedzieć?

– Borys Mleczko – odpowiadam po chwili.

– Na pewno?

– Tak.

– Ile masz lat?

– Dwadzieścia.

Lekarze wymieniają się spojrzeniami.

– Wiesz, co zrobiłeś? – starszy lekarz zadaje mi po chwili kolejne pytanie.

Daję znak głową, że tak.

– Połknąłeś około pięćdziesięciu tabletek amizepinu – oświadcza starszy lekarz.

Uwierzyli! Połknąłem góra dwadzieścia.

– Dlaczego to zrobiłeś? – pyta się starszy lekarz.

– Nie wiem – odpowiadam.

Kurcze, miałem przecież udawać samobójcę!

– Bo życie jest bez sensu... – mówię po chwili z grymasem na twarzy. – Poza tym kosmici mnie śledzą.

Lekarze znowu wymieniają się spojrzeniami.

Nie! Takich bzdur to ja nie mogę im opowiadać, bo rozpoznają u mnie manię prześladowczą i mogą mnie zamknąć w wariatkowie.

– Żartowałem – mówię z tym samym grymasem. – Nie

wiem, dlaczego to zrobiłem. Chwila zwątpienia w sens życia, no i łyknąłem tabletki.

To będzie dobre! Typowy desperat, którego znużyło życie, ale teraz żałuje, że próbował popełnić samobójstwo. Dobra, będę tak mówił, żeby mnie tutaj za długo nie trzymali.

– Jak się teraz czujesz? – pyta się starszy lekarz.

– Dobrze – odpowiadam. – Kiedy stąd wyjdę?

– Zobaczymy, jak szybko twój organizm zacznie prawidłowo funkcjonować – mówi starszy lekarz. – W tej chwili jesteś pod kroplówką, ale niedługo cię od niej odłączymy. Poza tym masz nałożony cewnik na siusiaka. Żałujesz tego, co zrobiłeś?

Kiwam głową, że tak.

– Dlaczego jestem przywiązany do łóżka? – pytam.

– Musieliśmy cię przywiązać – odpowiada lekarz – bo gdy cię tutaj przywieziono, byłeś w amoku i zrywałeś z siebie całą aparaturę podtrzymującą twoje życie.

Nic nie pamiętam?... Niezłe szopki musiałem tu odstawiać...

– Poinformowaliśmy dom dziecka, że jesteś tutaj w szpitalu – informuje mnie starszy lekarz.

O, w morde... Fak! A miał nikt o tym nie wiedzieć...

– Już tam nie mieszkam – mówię po chwili.

– Taki był adres na twojej legitymacji – mówi lekarz. – Oni mówili, że ci pomogą.

– Już tam nie mieszkam. To znaczy mieszkam, ale jeszcze tylko chwilowo.

– To gdzie teraz będziesz mieszkał? Masz rodziców?

– Nie wiem, gdzie będę mieszkał.

– Masz rodziców?

– Mam.

– To nie możesz mieszkać z nimi?

– Nie! Nie chcę.

– Potem porozmawiasz sobie z psychologiem.

Lekarze odchodzą od mojego łóżka.

– A można mnie odwiązać? – pytam się.

– A będziesz leżał spokojnie? – odpowiada pytaniem starszy lekarz.

– Tak.

– Siostro! – mówi lekarz do pielęgniarki. – Można go odwiązać.

Lekarze wchodzą za parawan do następnego pacjenta, a do mnie podchodzi pielęgniarka i mnie odwiązuje. Po chwili mam wolne ręce i próbuję się podnieść, ale z braku sił opadam na poduszkę i zaczyna mi się potwornie kręcić w głowie.

– Nie podnoś się – mówi starszy lekarz, który wychyla się zza parawanu. – Twój organizm jest bardzo osłabiony. Jak będziesz się próbował podnosić, to cię przywiążemy z powrotem.

Pielęgniarka układa mnie wygodnie na łóżku, a ja zamykam oczy i czuję, jak wszystko wokół mnie wiruje, i wydaje mi się, jakbym zasypiał.

List do Życia

Już siódmy dzień leżę w szpitalu. Ale jutro zostanę wypisany.

Pierwszy dzień był okropny: próbowałem się ruszać, lecz po każdym moim ruchu natychmiast okropnie zaczynało mi się kręcić w głowie. W południe pielęgniarka przyniosła mi obiad i chciała mnie karmić, ale uparłem się, że poradzę sobie sam, i nic mi z tego nie wyszło, ponieważ nawet łyżki nie mogłem utrzymać w dłoni. Pozwoliłem się więc nakarmić, ale prawie nic nie zjadłem – nie mogłem.

Po południu przyszła do mnie Sandra i powiedziała, że nie wierzyła, że się na coś takiego odważę; mówiła, że martwiła się o mnie. Przeprosiłem ją. Potem ona powiedziała, że nie wie, co o mnie myśleć, a ja znów ją przeprosiłem; pomyślałem, że Sandra to fajna, słodka, prosta laska, ale ja nie mam zamiaru się z nią wiązać (to oczywiście wiedziałem już wcześniej). I żeby jej więcej nie okłamywać, powiedziałem, że bardzo ją lubię, ale nic więcej. Sandra na to, że myśli tak samo i również uważa, że nic z nas nie będzie, i dodała, że tak bez zobowiązań możemy się dalej spotykać na fiku-miku – jeśli ja będę tego chciał, a przestaniemy się spotykać wtedy, kiedy któreś z nas znajdzie sobie kogoś innego. I jeszcze dodała, że także mnie lubi i ceni, ale ja mam swój wyimaginowany świat, a ona twardo stąpa po ziemi i wie, że niedługo chce założyć rodzinę. Byłem zadowolony z tego, co powiedziała. Ale wydaje mi się, że nie będę już jeździł do niej. Kiedy wychodziła ode mnie, poprosiłem, żeby przyniosła mój plecak, który został u niej w pokoju, co też uczyniła i przyniosła mi go następnego dnia.

Trzeciego dnia czułem się znacznie lepiej: gdy się ruszałem, nie kręciło mi się już w głowie, no może trochę, ale niedużo. Wieczorem zostałem przeniesiony do innej sali. Kiedy mnie do niej wprowadzono, ludzie, którzy leżeli na tej sali, dziwnie popatrzyli się na mnie, a ja wiedziałem, dlaczego: dlatego, że ja, młody człowiek, łykam tabletki, chociaż jestem zdrowy, a oni muszą tutaj leżeć, choć chcieliby być tak zdrowi jak ja i nigdy się tutaj nie znaleźć.

I nawet nie odpowiedzieli mi, kiedy powiedziałem „dobry wieczór". Leżałem w łóżku i coś tam bazgrałem w zeszycie, a oni rozmawiali ze sobą i od czasu do czasu spoglądali na mnie.

Czwartego dnia zaprowadzono mnie do gabinetu tego całego psychiatry czy psychologa.

– Jaki dzień dziś mamy? – zapytał psychiatra, kiedy wszedłem do niego; pakował jakieś dokumenty do teczki.

Wtedy uśmiechnąłem się, po czym zacząłem liczyć na palcach. Psychiatra, patrząc się na mnie, zamknął teczkę i zaczął się ubierać.

– Niedziela – powiedziałem po chwili uradowany.

– Dziękuję – powiedział psychiatra. – Możesz już iść.

– To już wszystko? – spytałem zdziwiony, gdyż byłem nastawiony na co innego i chciałem jeszcze poudawać głupa.

Kiedy zaczął iść w moją stronę ze spakowaną teczką, odwróciłem się i wyszedłem z pokoju. Psychiatra wyszedł za mną, po czym zamknął drzwi gabinetu. Poszedłem położyć się do łóżka. Byłem zawiedziony, bo moja wizyta u psychiatry wydawała mi się... chyba za krótka. Myślałem wtedy, że być może psychiatrze bardzo się śpieszyło i nie mógł poświęcić mi więcej czasu albo na sam mój widok stwierdził, że jestem świrem i tyle. Cholera wie...

Piątego dnia znowu przyszła do mnie Sandra. Pogadaliśmy z godzinę, po czym poszła.

Szóstego dnia czułem się już dobrze i lekarz powiedział mi, że za dwa dni zostanę wypisany. Potem przez kilka godzin w nocy rozmawiałem z pielęgniarką, która miała nocny dyżur. Pielęgniarka powiedziała mi, że kiedy była młoda, także łyknęła prochy; tak jak i ja mieszkała w bidulu i kiedy wychodziła z bidula, nie wiedziała, dokąd ma iść, bo nikogo nie miała, więc łyknęła prochy, ale ją odratowano. Nikt o tym nie wie w szpitalu. I powiedziała, że jestem pierwszą osobą, której ona to mówi, oczywiście poza mężem. Potem, po tym epizodzie z tabletkami, pozbierała się i skończyła szkołę pielęgniarską. Następnie poznała swojego męża i teraz ma córkę w moim wieku. Mówiła, że trzyma się, bo ma dla kogo żyć. Powiedziała, żebym i ja się nie poddawał.

I tak rozmawialiśmy ze sobą jak kumple przez kilka godzin o różnych przyziemnych sprawach. Była bardzo miła. Co chwilę korciło mnie, żeby jej się przyznać, że moje samobójstwo było kontrolowane i symulowane po to, żeby uchronić się przed wojskiem, lecz coś mnie blokowało przed tym, żeby jej o tym powiedzieć, i mówiło mi: jak Borys zacząłeś grać samobójcę, to graj go dotąd, aż cię nie wypiszą ze szpitala i nie dostaniesz kwitu z adnotacją, że próbowałeś popełnić samobójstwo. Dopiero potem możesz wszystkim powiedzieć, że symulowałeś.

No i nie powiedziałem pielęgniarce o całej tej historii.

Dzisiaj jest siódmy dzień mojego leżenia w szpitalu (nie liczę tej półtorej doby, kiedy spałem; liczę dni od przebudzenia się. Razem z tamtym będzie to mój dziewiąty dzień w szpitalu. Przez te wyrwane z życiorysu półtorej doby mam teraz problemy z doliczeniem się upływającego czasu).

Gdy tak siedzę sobie na łóżku oparty o ścianę i piszę, ludzie, którzy leżą ze mną na sali, od czasu do czasu na mnie spoglądają. Oni już tak spoglądają na mnie odtąd, odkąd przeniesiono mnie na tę salę. Wiem, że dziwią się temu, co zrobiłem. Oni myślą, że chciałem popełnić samobójstwo, a ja tylko pracuję nad tym, żeby nie iść do wojska. Ale jutro już nie będą musieli patrzeć się na mnie, gdyż jutro mnie tutaj nie będzie.

Ciekawe, czy oni litują się nade mną w myślach. Może myślą: jaki biedny młodzieniec.

W życiu czasem trzeba rżnąć głupa. Lajf is brutal, patafiany. Jak chcecie się nade mną ulitować, to idźcie i kupcie mi fajki, bo palić mi się chce, gdyż nie paliłem, odkąd tutaj jestem. No, szorować mi po fajki! Szybko, szybko! Ruszać się, bo obiboki nie dostaniecie na obiad codziennej porcji litości nad bliźnim.

Fak! Łzy stanęły mi w oczach!

Już je wytarłem.

O czym tu pomyśleć, żeby zrobiło mi się lepiej?...

Nina! Tak! To jest ten temat. Jak ja chciałbym przytulić się teraz do niej, całować ją i włożyć dłoń w jej majtki... Potem, po wszystkim, przytulić się do niej i zasnąć...

I teraz właśnie mój penis powoli twardnieje...

List do Drogi

Jest parę minut po trzynastej. Za około trzy godziny wychodzę z bidula. Pójdę na dworzec i pojadę gdzieś pociągiem. W bidulu mieszkałem dziesięć lat. Nieźle.

Najbardziej zasmucony moim wyjściem z bidula jest mój najmłodszy brat, Kuba. Kuba wczoraj powiedział, że jak go nie będę odwiedzał, to mi skopie dupę. Reszta rodzeństwa reaguje normalnie.

Kiedy 4 marca wychodziłem ze szpitala, dostałem kartę wypisu.

Gdy tylko opuściłem budynek, natychmiast przeczytałem, co tam napisali; czytałem mnóstwo nazw leków, którymi byłem leczony, i wreszcie przeczytałem „osobowość niedojrzała", a dalej był medyczny termin, którego nie rozumiałem. Ale słowa „osobowość niedojrzała" wystarczyły mi i bardzo się ucieszyłem, bo ludzi z niedojrzałą osobowością nie biorą do wojska – tak było napisane w wykazie chorób, które dyskwalifikują kandydata do armii. Czytałem dalej: „Pacjent zgłosi się do Poradni Zdrowia Psychicznego". No i byłem już pewien, że z takim papierkiem wojsko może mnie pocałować w mój bielutki tyłek. A dalej było napisane, że połknąłem pięćdziesiąt tabletek amizepinu. Udało się! – pomyślałem. Uradowany schowałem kartę wypisu ze szpitala do kieszeni, po czym poszedłem w miejsce, w którym umówiłem się z Sandrą, że się spotkamy, jak wyjdę ze szpitala. Gdy tam doszedłem, Sandra już na mnie czekała. Pochodziliśmy trochę po mieście, po czym poszliśmy do knajpy. Sandra chciała, żebyśmy poszli do niej do internatu, ale nie chciałem tam iść, ponieważ wiedziałem, że jak tam pójdę, to będę się z nią pieprzył, a już mi się nie chciało.

Potem odprowadziła mnie na pociąg. Pożegnaliśmy się i życzyliśmy sobie powodzenia. Gdy pociąg odjeżdżał, coś ścisnęło mnie w sercu; czułem, że już jej więcej nie zobaczę i miałem nawet przez chwilę ochotę wyskoczyć z pociągu, gdyż Sandra tak słodko machała mi na pożegnanie.

Gdy po sześciu godzinach jazdy nocą wróciłem do bidula, natychmiast rozebrałem się i położyłem się spać. Od razu zasnąłem.

Rankiem, kiedy leżałem w łóżku i rozmyślałem, do pokoju weszła mała dziewczynka i powiedziała, że pan Michał mnie prosi do swojego gabinetu. Zapytałem, czy wie, co on chce, ale już nie odpowiedziała. Zamknęła za sobą drzwi i zniknęła.

Pomyślałem, że pewnie pan Michał jest w gabinecie razem z panem Adamem i będą się wypytywać, dlaczego to zrobiłem i tak dalej. Zastanawiałem się, co im powiedzieć. Właśnie dlatego nie chciałem robić tego u siebie w mieście, żebym potem nie musiał się nikomu z tego tłumaczyć, ale niestety, nie udało się.

Wstałem z łóżka. Ubrałem się i poszedłem do gabinetu pana Michała.

– Dzień dobry – powiedziałem, kiedy wszedłem.

Pan Michał był jednak sam w gabinecie. Odpowiedział mi „dzień dobry", po czym wskazał na krzesło, żebym sobie siadł.

Siadłem.

– Nie obchodzi nas, co zrobiłeś – zaczął pan Michał. – Jesteś dorosły i to jest twoja sprawa. O nic cię nie będę pytał. Powiem jedno – są już pieniądze dla ciebie na wyprawkę. Chciałbym, żebyś jak najszybciej wyprowadził się z domu dziecka.

Przełknąłem ślinę, bo spodziewałem się, że zasypie mnie gradem pytań: dlaczego to zrobiłem i tak dalej. I nie wiedziałbym, co mam mu odpowiedzieć. Byłem więc zadowolony z tego, co mi powiedział, bo nie musiałem się z niczego tłumaczyć.

– Mogę jeszcze zostać w bidulu dwa lub trzy dni, żeby powywozić swoje rzeczy? – zapytałem po chwili.

Pan Michał pozwolił mi zostać do 7 marca, czyli do dziś, ale ani dnia dłużej.

Kiedy wyszedłem z gabinetu od pana Michała i szedłem do siebie do pokoju, spotkałem na korytarzu bidulową pielęgniarkę.

– Ty gówniarzu! – krzyknęła. – Czy ty wiesz, że ja przez kilka nocy nie mogłam przez ciebie spać!?

Miło mi się zrobiło, że ktoś jednak o mnie myślał.

(Bidulowa pielęgniarka jest ode mnie o trzy lata starsza i wiele razy siedziałem u niej w gabinecie: gadaliśmy i paliliśmy papierosy; ona w bidulu pracuje od pół roku. Kilka razy byliśmy w knajpie na piwie. A rozmawiając tak z pielęgniarką, dowiedziałem się od niej, że dyrektor bidula – pan Adam – leczy się u psychiatry i jest nieźle popierdzielony, ale psychotropy, które łyka, jakoś regulują jego umysł. Powiedziała, że jak komuś to powtórzę, to ona wyleci z pracy).

Pielęgniarka zaciągnęła mnie do swojego gabinetu. Przegadaliśmy tam prawie dwie godziny. Oczywiście, że się domyśliła, że ten mój pobyt w szpitalu to była symultacja, aby uchronić się przed wojskiem. Kilka razy wcześniej pytałem ją o różne tabletki, ale ona za każdym razem odpowiadała, że mi żadnych nie da i nie przyłoży do tego ręki.

No i opowiedziałem jej wszystko w szczegółach o moim pobycie w szpitalu, a ona, słuchając tego, nie mogła uwierzyć, że jednak odważyłem się na coś takiego.

Około południa dostałem pieniądze na wyprawkę, które poszedłem wpłacić do banku.

Po południu, kiedy pielęgniarka skończyła pracę, poszliśmy razem do knajpy na piwo. Pogadaliśmy sobie. Często powtarzała, że jak wyjdę z bidula, to żebym się czasem do niej odezwał i nie przepadł gdzieś bez śladu.

Późnym wieczorem, gdzieś około godziny dziesiątej, kiedy leżałem na łóżku i rozmyślałem, do pokoju weszła pani Justyna, która przyszła na nocny dyżur. Podeszła do mnie i mnie lekko kopnęła. Udawałem, że śpię.

– Śpi toto? – spytała Dawida, który leżał na swoim łóżku.

– Śpi – odpowiedział Dawid.

Pani Justyna wyszła z pokoju. Wtedy wstałem, wziąłem książkę i zacząłem czytać. Po dziesięciu minutach pani Justyna przyszła z powrotem.

– Dobry wieczór – powiedziałem.

Pani Justyna, patrząc się na mnie, odpowiedziała „dobry wieczór" i dalej patrzyła się na mnie.

– Oj! – westchnęła po chwili. – Idziemy porozmawiać.

Pani Justyna jest z tych wychowawców, których lubię. A może i jedynym, którego lubię?

Poszliśmy na uczelnię. Rozmawialiśmy prawie dwie godziny. Pani Justyna pytała się mnie, dlaczego to zrobiłem, a ja odpowiadałem, że nie wiem. I pani Justyna zaczęła mi opowiadać, jak ona po liceum wyrwała się ze swojej wsi, przyjechała do miasta i rozpoczęła studia. Było jej ciężko, bo na rodziców nie mogła liczyć, gdyż oni sami na siebie nie mieli. Ale dała sobie radę sama i udało jej się ukończyć studia. Potem rozpoczęła pracę w szkole, poznała swojego obecnego męża, a kiedy się pobrali, to także nie mieli lekko, gdyż nie mieli swojego mieszkania i non stop się przeprowadzali z jednego wynajętego mieszkania do drugiego; kiedy urodziło im się pierwsze dziecko, była połowa lat osiemdziesiątych, schyłek komunizmu. W końcu dostali mieszkanie, a potem urodziło im się drugie dziecko. Teraz jej starsze dziecko ma dziesięć lat, a młodsze – osiem. I też jej nie jest łatwo, bo mąż właśnie stracił pracę i żyją tylko z jej pensji. Dalej opowiedziała mi jeszcze kilka historii swoich koleżanek, a ja słuchałem tych zwykłych historii, bo czułem, że pani Justyna opowiada mi je ze szczerego serca, chcąc we mnie rozbudzić chęć do życia; ona myślała, że ja naprawdę chciałem popełnić samobójstwo.

Gdy pani Justyna wyspowiadała się już ze swojego życia, jak również z życia swych koleżanek, wtedy powiedziałem jej prawdę: że wcale nie chciałem popełnić samobójstwa.

– To co to było? – spytała. – Mów i nie rób ze mnie kretynki!

Wtedy opowiedziałem o mojej próbie wykręcenia się od wojska. Pani Justyna zdębiała. Gdy doszła do siebie, powiedziała, że chyba mnie zaraz kopnie w tyłek, bo ona tutaj się produkuje, żeby mi jakoś pomóc, a ja sobie robię jaja. I dodała, że jak ja mogłem na takie coś się odważyć, bo przecież mogłem nie przeżyć. Zapewniłem ją, że wszystko było dokładnie zaplanowane i kontrolowane, i istniał tylko malutki procent ryzyka. Potem jeszcze porozmawialiśmy sobie luźno i poszedłem spać. Nawet fajna babka.

Następnego dnia – czyli wczoraj – spakowałem rzeczy, które miałem (jest tego niewiele: rysunki, farby, książki, trochę ciuchów) i wywiozłem do domu na wieś. Po południu wróciłem do bidula. Gdy wchodziłem do bidula, spotkałem pana Piotrka.

– Kurwa! – powiedział pan Piotrek, kiedy mnie zobaczył. – Dobrze, że cię widzę. Wszystko w porządku?

Przywitaliśmy się. Powiedziałem, że wszystko jest OK, pogadaliśmy jeszcze chwilę i poszedłem do siebie do pokoju.

Pan Piotrek, kiedy dowiedział się, że jestem w szpitalu, domyślił się, że kombinuję coś z wojskiem, bo kilka razy na ten temat rozmawialiśmy.

A inni wychowawcy, kiedy mówiłem im „dzień dobry" na korytarzu, to od niechcenia odpowiadali „dzień dobry" i dziwnie się na mnie patrzyli, jakby wstydzili się, że mnie znają.

Bawiło mnie to.

Teraz dochodzi godzina piętnasta. Niedługo wychodzę z bidula.

To także ostatnia notatka, którą piszę w bidulu. Chciałbym opisać to, co teraz czuję, ale czy to jest w ogóle możliwe? Czy da się to ubrać w słowa?... Nazwać?... Określić?... Wszystko jest już postanowione. Emocje... Adrenalina podniesiona i nie wiem, gdzie jutro będę. Trochę powłoczę się po kraju, a potem się gdzieś zainstaluję.

Kiedyś w jednej z książek przeczytałem taką oto myśl: „Raj na ziemi jest w księgach mądrości, dziełach sztuki i w sercu kobiety". Swój raj w książkach i dziełach sztuki znalazłem już dawno, teraz chciałbym jeszcze znaleźć swój raj w sercu kobiety.

No to w drogę!

Nie, nie! Chwila! Jeszcze coś mi się przypomniało, pewien cytat mówiący o rzeczywistości. Są to słowa Czuang-tsy, buddyjskiego mędrca. Oto one: „Śniło mi się, że jestem motylem. Obudziłem się i spostrzegłem, że jestem Czuang-tsy. Lecz skąd mam wiedzieć, że nie jestem motylem, któremu śni się, że jest Czuang-tsy?"

Cha, cha, cha!

No to w drogę!

Droga

Zesram się. Już nie mogę wytrzymać. Popuszczę w majtki. Naprawdę zesram się, jak zaraz nie znajdę jakiegoś kibla. Niech wreszcie pojawi się na horyzoncie jakiś kibel, który mógłby mnie zbawić! Bo w tej chwili ściskam zwieracz odbytu i drepczę niczym Robert Korzeniowski.

O, jest! Widzę! McDonald's! Szybko, szybko! Szybko! Jest, jest! Już zbliżam się do McDonald'sa chodem Roberta Korzeniowskiego. Szybko, szybko! Wchodzę do McDonald'sa. Szybko, szybko. Mijam ludzi siedzących przy stolikach. Szybko, szybko! Wytrzymać, wytrzymać! Jeszcze chwila. Wchodzę do kibla. Szybko ściągać spodnie, majtki. Szybko, szybko. Siadam na kiblu...

Prr!!!

Plum, plum, plum!

Uf! Ale ulga...

Plum!

Uf! Ale mnie pogoniło. To pewnie po tym żarciu, które kilka minut temu zjadłem w barze mlecznym. Na pewno po tym, bo nic innego od paru godzin nie jadłem.

Starannie się podcieram, po czym podciągam majtki i spodnie, spuszczam wodę i wychodzę z kibla. Mijam ludzi siedzących przy stolikach i zajadających plastikowe produkty oferowane przez restauracje McDonald'sa. McDonald's wszędzie się reklamuje, że u nich można szybko i tanio zjeść, i wszystko jest „big". Powinni jeszcze dodać: „...i zrobić bigkupę!".

Otwieram drzwi. Na drzwiach, nad klamką, napis: „Dziękujemy. Zapraszamy ponownie".

Oczywiście, że przyjdę. Przyjdę, kiedy mnie znowu pogoni lub jak będzie mi się chciało lać i gdy wówczas będę w pobliżu. Przecież zawsze przychodzę w takich okolicznościach. Niech żyje McDonald's! Niech kibel u McDonald'sa stoi do końca świata i jeden dzień dłużej! Wiwat! OK. Teraz mogę iść sobie zapalić tę trawkę, którą kupiłem sobie wczoraj – tak na drogę – i którą kiszę w kieszeni.

Idę „upalony" przed siebie. Wszystko wokół mnie wiruje: ludzie, samochody, drzewa, budynki, światła.

Kosmos. „Cosmos New York". To w tym klubie grał Kaziu Deyna. Ale Kaziu Deyna rozwalił się, chyba w San Diego...

Światła napierają i osaczają mnie. Gryzą i ostrzeliwują się wzajemnie, a ja dalej idę przed siebie w tej kanonadzie świateł. Odważny jestem.

Gwiezdne wojny. Światła biją się o mnie. Świetlna masakra. Tryska świetlna krew. Ciekawe, które światło wygra tę wojnę? Mam ochotę się z nim kosmicznie pieprzyć...

Wychodzę z kina i idę w kierunku dworca kolejowego.

Na filmie w kinie jacyś ludzie się ganiali, strzelali i nie wiem, co jeszcze. W trakcie filmu wyszedłem do łazienki, by się jeszcze dopalić, bo czułem się jakiś zawieszony. Gdy się dopaliłem, wróciłem na salę kinową, ale nie pamiętałem, gdzie jest moje miejsce, więc siadłem sobie na najbliższym wolnym fotelu i dalej oglądałem film.

Ciągle się strzelali i ganiali, a ja skupiłem się na dźwiękach i słuchałem dźwięków wydobywających się z głośników, bo to mnie bardziej kręciło. I wsłuchiwałem się w dźwięki wydobywające się z głośników: krzyki, piski, strzelanie, jęczenie... I to wszystko dochodziło jakby z kosmosu. I to było jakby kosmiczne westchnięcia wzgardzonego świata. Bałem się tych dźwięków, bo były przerażające; pomyślałem nawet, że schowam się pod krzesło, ale jednak się nie dałem, postanowiłem być twardym facetem i dalej słuchałem tych dźwięków.

Film w końcu się skończył, bo z głośników przestały

wydobywać się dźwięki. Ci, którzy siedzieli dookoła, zaczęli wychodzić, więc ja także wyszedłem.

I właśnie teraz idę w kierunku dworca, a wszystko wokół mnie wiruje: ludzie, samochody, drzewa, budynki, światła...

O, już dworzec!

Tup-tup! – i wchodzę na dworzec. Patrzę na rozkład jazdy, żeby zobaczyć, dokąd teraz jadą pociągi, patrzę, ale trudno mi coś dojrzeć, bo wszystko wiruje.

Wytężam więc wzrok, przeszywam nim rozkład jazdy pociągów i moim oczom ukazuje się, że za parę minut jedzie pociąg do Wrocławia.

Wrocław to Breslau po niemiecku.

Podchodzę do kasy biletowej.

– Breslau – mówię. – Ulgowy.

– Dokąd? – pyta się kasjerka. – Proszę powtórzyć, bo nie dosłyszałam.

– Breslau – powtarzam.

Kasjerka wystukuje coś na klawiaturze komputera.

– W komputerze nie ma takiej miejscowości – mówi po chwili.

– Breslau niet? – dziwię się. – Pani nie paniemaju niśt fersztejen zi dojcz ani ju dont enderstent, ani ti ne komprą pa?

– Pan nie jest Polakiem? Nie rozumiem pana.

Patrzę się na kasjerkę i myślę, że jak to ona mnie nie rozumie.

– Aha! Wrocław. Ulgowy. Druga klasa.

Kasjerka rzuca na mnie okiem, po czym znowu wystukuje coś na klawiaturze, komputer wypluwa bilet, jakby mu nie smakował, i mówi: be. Kasjerka bierze bilet i mi go podaje. Płacę i biorę bilet, po czym chowam go do kieszeni. Odchodzę od kasy.

Drepczę.

Schodzę schodami na dół, idę kawałek przejściem podziemnym, po czym wchodzę po schodach do góry i jestem już na peronie.

Ale szybko. Wystarczy tylko zejść po schodach, przejść się kawałek przejściem podziemnym, po czym wejść po schodach do góry i jest się już na peronie. To wcale nie jest takie skomplikowane. Nawet głupi by się tego nauczył.

Wchodzę do pociągu. Zakładam słuchawki na uszy, po czym wyjmuję z plecaka dwie kasety: AC/DC i V Symfonię Beethovena. Oglądam je.

Wkładam kasetę AC/DC z powrotem do plecaka, a kasetę z V Symfonią Beethovena wkładam do walkmana, po czym go włączam. Ze słuchawek zaczyna wydobywać się dźwięk.

Idę przejściem między przedziałami. Zaglądam kolejno do mijanych przedziałów i szukam przedziału, w którym będzie siedziało mniej ludzi, gdyż jak na razie, to w każdym przedziale siedzi przynajmniej pięć osób, a może mnie tylko się tak wydaje, bo jestem najarany i wszystko dokoła wiruje.

O, jest! W tym przedziale są trzy osoby.

Otwieram drzwi do przedziału.

– Wolne? – pokazuję ręką na wolne miejsce przy oknie.

Kobieta daje znak głową, że tak.

Wchodzę, siadam przy oknie, zdejmuję plecak i kurtkę i kładę to wszystko obok siebie.

Pociąg rusza, a ja patrzę na światła, które wydają mi się, jakby się między sobą tłukły i wzajemnie się pożerały. Ze słuchawek na uszach wydobywają się dźwięki V Symfonii Beethovena.

Ludwiku van Beethovenie! Ludwiku, słyszysz mnie? Będę dyrygentem, słyszysz? V Symfonia Ludwika van Beethovena pod batutą Borysa Mleczki, światowej sławy dyrygenta. Wczoraj dyrygował orkiestrze Filharmoników Berlińskich. Proszę Państwa! Oto przed Państwem – Borys Mleczko!

Zamykam oczy, po czym zaczynam wymachiwać rękoma i dyryguję mojej niewidzialnej orkiestrze, jak również i pasażerom w przedziale.

Ludwiku, jak mi idzie? Nie mylę taktów? Chyba nie jesteś zły, że się trochę podjarałem?

Delikatnie uchylam powieki.

Ludwiku, cała widownia wbija we mnie wzrok! Starszy pan kręci głową, a dwie kobiety uśmiechają się do siebie. Jak myślisz, Ludwiku? Osiągnąłem mistrzostwo?

Zamykam powieki.

Macham dłońmi i macham... aż czuję, że chce mi się spać, przestaję więc wymachiwać, opieram głowę o oparcie siedzenia i pozwalam sobie, bym zasnął.

Lajf is bjutiful. Dziękuję Państwu, że zechcieliście mnie wysłuchać. Podyryguję Państwu jeszcze... ale już nie teraz, bo właśnie jestem bardzo śpiący. Innym razem, proszę Państwa. I proszę mnie nie prosić, bisów nie będzie. A dlatego bisów nie będzie, bo jak już mówiłem, jestem bardzo, bardzo śpiący. Dobranoc Państwu...

Koniec